KB189082

을유세계문학전집 · 137

러브크래프트 걸작선

러브크래프트 걸작선

THE SELECTED WORKS OF H. P. LOVECRAFT

H. P. 러브크래프트 지음 · 이동신 옮김

❖ 을유문화사

옮긴이 **이동신**

한국외국어대학교와 미국 Texas A&M 대학교에서 영문학 석·박사를 취득한 후 2010년부터 서울대학교 영어영문학과 교수로 재직하고 있다. 포스트휴머니즘을 연구하고 미국 현대 소설과 SF 소설을 주로 가르친다. 2019년부터는 '인간-동물연구 네트워크'를 구성하여 사회학자, 수의학자, 인류학자 등과 함께 인간-동물 관계를 연구하고 있다. 저서로『A Genealogy of Cyborgothic: Aesthetics and Ethics in the Age of Posthumanism』『포스트휴머니즘의 세 흐름: 캐서린 헤일스, 캐리 울프, 그레이엄 하먼』『SF, 시대정신이 되다: 낯선 세계를 상상하고 현실의 답을 찾는 문학의 힘』『다르게 함께 살기: 인간과 동물』, 공저로『동물의 품 안에서: 인간-동물 관계 연구』『포스트휴머니즘의 쟁점들』『관계와 경계: 코로나 시대의 인간과 동물』『21세기 사상의 최전선: 전 지구적 공존을 위한 사유의 대전환』, 역서로는『샌트 카운티 연감』,『갈라테아 2.2』,『점원』등이 있다.

을유세계문학전집 137
러브크래프트 걸작선

발행일·2024년 10월 30일 초판 1쇄
지은이·H. P. 러브크래프트 | 옮긴이·이동신
펴낸이·정무영, 정상준 | 펴낸곳·(주)을유문화사
창립일·1945년 12월 1일 | 주소·서울시 마포구 서교동 469-48
전화·02-733-8153 | FAX·02-732-9154 | 홈페이지·www.eulyoo.co.kr
ISBN 978-89-324-0537-7 04840   978-89-324-0330-4(세트)

차례

일러두기

- 인명, 지명 등의 외래어 표기는 국립국어원의 외래어 표기법을 따랐으나, 일부 굳어진 표기
  는 예외로 두었다.

외부자

그날 밤 남작은 수많은 비통함을 꿈꾸었다.
그리고 그의 투사 손님들 모두,
마녀와 악마와 거대한 관 벌레의 색과 형체로,
오랫동안 악몽을 꾸었다.

　　　　　　　　　　　　　　　　—키츠

　어린 시절의 기억이 두려움과 슬픔만을 불러오는 자는 얼마
나 불행한가. 갈색 벽지와 어지럽게 높이 쌓인 고서들이 있는
거대하고 음울한 방들에서 홀로 보냈던 시간을 뒤돌아보거나,
혹은 높이 뒤틀린 가지를 은밀하게 흔들어 대는 기괴하고, 거
대하고, 덩굴에 싸인 나무들이 가득한 황혼의 숲에서 겁에 질
려 내다보던 일을 떠올리는 자는 얼마나 가련한가. 바로 그게
신들이 내게 내린 운명이었다—망연한, 실망한 내게. 희망을
잃고 낙담한 내게. 그럼에도 나는 이상하게 만족스러워하고,

그 메마른 기억에 절실히 매달린다. 내 생각이 저 너머 '외부자'에게 바로 다다를 위험에 빠질 때면.

난 내가 어디서 태어났는지 모른다, 이 고성(古城)이 무한히 오래됐고, 무한히 끔찍하다는 것만 안다. 어두운 통로로 가득하고, 높은 천장에는 거미줄과 그림자만 보인다. 무너져 가는 복도의 석재는 언제나 흉측하게 축축해 보였고, 몇 세대의 주검 더미에서 나는 듯한 저주스러운 냄새가 곳곳에 진동했다. 빛이 든 적이 한 번도 없었고, 그래서 나는 가끔 초를 켜고 바라보면서 위안을 얻었다. 밖에도 가장 높은 탑 위로 한창 자란 끔찍한 나무 탓에 태양은 없었다. 검은 탑 하나는 나무들 너머 알 수 없는 외부의 하늘에 닿았다. 하지만 군데군데 무너졌기에 가파른 벽의 벽돌을 하나씩 붙잡고 거의 불가능한 등반을 감수하지 않으면 오를 수 없었다.

이곳에서 난 오랜 시간을 살았던 것이 확실하다. 하지만 그 시간을 가늠할 수가 없다. 어떤 존재들이 내가 필요한 것들을 분명 챙겨 주었다. 그렇지만 나 자신을 제외하고는 그 누구도, 소리 내지 않는 쥐와 박쥐와 거미를 빼고는, 그 어떤 생명체도 떠올릴 수가 없다. 나를 키웠던 이가 누구였든 간에 분명 끔찍이 늙었을 것만 같다. 왜냐하면 살아 있는 사람에 관해 내가 처음으로 가졌던 기억은 조롱하듯이 나와 비슷하면서도 고성처럼 뒤틀리고 쪼글쪼글하고 사그라져 가는 무언가에 대한 것이었기 때문이다. 저 아래 건물 토대 사이의 석재 지하실에 흩어져 있는 해골과 유골은 내게 전혀 기괴하지 않았다. 나는 상상력을 써서 그것들을 일상에 연결했고, 곰팡내 나는 수많은 책에서 본 채색된 생물 그림보다 훨씬 더 자연스럽다고 생각했다. 그런 책들에서 내가 아는 모든 것을 배웠다. 나를 다그치거나 지도한 스승은 없었고, 그 시절 내내 인간의 목소리를 들었던 기억이 전혀 없다. 심지어 내 목소리조차 듣지 못했다. 말하기에 관해 읽기는 했지만, 큰 소리를 내서 읽을 생각은 전혀 못했기 때문이었다. 마찬가지로 고성에는 거울이 아예 없었기에 내 생김새도 생각해 보지 못했다. 그렇기에 나는 본능적으로 그저 나 자신이 그 책들에서 본 채색된 젊은이 그림과 비슷할 거라고 짐작했다. 기억할 수 있는 게 없었기에 내가 젊을 거로 생각했다.

바깥에, 썩은 해자를 넘어 소리 없는 검은 나무 아래서, 나는 종종 누워 몇 시간 동안 책에서 읽은 것을 꿈꾸곤 했다. 끝도 없는 숲 너머 햇살 가득한 세계의 즐거운 군중 속에 있는 내 모습을 동경하며 그려 보았다. 한번은 숲에서 도망치려 했지만 고성에서 멀어질수록 그늘은 더 짙어졌고 대기는 음험한 공포로 더 채워졌다. 결국 캄캄한 침묵의 미로 속에서 길을 잃지 않기 위해 나는 정신없이 뛰어서 돌아왔다.

끝없는 석양의 나날들을 나는 그렇게 꿈꾸며 기다렸다. 무엇을 기다리는 건지는 몰랐다. 그러다 어두운 고독 속에서 빛을 향한 갈망이 너무 맹렬해져 더 이상 가만히 있을 수가 없었다. 그래서 숲 위의 알 수 없는 외부의 하늘에 유일하게 닿아 있는 허물어진 검은 탑을 향해 두 팔을 들어 갈구했다. 마침내 추락

하든 말든 탑을 오르기로 결심하고 말았다. 하늘을 엿보고 죽는 것이 빛을 영원히 보지 않고 사는 것보다 낫기 때문이었다.

축축한 석양에 닳고 오래된 돌계단을 올라 계단이 끝나는 층까지 갔다. 이후로는 위로 가는 조그만 발판들에 위험스럽게 매달렸다. 계단이 없는 그 버려진 원통 모양의 석조물이 얼마나 무섭도록 끔찍했는지. 검고, 부서지고, 버려진 그곳은 놀라서 소리 없이 날갯짓하는 박쥐로 음침했다. 하지만 더 무섭고 끔찍했던 것은 너무도 느린 내 등반이었다. 계속 올라갔지만, 머리 위의 어둠은 조금도 옅어지지 않았고, 흉흉하고 오래된 곰팡이에서 나오는 새로운 한기가 나를 파고들었다. 왜 빛에 다다르지 않는지 궁금해하며 몸을 떨었고, 용기만 있었다면 아래를 내려다보았을 거였다. 밤이 갑자기 덮쳤을 거라 상상했고, 위쪽을 내다보고 내가 오른 높이를 가늠할 수 있을 거라는 생각에 한 손으로 창문 구멍을 찾아 더듬었지만 소용이 없었다.

갑자기, 그 오목하고 절망적인 절벽을 두려움과 암흑 속에서 무한히 오른 뒤에, 머리에 무언가 딱딱한 것이 닿는 느낌이 들었다. 그래서 지붕이나 적어도 일종의 바닥에 다다른 것임을 깨달았다. 어둠 속에서는 한 손을 들어 장애물을 더듬었고, 움직일 수 없는 돌덩이라고 판단했다. 그래서 미끈거리는 벽에서 잡을 수 있는 건 전부 매달려 위험하게 탑을 돌았다. 마침내 더듬거리던 손에 장애물이 움직이는 것을 느꼈다. 그래서 한 번 더 위로 올랐다. 위험한 등반을 위해 양손을 다 썼기에 머리로 석판 혹은 문을 밀었다. 위에는 아무런 빛이 없었고, 두 손이 더 높이 올라갔기에 잠시지만 등반이 끝났음을 알았다. 왜냐하면 석판은 아래쪽 탑보다 훨씬 더 거대한 면적의 평평한 돌바닥으로 이어지는 구멍의 틈새 문이었기 때문이었다. 분명히 높고 거대한 전망실의 바닥이었다. 무거운 석판이 다시 제자리로 떨어지지 않게 조심하면서 구멍을 올라갔다. 하지만 실패하고 말았다. 너무 지친 나머지 돌바닥에 누워서 석판이 떨어지는 으스스한 울림을 들었다. 그저 필요할 때 다시 열 수 있기를 바랐다.

이제 엄청나게 높은 곳에, 저주받은 나뭇가지들 한참 위에 있다고 믿으며, 나는 바닥에서 몸을 간신히 일으켜 창문을 찾아 더듬었다. 내가 읽었던 하늘과 달과 별을 볼 수 있을 거라 믿었다. 하지만 손을 내밀 때마다 실망했다. 내가 찾은 것은 불쾌한 크기의 끔찍한 직사각형의 상자들이 놓인 거대한 대리석 선반이 전부였기 때문이었다. 좀 더 생각하다 보니 아래의 고성에서 오랜 세월 동안 분리되었던 이 높은 공간에 어떤 고대의 비밀이 숨겨져 있을지 궁금해졌다. 그 순간 예기치 않게 손이 출입구에 닿았고, 그곳에는 낯선 조각으로 표면이 거친 석조 문이 있었다. 열려고 했으나, 문은 잠겨 있었다. 하지만 있는 힘을 다 모아 온갖 어려움을 극복하고 문을 안쪽으로 당겨 열었다. 그 순간 나는 지금까지 알지 못했던 최고로 순수한 황홀감을 느꼈다. 새롭게 찾은 출입구에서 올라가는 짧은 돌계단 통로 너머 화려한 쇠창살 사이로 고요히 빛나는 눈부신 보름달이 있었기 때문이었다. 꿈이나 감히 기억이라고 할 수도 없는 모호한 몽상을 제외하곤 한 번도 본 적이 없는 달이었다.

고성의 가장 꼭대기에 도착했다고 상상하면서 문을 지나 몇 계단을 뛰어 올라갔다. 하지만 갑작스러운 구름에 달이 가려져 발을 헛디뎠고, 어둠 속에서 좀 더 천천히 나아갔다. 창살에 도달했을 때도 여전히 매우 어두웠다. 조심스럽게 창살을 움직여 보니 잠겨 있지 않았다. 하지만 내가 오른 엄청난 높이에서 떨어질까 두려워 열지는 않았다. 그 순간 달이 나왔다.

세상에서 가장 사악한 놀라움은 참담하게 기대하지 못하고, 기괴하게도 믿기 어려운 것이다. 지금까지 경험했던 그 무엇도 그 순간 내가 바라본 것에 비하면 충격적이지 않았다. 그 광경은 그것이 의미하는 기괴한 경이로움에 비해 숨이 막힐 정도로 단순했다. 한마디로 다음과 같은 광경이었기 때문이었다. 창살 사이로 내 주위에 평평하게 펼쳐진 것은 높은 고지대에서 보이는 '단단한 땅'뿐이었다. 대리석 판과 기둥으로 다채롭게 꾸며진, 부서진 첨탑이 달빛에 유령처럼 빛나는 오래된 석조 교회의 그림자로 덮인 땅이었다.

나는 정신이 반쯤 나간 채 창살을 열고 두 방향으로 이어진 하얀 자갈길로 비틀거리며 나갔다. 충격을 받아 혼란스러운 상태였지만 정신은 여전히 미친 듯이 빛을 갈구했다. 방금 받은 상상을 초월한 충격마저도 나를 막을 수는 없었다. 내 경험이 광기인지 꿈인지 마술인지 알 수 없었고 신경 쓰지도 않았다. 어떤 희생이 있더라도 찬란함과 화려함을 보고자 결심했다. 내가 누구인지, 무엇인지, 내 주변이 어떤 것인지 알지 못했다. 계속해서 비틀거렸지만 내 발걸음이 전혀 우연하지 않은 것임을 암시하는 일종의 소름 끼치는 잠재 기억이 있음을 깨달았다. 아치를 지나 석판과 기둥이 있는 곳으로 나왔고, 확 트인 곳을 방황했다. 때로는 눈에 보이는 길을 따르다가도 다른 때에는 호기심에 길을 벗어나 평원을 지나갔다. 평원에는 이따금 등장하는 폐허가 잊힌 옛길의 존재를 알려 주었다. 한번은 이끼 긴 무너진 돌무더기가 오래전에 사라진 다리의 존재를 알리는 유속이 빠른 강을 헤엄쳐 건넜다.

　내 목적지처럼 보이는 곳에 이르기까지 분명히 최소 두 시간은 걸렸던 것 같다. 그곳은 나무가 빽빽하게 자란 공원 안에 있는, 담쟁이로 덮인 고색창연한 성이었다. 내게는 미치도록 익숙하면서도 당혹할 정도로 낯선 곳이었다. 해자에는 물이 차 있었고, 잘 알려진 탑 몇 개가 무너진 것을 발견했다. 반면 새로운 건물 날개들은 이 관찰자를 혼란스럽게 했다. 하지만 내가 정말로 관심을 두고 기쁨으로 바라본 것은 활짝 열린 창문들이었다―멋지게 불이 밝혀 있었고 최고조의 환락의 소리를 전했다. 정말로, 창문에 다가서서 안을 들여다보니 기묘하게 옷을 입은 사람들이 보였다. 흥에 겨운 모습으로 서로 즐겁게 얘기했다. 내가 인간의 대화를 한 번도 들어 본 적이 없었던 건 분명해 보였다. 무슨 말인지 아주 어렴풋이 추측할 수 있을 뿐이었다. 어떤 얼굴들은 믿기 힘들 정도로 먼 기억을 떠올리게 하는 표정이었고, 나머지는 완전히 이질적이었다.

이제 나는 낮은 창문을 지나 환하게 불 밝힌 방으로 걸어 들어갔다. 동시에 나는 밝은 희망의 순간에서 절망과 자각의 가장 어두운 충격으로 넘어갔다. 악몽은 바로 다가왔다. 내가 나타나자마자 상상을 넘어선 가장 끔찍한 장면이 일어났기 때문이었다. 창틀을 지나가기도 전에 사람들 모두가 추악할 정도로 갑작스럽고, 예기치 않은 공포심을 분출했다. 공포심으로 모두의 얼굴이 일그러졌고, 거의 모든 사람의 입에서 가장 끔찍한 비명이 나왔다. 다들 도망갔고, 혼란과 충격 속에 몇 명은 기절한 채 미친 듯이 뛰어다니는 동료들에 의해 질질 끌려갔다. 많은 이들이 손으로 눈을 가렸고, 앞뒤 가리지 않고 허둥대며 탈출구를 향해 질주했다. 가구를 넘어뜨리고 벽에 부딪히면서 겨우 문에 다다랐다.

비명은 충격적이었다. 나는 환하게 불이 밝혀진 방에 멍하니 홀로 서 있었고, 그들이 사라지는 소리를 들으며 내 주위에 숨어서 보이지 않는 무언가를 상상하며 몸을 떨었다. 대충 살펴보니 방은 텅 빈 것 같았다. 그러나 작은 방 하나를 지나면서 무언가를 발견했다고 생각했다―대체로 비슷한 또 다른 방으로 이어지는 금박으로 된 아치 모양의 출입구 너머에 무언가 움직임이 있었다. 아치에 다가서며 나는 그 존재를 좀 더 명확하게 인지하기 시작했다. 바로 그때 처음이자 마지막으로 내가 내뱉은 소리―그 불쾌한 원인만큼이나 내게 통렬하게 역겨웠던 끔찍한 오열―를 지르며, 나는 상상할 수도 없고, 묘사할 수도 없고, 언급할 수도 없는 괴물의 전신을 소름 끼치도록 생생하게 바라보았다. 그저 그 모습만으로 즐거워하던 사람들을 제정신이 아닌 도망자 무리로 만들었던 괴물이었다.

괴물이 어떤 모습인지 결코 말할 수가 없다. 불결하고, 기괴하고, 달갑지 않고, 비정상적이고, 혐오스러운 것들을 모두 합쳐 놓은 존재였기 때문이다. 부패하고 오래되고 황량하고 소름 끼치는 색깔이었다. 불길한 계시로 썩은 물이 뚝뚝 떨어지는 유령이었다. 자비로운 대지가 항상 감추었어야만 하는 무언가가 끔찍하게 등장한 것이었다. 이 세상에 속하지 않는다는 점은 분명했다―적어도 이제는 아니었다. 하지만 끔찍하게도 나는 그것의 썩어 가고 뼈가 드러난 외형이 인간의 형상을 비웃듯이 혐오스럽게 모방하고 있음을 깨달았다. 곰팡이가 피고 삭아 가는 옷에는 나를 더욱더 몸서리치게 만드는, 말할 수 없는 무언가가 있었다.

나는 거의 마비 상태였지만, 미약하게나마 도주를 시도하지 못할 정도까지는 아니었다. 하지만 뒷걸음질로도 이 이름 없고 소리 없는 괴물의 마법에서 나를 해방시키지 못했다. 역겹게 바라보는 생기 없는 눈에 붙잡힌 나의 두 눈이 닫히지 않았다―다행히도 내 두 눈은 흐릿했기에 처음의 충격 이후에 그 끔찍한 물체를 희미하게 보여 주었다. 손을 들어 눈을 가리려 했지만, 너무 큰 충격을 받은 바람에 팔이 내 의지를 따르지 않았다. 하지만 그 시도는 내 몸의 균형을 깨뜨리기에 충분했다. 그래서 난 넘어지지 않으려고 몇 걸음 앞으로 내디뎠다. 그러면서 나는 그 시체 같은 것이 갑자기 괴로울 정도로 가까워지는 것을 느꼈다. 마치 그것의 끔찍하고 공허한 숨소리가 들리는 것 같았다. 거의 정신이 나갔지만 그래도 나는 그렇게 가까이 다가온 썩어 문드러진 귀신을 내치기 위해 손을 흔들었다. 우주적인 두려움과 지옥 같은 우연함이 가득한 그 대격변의 순간에 **내 손가락은 금박의 아치 아래에서 괴물이 뻗은 썩은 발에 닿았다.**

나는 비명을 지르지 않았다. 그러나 밤바람을 타고 다니는 악마와 같은 귀신들이 나 대신 비명을 질렀다. 바로 그 순간 영혼을 섬멸시키는 기억이 갑자기 발생한 눈사태처럼 단박에 내 정신을 덮쳤다. 바로 그 순간 나는 지난 모든 일을 깨달았다. 끔찍한 고성과 나무 너머를 기억했고, 지금 내가 서 있는 바뀐 건물도 알아보았다. **무엇보다 끔찍하게도 나는 내 더러워진 손가락을 거둬들이면서 내 앞에 비웃듯이 서 있는 불경한 저주가 무엇인지 인식했다.**

하지만 우주에는 쓰라림이 있듯이 위안도 있다. 그 위안은 바로 네펜테스'다. 그 순간에 엄청난 공포 속에서 나는 이전에 무엇이 나를 공포에 빠지게 했는지 잊었다. 급작스럽게 튀어나온 어두운 기억이 반복되는 이미지들의 혼돈 속에서 사라졌다. 꿈속에서 나는 귀신이 나올 것만 같던 그 저주받은 폐허로부터 도망쳐 달빛 아래서 침묵 속에 빠르게 달렸다. 대리석으로 된 교회 마당으로 돌아와 계단을 내려갔지만, 석조 문을 움직일 수 없다는 것을 깨달았다. 하지만 아쉬움은 없었다. 그 고성과 나무들을 증오했기 때문이었다. 이제 나는 냉소적이지만 다정한 악귀들과 함께 밤바람을 타고 다닌다. 낮에는 나일강변의 하도스 계곡에 있는 알려지지 않고 봉인된 네프렌 카의 무덤에서 논다. 네프렌 카'의 돌무덤을 비추는 달빛을 제외하곤 내게 허락된 빛이 없다는 것을 안다. 피라미드 아래 니토크리스의 이름 없는 축제를 제외하고는 내게 허락된 어떤 즐거움도 없다는 것을 안다. 하지만 이 새로운 난폭함과 자유 속에서 나는 외부자 신분의 쓰라림을 대체로 즐긴다.

비록 네펜테스가 나를 안정시켰지만, 내가 항상 외부자라는 사실을 알기 때문이다. 현시대에서, 그리고 여전히 인간인 무리들 사이에서 난 외부자다. 거대한 금박 틀 안의 그 저주스러운 존재를 향해 손가락을 뻗고 나서 이 사실을 알게 되었다. 내 손가락을 뻗어 **그 반짝이는 유리의 차갑고 딱딱한 표면을 건드렸던 때부터**.

벽 속의 쥐들

1923년 7월 16일, 나는 마지막 인부가 작업을 마친 후에 엑섬 수도원으로 이사했다. 복원 작업은 기가 막힐 정도로 힘든 일이었다. 왜냐하면 껍질 같은 폐허를 제외하고는 그 버려진 무더기에서 남은 것이 거의 없었기 때문이었다. 하지만 그곳은 내 조상들의 터전이었기에 그 어떤 비용도 나를 막을 수 없었다. 제임스 1세의 통치 이래로 아무도 그곳에서 살지 않았다. 그때 매우 끔찍한, 하지만 대부분 설명되지 않은 비극이 집주인과 그의 다섯 자녀와 몇몇 하인들에게 들이닥쳤다. 그리고 구름 같은 의심과 공포 속에 셋째 아들, 내 직계 조상이자 그 저주받은 가문의 유일한 생존자가 쫓겨났다. 이 유일한 상속자가 살인자로 지명되면서 저택은 왕에게 귀속되었고, 피고인은 자신의 혐의를 풀거나 재산을 되찾으려 하지 않았다. 양심이나 법보다 더 큰 공포로 겁에 질린 채, 그 오래된 건물을 자신의 시야와 기억에서 지워 달라는, 미친 듯이 들리는 소원

만을 말하면서, 엑섬의 11번째 영주인 월터 드 라 포어는 버지니아로 도망쳐 다음 세기에 들라포어로 알려지게 된 가문을 세웠다.

엑섬 수도원에는 아무도 살지 않았다. 다만 이후에 노리스 가문의 영토로 배정되었고, 독특하게 지어진 건축 때문에 많이 연구되었을 뿐이었다. 고딕 양식의 탑이 색슨 혹은 로마네스크식 하부 구조 위에 있었다. 하지만 이 구조의 토대는 훨씬 이전이고, 여러 가지가 혼합된 양식이었다—로마식과 심지어는 드루이드식 혹은 정말 전설이 맞는다면 웨일스의 토착 양식을 혼합한 것이었다. 이 토대는 매우 특별했다. 한편으로는 단단한 석회암 절벽과 합쳐졌고, 그 절벽의 끝자락에서 수도원은 앤체스터 마을로부터 서쪽으로 1.6킬로미터 떨어져 있는 황량한 계곡을 내려다보았다. 건축가들과 골동품 연구자들은 잊힌 세월에 속하는 이 기묘한 유물을 조사하는 일을 즐겼다. 하지만 동네 사람들은 싫어했다. 내 조상들이 여기 살았던 수백 년 전에도 싫어했고, 이끼와 곰팡이로 덮인 채 버려진 이 유물을 지금도 싫어했다. 앤체스터에서 온 지 하루가 지나기 전에 나는 내가 저주받은 가문 출신임을 깨달았다. 그래서 이번 주에 작업부들이 엑섬 수도원을 폭파시켰고, 지금은 토대의 흔적을 지우느라 바쁘게 움직였다.

조상에 관한 기본 정보는 항상 알고 있었다. 아메리카 대륙 최초의 조상이 기이한 의심을 받으며 식민지로 왔다는 사실도 알았다. 하지만 세부적인 사안에 관해서는 들라포어 가문에서 항상 유지된 침묵의 원칙 탓에 전혀 알지 못했다. 우리 농장의 이웃과는 달리 우리가 진취적인 조상이나 중세와 르네상스 영웅을 자랑하는 일은 드물었다. 또한 남북 전쟁 이전의 지주들이 본인의 사후에 열어 보라고 장남에게 남긴 밀봉된 봉투에 담긴 것을 제외하고는 그 어떤 전통도 전해지지 않았다. 우리가 아끼는 명예는 이주한 이후에 성취한 것이었다. 다소 말이 없고 사교적이지 않은 '버지니아 가문'의 고귀하고 자랑스러운 명예였다.

전쟁 중에 재산이 다 사라졌고, 제임스강의 강둑에 위치한 가문의 저택인 카팩스의 화재로 모든 것이 변했다. 연세가 많았던 할아버지는 화재의 폭력 속에 돌아가셨고, 우리 모두를 과거와 연결시켰던 봉투도 할아버지와 함께 사라졌다. 지금도 나는 일곱 살 때 목격했던 화재를 떠올릴 수 있다. 소리치는 연방군과 비명 지르는 여자들과 아우성치며 기도하던 흑인들도 기억한다. 아버지는 군대에서 리치먼드를 방어했고, 여러 절차를 거친 후에 어머니와 나는 전선을 지나 아버지와 합류했다. 전쟁이 끝나자, 우리 모두 어머니가 온 북쪽으로 이주했다. 그곳에서 나는 성인으로 자랐고, 중년이 되었고, 믿음직한 양키로서 큰 부자가 되었다. 아버지도 나도 우리 가문의 봉투에 무엇이 담겨 있었는지 끝내 알 수 없었다. 그리고 매사추세츠 사업가의 단조로운 삶에 빠져들면서, 분명 오랫동안 숨겨져 있던 우리 가문의 비밀에 대한 관심을 나는 완전히 잃어버렸다. 그 비밀이 어떤 것인지 알았더라면 나는 기꺼이 엑섬 수도원을 이끼와 박쥐와 거미줄에 남겨 뒀을 것인데!

아버지는 1904년에 돌아가셨지만, 내게도 그리고 엄마가 없는 열 살짜리 소년인 나의 유일한 자식 알프레드에게도 아무런 유언을 남기지 않으셨다. 바로 이 아이로 인해 가문에 관한 정보의 질서가 뒤집혔다. 왜냐하면 내가 과거에 관해 농담조로 얘기했음에도 불구하고, 아이는 최근 전쟁 중 공군 장교로 1917년 영국에 갔을 때 매우 흥미로운 고대 전설에 관한 편지를 썼기 때문이었다. 분명 델라포어 가문에는 다채롭고 어쩌면 음험한 역사가 있었다. 아들 친구인 영국 공군의 에드워드 노리스 대위는 앤체스터에 있는 가문의 땅 근처에 살았고, 황당하고 믿기 힘든 정도가 여느 소설가도 따라잡을 수 없는 농부들의 미신을 알려 주었다. 물론 노리스 자신은 이 이야기들을 심각하게 여기지 않았다. 하지만 아들의 관심을 끌었고, 내게 쓰는 편지에 들어갈 만한 좋은 소재였다. 분명히 이 전설로 인해 나는 대서양 너머 가문의 전통에 관심을 가지게 되었고, 그 땅을 사서 복원하기로 결심했다. 노리스는 오랫동안 버려진 그곳을 알프레드에게 보여 주며, 자신의 삼촌이 현 소유주라서 대단히 합리적인 가격으로 갖게 해 주겠다고 약속했다.

나는 1918년에 엑섬 수도원을 구매했다. 하지만 거의 동시에 아들이 불구의 장애인으로 돌아오는 바람에 복원 계획에 신경 쓰지 못했다. 아들이 생존했던 2년 동안 나는 간병에 전념했고, 심지어 사업도 동업자의 손에 맡겼다. 1921년에 아들을 잃은 후에 삶의 목표도 없이, 더 이상 젊지 않은 은퇴한 제

조업자가 된 나 자신을 발견하고 새로운 소유물을 즐기며 여생을 보내기로 결심했다. 12월에 앤체스터를 방문해 노리스 대위를 만났다. 내 아들을 소중히 여겼던 통통하고 인상 좋은 젊은이였고, 앞으로 엑섬 수도원 복원에 도움이 될 도면과 일화를 모으는 일을 도와주기로 했다. 엑섬 수도원을 보며 나는 별다른 감정을 느끼지 못했다. 이끼로 덮이고 벌집 모양의 까마귀 둥지로 덮인 위태위태한 중세의 폐허 무더기가 절벽 위에 위험하게 자리 잡았고, 따로 떨어진 탑의 석벽을 제외하고는 바닥이나 다른 내부 장식은 없었다.

점차로 내 조상들이 3세기 전에 남겼던 것과 유사한 건물 모습이 그려지자 나는 재건을 위해 일꾼을 고용했다. 매번 부근의 지역 너머로 가야만 했다. 앤체스터 주민들이 믿기 힘들 정도로 건물에 대한 공포와 증오를 가졌기 때문이었다. 그 감정이 너무도 강해서 가끔은 외부 일꾼들에게도 전해졌고, 결과적으로 많은 이들이 일을 그만두었다. 감정의 범위에는 수도원과 그곳의 옛 가문이 모두 포함되는 듯이 보였다.

아들은 자신이 방문했을 때 다소 따돌림을 당했다고 했었다. 이제 나도 농부들에게 우리 가문에 대해 내가 얼마나 모르는지 확인시킬 때까지 같은 이유로 은밀히 배척당했다. 확인한 뒤에도 그들은 나를 싫어하며 무뚝뚝했고, 그래서 나는 대부분의 마을 전통들을 노리스를 통해 수집해야만 했다. 사람들이 용서할 수 없었던 이유는 아마도 내가 자신들에게는 그처럼 흉측한 상징을 복원하러 왔기 때문일 거다. 이성적이든 아니든 그들은 엑섬 수도원을 악마와 늑대 인간의 소굴로만 봤기 때문이었다.

노리스가 수집해 온 이야기들을 연결하고, 폐허를 연구했던 몇몇 학자들의 기록으로 이를 보완하면서 나는 엑섬 수도원이 선사 시대의 사원 위에 지어진 것으로 판단했다. 스톤헨지와 동시대였을 것이 분명한 드루이드 혹은 드루이드 이전의 사원이었다. 말로 표현할 수 없는 의식이 그곳에서 행해졌을 거라는 사실을 의심하는 이는 거의 없었다. 그리고 이 의식들이 로마인들이 도입했던 키벨레 숭배로 이어졌다는 불쾌한 이야기들도 있었다. 지하실 아래 아직도 보이는 각인에는 "DIV (…) OPS (…) MAGNA, MAT……"라는 글자가 분명히 적혀 있었다. 마그나 마터의 표식이었다. 로마 시민들은 그들의 사교 숭배를 금지하려 했지만 실패했었다. 많은 유적으로 확인되었듯이 앤체스터는 아우구스투스의 제3군단의 야영지였고, 키벨레 사원은 화려했고 프리기아 사제의 지시에 따라 이름 없는 의식을 행했던 숭배자들로 들끓었다고 알려져 있었다. 덧붙인 이야기에 따르면, 고대 종교의 몰락으로도 사원의 비밀 주신제를 멈추지 못했고 사제들은 실체적인 변화 없이 새 종교 속에서도 살아남았다. 마찬가지로 로마의 집권으로도 의식은 사라지지 않았고, 색슨족 일부가 남아 있던 사원에 더해지면서 이후에 보존되었던 기본 외형이 만들어졌고, 칠 왕국(七王國) 절반 내내 두려움을 불러일으킨 제식의 중추가 되었다고 알려졌다. 기원후 1000년경에 이곳은 낯설고 강력한 수도회가 안

착한 거대한 석조 수도원이었고, 겁에 질린 민중을 벽으로 막을 필요가 없었던 거대한 정원으로 둘러싸인 곳이라고 역사는 언급하고 있다. 노르만 침공 이후 많이 쇠락했지만, 데인인들에 의해서는 한 번도 파괴되지 않았다. 헨리 3세가 1261년에 이곳을 내 조상이자 엑섬의 첫 영주인 길버트 드 라 포어에게 하사했을 당시 누구도 반대하지 않았다.

이때까지는 우리 가문에 관해 안 좋은 기록이 없었지만, 당시에 무언가 이상한 일이 생겼던 것이 분명했다. 어떤 역사서에는 1307년에 드 라 포어를 '신의 저주'라고 언급하였다. 반면 마을 전설에는 과거의 사원과 수도원 토대 위에 세워진 성에 관한 사악하고 광란적인 공포만이 남았다. 난롯가 이야기들은 가장 끔찍한 묘사를 했고, 두려움에 찬 침묵과 흐릿한 얼버무림으로 인해 더 끔찍해 보였다. 그 이야기들에서 나의 조상들은 오래된 악마 종족으로 재현되었고, 그들에 비해 질 드 레와 마르키 드 사드는 아주 초보자처럼 보였다. 그리고 몇 세대에 걸쳐 이따금 발생한 마을 사람들의 실종이 그들의 책임이라고 은밀히 암시되었다.

분명 최악의 인물은 영주들과 그들의 직계 후손들이었다. 적어도 이들에 대해서는 대부분 숨죽여 얘기되었다. 만일 좀 더 건전한 성향의 후손이 있었다면, 그는 때 이르게 그리고 의심스럽게 사망하여 좀 더 전형적인 자손에게 자리를 내주었다고 전해졌다. 가문 내부에 가장이 운영하고, 가끔은 몇몇 구성원들에게만 허용된 광신 집단이 있었던 것 같았다. 혈통보다는 기질이 분명 이 집단의 기준이었다. 결혼해서 가족이 된 이들이 몇몇 있었기 때문이었다. 5대 영주의 차남 고드프리의 콘월 출신 아내 마거릿 트레보 부인은 지역에서 아이들이 가장 좋아하는 악인이었고, 웨일스 접경 지역 근처에 아직도 남아 있는 유달리 끔찍한 옛 노래의 사악한 여주인공이었다. 비록 똑같지는 않지만 메리 드 라 포어 부인의 끔찍한 이야기도 마찬가지로 노래에 남아 있었다. 그녀는 슈루즈필드 백작과 결혼한 지 얼마 되지 않아 백작과 그의 어머니에게 살해당했다. 두 사람은 세상에 감히 다시는 언급할 수 없는 일을 신부에게 고해성사한 후에 용서를 받고 축복받았다.

이런 신화와 노래들은 전형적으로 조잡한 미신이었음에도 매우 역겨웠다. 그것들이 지속되고, 그처럼 오랫동안 내 조상들에게 적용되었다는 사실이 특히 언짢았다. 반면 소름 끼치는 관습에 대한 비난으로 인해 내 직계 조상의 유명한 추문이 기억났다. 내 사촌인 카팩스 출신의 젊은 랜돌프 들라포어에 관한 것이었는데, 그는 멕시코 전쟁에서 돌아온 후 흑인들과 같이 살면서 부두교 신부가 되었다.

석회암 절벽 아래 척박하고 바람 잦은 계곡의 울부짖음에 관한 좀 더 모호한 이야기는 그다지 불쾌하지 않았다. 봄비가 내린 후의 묘지에서 나는 악취에 관한 이야기, 어느 날 밤 아무도 없는 들판을 지나던 성 존 클레이브의 말에 짓밟히자 몸부림치며 비명을 질러 대는 하얀 것에 관한 이야기, 벌건 대낮에 수도원에서 무언가를 보고 미쳐 버린 하인에 관한 이야기도 불쾌하지 않았다. 이런 것들은 해묵은 귀신 이야기들이었고, 나는 당시에 엄격한 회의주의자였다. 사라진 농부들 이야기는 비록 중세 관습의 시점에서는 특별히 중요하지 않았지만 그렇다고 무시할 수는 없었다. 강한 호기심은 죽음을 의미했고, 적어도 하나 이상의 잘린 머리가 엑섬 수도원 주위의 성벽―이제는 사라졌다―위에 공개적으로 걸렸었다.

몇몇 이야기들은 너무도 생생해서 나는 젊었을 때 비교 신화에 대해 좀 더 배우지 못했던 것이 안타까웠다. 예를 들어 박쥐 날개를 한 악마 군단이 수도원에서 매일 밤 마녀 집회를 연다는 믿음이 있었다―이 군단의 음식으로 인해 거대한 정원에서는 커다란 채소가 풍성하게 자랐다. 좀 더 생생한 이야기는 쥐에 관한 극적인 서사시였다―성을 버리게 만든 비극이 일어난 지 3개월 후에 갑자기 나타나 성을 돌아다닌 불쾌한 짐승 군단의 서사였다. 이 삐쩍 마르고 더럽고 굶주린 군단은 눈앞의 모든 것을 쓸어버렸고, 닭, 고양이, 개, 돼지, 양, 심지어는 두 명의 불운한 인간까지 먹어 치운 후에야 분노를 멈췄다. 잊힐 수가 없는 이 설치류 군단을 둘러싸고 완전히 새로운 신화들이 회자되었다. 왜냐하면 마을 사람들에게 전해지면서 저주와 공포를 불러일으켰기 때문이었다.

내가 노인의 끈기로 조상의 집을 복원하는 일을 마무리하려고 매진할 때, 그런 옛이야기들이 나를 괴롭혔다. 그렇다고 이 이야기들이 나의 심리적 환경을 주로 형성했을 거라고는 절대 상상하지 마라. 다른 한편으로 노리스 대위와 주위에서 도움을 주는 골동품 연구자들은 나를 칭찬했다. 시작한 지 2년이 지나 작업을 마쳤을 때 나는 거대한 방과 널이 둘러싼 벽, 아치형의 천장, 중간 문설주가 있는 창문, 넓은 계단을 자랑스럽게 바라보았다. 복원에 들인 엄청난 비용을 완벽히 보상할 정도였다. 중세 시대의 특징이 모두 교묘하게 재현되었고, 새로운 부분은 원래의 벽과 토대에 완벽하게 어울렸다. 내 조상들의 터가 완성되었고, 나에게서 끝날 가문의 지역적 명성을 마침내 복원할 수 있을 거라 기대했다. 나는 여기서 영원히 살 것이고, 드 라 포어(나는 이름의 원래 철자를 다시 받아들였다) 사람이 꼭 악마는 아니라는 것을 증명할 것이다. 아마도 내 안정감이 늘어난 이유는 엑섬 수도원이 중세식으로 고쳐졌음에도 내부는 진실로 완전히 새로웠고, 오래된 해충과 오래된 귀신으로부터 자유로워졌기 때문이었을 것이다.

이미 말했듯이, 나는 1923년 7월 16일에 이사했다. 식구는 일곱 명의 하인과 내가 특별히 좋아하는 동물인 고양이 일곱 마리였다. 가장 나이 많은 고양이인 '니거맨'은 일곱 살이었고, 매사추세츠 볼턴에 있는 내 집에서 데려왔다. 나머지는 수도원의 복원 중에 노리스 대위 가족들과 함께 살면서 생겼다. 5일 동안 우리의 일상은 최상의 평온함 속에 시작됐다. 그 기간의 대부분을 가문의 옛 기록을 정리하며 보냈다. 이제 나는 월터 드 라 포어의 최후의 비극과 도피에 관한 꽤 많은 양의 기록을 확보했고, 이 기록이 카팩스 화재로 유실된 가문의 기록의 내용일 수도 있다고 생각했다. 나의 조상은 상당한 근거로 네 명의 하인 공모자를 제외하고 자고 있던 가족들을 살해했다는 혐의를 받았다. 그의 태도를 완전히 바꿨던 충격적인 발견을 한 지 약 2주 후였고, 그 발견에 대해 그는 자신을 도와주고 이후에는 흔적 없이 도망간 하인들을 제외하고는 어느 누구에게도 밝히지 않았다.

아버지와 세 명의 형제와 두 명의 누이를 대상으로 한 계획된 학살을 마을 사람들은 대체로 용인했다. 게다가 법적으로도 매우 느슨히 처리되었기에 범법자는 명예롭게, 해를 입지 않고, 신분을 속이지도 않은 채 버지니아로 도망쳤다. 은밀하지만 일반적인 의견은 그가 그 땅의 오래된 저주를 정화했다는 것이었다. 어떤 발견이 그처럼 끔찍한 행동을 유발했는지, 나는 상상조차 할 수 없었다. 월터 드 라 포어는 자기 가문에 관한 사악한 이야기들을 분명 오래전부터 알고 있었을 거다. 따라서 그 이야기들이 새로운 충동을 유발했을 리는 없었다. 그렇다면 그는 기괴한 고대의 의식을 목격한 것이었을까, 아니면 수도원이나 그 근처에서 무언가 비밀을 들춰내는 소름 끼치는 상징과 마주쳤던 것일까? 영국에서 그는 말이 없고 점잖은 젊은이로 알려져 있었다. 버지니아에서는 무뚝뚝하거나 불만이 많다기보다는 초조하고 불안해 보였다. 또 다른 탐험가인 벨뷰 출신의 프랜시스 할리의 일기장에서 그는 탁월한 정의감과 명예와 섬세함을 지닌 사람으로 언급되었다.

7월 22일에 첫 번째 사건이 일어났다. 그때는 가볍게 여겼지만 이후의 일들과 관련해서 엄청난 의미가 있는 사건이었다.

너무도 단순해 거의 무시할 만했고, 당시 상황에서는 주목할 일이 아니었다. 왜냐하면 반드시 상기해야 하는 점은, 지역적 특성에도 불구하고 나 자신이 벽을 빼고는 실제로 완전히 새로운 건물에 있는 데다 양식 있는 하인들에 둘러싸여 있었기에 두려움은 터무니없었기 때문이었다. 나중에 그저 이 정도만 기억이 났다. 내가 성격을 잘 아는 늙은 검은 고양이가 분명 신경이 날카로워져 불안해하면서 평상시와 완전히 다르게 행동했다. 고양이는 매우 불안해하며 방마다 돌아다녔고, 오래된 고딕 구조물의 일부였던 벽 주변에서 계속해서 냄새를 맡았다. 얼마나 진부하게 들릴지 나도 안다ㅡ유령 이야기에는 빠지지 않고 등장하는 개, 주인이 천을 둘러싼 형상을 보기 전에 항상 으르렁대는 그런 개와 같았다ㅡ하지만 그 생각을 내내 억누를 수가 없었다.

다음 날 하인 한 명이 집 안의 고양이들이 전부 불안해한다고 불평했다. 하인은 2층 서편의 천장이 높은 방인 내 서재로 찾아왔다. 검은 떡갈나무로 된 벽, 궁륭(穹窿)으로 만들어진 아치, 석회암 절벽과 황폐한 계곡을 내려다보는 세 개의 창틀로 된 고딕 창문을 갖춘 방이었다. 그리고 하인이 말할 때 나는 서쪽 벽을 따라 서서히 다가오며 고대의 돌을 덮은 새 나무판을 긁어 대는 니거맨의 검은 형상을 봤다. 나는 하인에게 오래된 석조물에서 특이한 냄새가 나거나 무언가 발산되는 게 분명하다고 말했다. 인간의 감각으로는 느끼지 못하지만 새로운 목조물을 뚫고 고양이의 민감한 기관에 영향을 주는 거라고 했다. 나는 진심으로 그렇게 믿었고, 그래서 하인이 생쥐나 쥐가 있을 거라고 말했을 때 3백 년 동안 들쥐가 전혀 없었고, 주변의 시골 쥐도 이 높은 성안에서 발견될 일이 거의 없다고 반박했다—실제 우연히라도 성안에 들어오는 일은 없다고 알려져 있었다. 그날 오후 나는 노리스 대위를 방문했고, 그는 들쥐가 그처럼 갑자기 아무 전조 없이 수도원에 출몰하는 건 정말 믿기 힘든 일이라고 확인해 주었다.

그날 밤 평소처럼 하인을 보내고 나는 서재에서 돌계단과 짧은 회랑을 거쳐 내 공간으로 정해 놓은 서쪽 탑의 방으로 갔다. 돌계단 일부는 옛것이지만 회랑은 완전히 복원된 곳이었다. 방은 원형이고, 천장이 매우 높고, 벽판이 없었고, 내가 런던에서 직접 고른 아라스 천이 걸려 있었다. 니거맨이 뒤따라오는 것을 확인하고 나는 무거운 고딕 문을 닫고 정교하게 촛불을 모사한 전등불 아래서 방으로 갔다. 마침내 불을 끄고 조각된 네 기둥에 차양이 걸린 침대로 들어가자, 고아한 고양이가 내 다리 사이의 익숙한 곳에 자리를 잡았다. 커튼을 치지 않았기에, 마주 보이는 북쪽의 좁은 창문 너머를 바라보았다. 하늘에는 오로라의 조짐이 있었고, 창문의 미세한 트레이서리 무늬의 실루엣이 마음에 들었다.

어느 순간 깊은 잠에 빠졌던 게 분명했다. 왜냐하면 고양이가 평온하게 있다가 매우 놀랐을 때, 이상한 꿈에서 깼다는 느낌이 생생하게 기억나기 때문이다. 나는 새벽녘의 희미한 빛속에서, 머리는 앞으로 쭉 빼고, 앞발은 내 발목을 감고, 뒷발은 뒤로 쭉 뻗은 고양이를 바라봤다. 고양이는 창문에서 약간 서쪽에 있는 벽의 어떤 지점을 뚫어져라 쳐다보았다. 내 눈에는 그곳을 특별하게 만드는 것이 전혀 보이지 않았지만, 이제 나의 관심은 완전히 그곳으로 향했다. 그렇게 바라보면서 나는 니거맨이 쓸데없이 흥분한 것이 아님을 깨달았다. 아라스 천이 움직였는지 아닌지 말할 수 없다. 아주 조금 움직였다고 나는 생각한다. 하지만 맹세컨대 그 뒤에서 생쥐나 쥐가 다니는 듯한 작지만 확실한 소리를 들었다. 곧바로 고양이가 가림 막에 온몸을 던졌고, 그 부분을 자신의 무게로 바닥으로 끌어내리며 습기 찬 고대의 석벽을 드러냈다. 이곳저곳 복원가들에 의해 메꿔진 벽이지만 설치류가 돌아다닌 흔적은 없었다. 니거맨은 벽의 아랫부분을 위아래로 내달리면서 떨어진 아라스 천을 할퀴어 대고, 가끔은 앞발을 벽과 참나무 바닥 사이에 집어넣으려는 것처럼 보였다. 아무것도 찾지 못한 채 고양이는 잠시 후 맥없이 내 다리 아래의 자기 자리로 돌아왔다. 나는 움직이지 않았지만, 그날 밤 다시 잠들지 못했다.

아침에 하인들 모두에게 물어봤고, 누구도 특별한 점을 발견하지 못했음을 확인했다. 예외라면 창틀에 앉아 있던 고양이의 행동을 기억한 요리사가 있었다. 고양이가 한밤에 울어대는 바람에 요리사는 잠에서 깼고, 덕분에 고양이가 목적지가 있는 것처럼 열린 문을 나서서 계단을 내려가는 것을 보았다. 나는 정오에 낮잠을 잤고, 오후에 노리스 대위를 다시 방문했다. 대위는 내 얘기에 큰 관심을 보였다. 이 기묘한, 아주 사소하면서도 매우 신기한 일은 생생한 이야기를 좋아하는 그를 자극했고, 그래서 그는 지역의 귀신 이야기들을 기억해 냈다. 우리는 진심으로 쥐의 존재에 놀랐고, 노리스는 쥐덫 몇 개와 쥐약을 내게 주었다. 집에 돌아와서 나는 하인들에게 그것들을 적절한 장소에 두라고 시켰다.

너무 졸려서 일찍 잠자리에 들었고 가장 끔찍한 종류의 꿈에 시달렸다. 엄청나게 높은 곳에서 희미하게 빛나는 동굴을 내려다보고 있었던 것 같다. 동굴은 무릎 높이까지 오물로 차 있었고, 흰 수염 난 악마 같은 돼지치기가 지팡이로 곰팡이가 피고 근육이 축 늘어진 짐승들을 몰고 있었다. 그 짐승들의 모습에 나는 말로 형용할 수 없는 혐오감을 느꼈다. 그 순간, 일을 하던 돼지치기가 잠시 쉬며 졸았고, 쥐 떼가 그 냄새나는 심연으로 비 오듯 떨어져서 짐승과 인간을 모두 집어삼키기 시작했다.

나는 이 끔찍한 광경에서 평상시처럼 다리 위에서 자고 있던 니거맨의 움직임 때문에 갑자기 깼다. 이번에는 고양이가 으르렁거리고 쉭쉭거리는 소리를 내는 이유를 물을 필요가 없었다. 그리고 고양이가 발톱으로 내 발목을 파고들게 하는—그 결과는 의식하지 못한 채—공포의 이유도 물을 필요가 없었다. 왜냐하면 사방의 벽마다 불쾌한 소리로 가득했기 때문이었다—굶주린 거대한 쥐들이 들끓으며 미끄러지듯 돌아다니는 소리였다. 이전에 떨어진 부분에 다시 걸어 놓은—떨어진 부분을 교체했었다—아라스 천의 상태를 보여 줄 오로라는 없었다. 하지만 나는 전등을 켜지 못할 정도로 겁에 질리지는 않았다.

전구에 불이 갑자기 들어오자 나는 태피스트리가 전부 끔찍하게 흔들리며 그것의 다소 특이한 문양이 특이한 죽음의 춤을 추는 것을 보았다. 움직임은 거의 한순간에 사라졌고, 소리도 역시 멈췄다. 나는 침대에서 뛰쳐나와 근처에 있던 난상기(暖床器)의 긴 손잡이로 아라스 천을 찔렀고, 한쪽을 들어 밑에 무엇이 있는지 보았다. 덧댄 석벽 외에는 아무것도 없었고, 심지어 고양이마저 비정상적인 존재로 긴장하던 것을 멈췄다. 방 안에 놓은 원형 덫들을 조사했을 때 전부 입구가 닫혀 있었지만, 뭔가 잡혔다가 도망쳤는지를 보여 주는 흔적은 전혀 없었다.

더 이상 잠을 자는 것이 불가능했기에 나는 촛불을 켜고 문을 열고 회랑으로 나가 서재로 가는 계단으로 향했다. 니거맨이 내 뒤를 쫓아왔다. 하지만 우리가 돌계단에 다다르기 전에 고양이가 갑자기 내 앞으로 나서더니 고대의 계단 아래로 사라졌다. 나도 계단을 내려가면서 아래쪽 큰 방에서 갑작스러운 소리를 들었다. 착각할 수가 없는 소리였다. 참나무판 벽이 뛰어다니고 몰려다니는 쥐들로 살아 있는 듯했고, 니거맨은 사냥감을 놓친 사냥꾼처럼 화를 내며 뛰어다녔다. 나는 계단 아래서 불을 켰다, 하지만 이번에는 소리가 잦아들지 않았다. 쥐들은 계속해서 난리를 피웠고, 마침내 내가 그들의 움직임의 분명한 방향을 알 수 있을 정도로 확실히, 그리고 힘차게 몰려다녔다. 이 생명체들은 분명 헤아릴 수 없을 정도의 수로 상상할 수 없는 높이에서 상상할 수 있거나, 아니면 그럴 수 없을 정도의 아래쪽 심연으로 엄청난 이주를 한 번에 하고 있었다.

그때 나는 복도에서 발소리를 들었고, 이내 두 명의 하인이 거대한 문을 밀어 열었다. 그들은 고양이들이 전부 으르렁거리며 공황 상태에 빠지고 급히 몇 계단을 뛰어 내려가 지하실의 닫힌 문 앞에서 쪼그려 앉아 울부짖는 혼란을 보고, 그 알 수 없는 원인을 찾아 집 안을 돌아다녔다. 쥐 소리를 들었는지 묻자 그들은 듣지 못했다고 했다. 그리고 내가 그들의 시선을 벽으로 돌리려고 했을 때 소음이 멈췄다는 걸 깨달았다. 두 사람과 함께 나는 지하실 문 쪽으로 내려갔지만, 고양이들은 이미 사라졌다. 나중에 아래쪽 지하실을 조사하기로 마음먹고, 당장은 그냥 덫을 살펴보았다. 어떤 건 닫혀 있었지만, 전부 비어 있었다. 고양이들과 나만 빼고는 아무도 쥐 소리를 듣지 못하는 것을 확인한 후에 나는 아침까지 서재에 앉아 있었다. 깊은 생각에 잠긴 채 내가 살고 있는 건물에 관해 캐냈던 전설을 전부 떠올렸다.

정오 전에 잠시, 가구를 중세식으로 맞추려던 계획에도 불구하고 버릴 수 없었던 편안한 독서 의자에서 잠을 잤다. 이후 노리스 대위에게 전화를 했고, 그는 건너와서 내가 지하실을 조사하는 일을 도왔다. 우리는 그곳의 둥근 천장이 로마인들에 의해 지어진 것을 알고 흥분을 감출 수가 없었지만, 이상한 점을 전혀 발견하지 못했다. 낮은 아치와 거대한 기둥 모두가 로마식이었다. 손재주가 없는 색슨족의 천박한 로마네스크 양식이 아니라 카이사르 시대의 엄격하고 조화로운 고전주의 양식이었다. 실제로 벽에는 이곳을 여러 번 조사한 골동품 연구자들이 잘 아는 비문이 가득했다―예를 들어 "P. GETAE. PROP (⋯) TEMP (⋯) DONA (⋯)"와 "L. PRAEC (⋯) VS (⋯) PONTIFI (⋯) ATYS (⋯)"가 있었다.

아티스*에 관한 글귀에 나는 몸서리를 쳤다. 카툴루스*를 읽었고, 키벨레* 신앙과 상당히 혼합된 이 동양 신의 끔찍한 의식에 관해 조금 알았기 때문이었다. 등불 아래서 노리스와 나는 제단처럼 보이는 불규칙한 정방형 돌덩이 위의, 거의 지워졌지만 기묘한 도안을 해석하려고 애썼으나 별 성과는 없었다. 우리는 학자들이 한 가지 양식, 빛을 방사하는 일종의 태양이 로마가 아닌 기원을 가졌다고 주장한 것을 기억했다. 이 제단들은 같은 자리에 있었던 무언가 좀 더 오래되고 아마도 토착인 사원을 단지 로마의 사제들이 차용했던 것임을 암시했다. 어떤 돌덩이 위에는 나를 의아하게 만든 갈색 자국이 있었다. 방 한가운데 있는 가장 큰 돌덩이 위에는 불과 연관되었음을 알리는 특징이 있었다―아마도 불에 탄 제물이었을 것이다.

그런 것들이 문 앞에서 고양이들이 울부짖었던 지하실의 모습이었고, 이제 노리스와 나는 그곳에서 밤을 새우기로 결심했다. 소파를 옮겨 온 하인들은 밤새 고양이들이 어떤 행동을 해도 신경 쓰지 말도록 지시받았다. 니거맨은 곁에 두면 마음이 편할 뿐만 아니라 도움도 되기에 지하실로 데려갔다. 우리는 환기용 틈새가 있는 현대판 복제품인 거대한 참나무 문을 굳게 닫아 두기로 했다. 문을 닫은 후에 우리는 여전히 타고 있는 등불을 들고 다가올 일을, 그게 무엇이든 기다렸다.

지하실은 수도원 토대 매우 깊은 곳에 자리 잡았고, 황폐한 계곡을 내려다보는 툭 튀어나온 석회암 절벽 면 한참 아래 있는 것이 분명했다. 왜 그런지 설명할 수는 없지만, 나는 바닥을 긁는 설명할 수 없는 쥐들의 목적지가 그곳이라는 것을 의심하지 않았다. 우리는 기대감에 차서 그곳에 누웠고, 밤을 새우는 동안 나는 가끔 설익은 꿈을 꾸다 다리 사이 고양이의 불안한 움직임에 잠에서 깨곤 했다. 좋은 꿈이 아니었고, 전날 밤 내가 꾸었던 것과 섬뜩하게도 비슷했다. 나는 다시금 어슴푸레한 동굴과 돼지치기와 오물 속에 뒹구는 그의 말할 수 없는 곰팡이 나는 짐승들을 보았고, 그렇게 보는 동안 그것들이 좀 더 가까이 다가오고 좀 더 선명해지는 것 같았다—너무도 선명해서 나는 그것들의 특징을 제대로 관찰할 수 있었다. 그러다 나는 그중 한 마리의 살이 축 늘어진 모습을 보았다. 비명을 지르고 깨어나며 니거맨을 놀라게 했고, 그러자 깨어 있던 노리스 대위가 크게 웃었다. 날 비명 지르게 한 것이 무엇인지 알았다면 노리스는 더 크게—어쩌면 덜—웃었을지도 모르겠다. 하지만 나 자신도 나중에야 기억이 났다. 극도의 공포는 친절하게도 종종 기억을 마비시키는 법이다.

그 현상이 시작됐을 때 노리스가 나를 깨웠다. 그가 살짝 흔들면서 고양이들에 귀를 기울이라고 하는 바람에 나는 똑같이

36

무서운 꿈에서 깼다. 실제로 많은 소리가 들렸다. 돌계단 꼭대기의 닫힌 문 너머로 정말로 악몽처럼 고양이가 비명을 지르며 할퀴어 대고 있었기 때문이었다. 반면 니거맨은 밖에 있는 자신의 동족은 신경 쓰지 않고 노출된 석벽 주위를 흥분해서 뛰어다녔다. 벽 속에서 나는 전날 밤 나를 불안하게 했던 쥐들이 뛰어다니는 소리를 똑같이 들었다.

이제 나는 날카로운 공포감에 휩싸이기 시작했다. 정상적으로는 전혀 설명할 수 없는 비정상이 눈앞에서 벌어지기 때문이었다. 나와 고양이만 공유하는 광기의 생명체가 아니라면, 이 쥐들은 속이 꽉 찬 석회암 덩어리라고 내가 생각했던 로마식 벽 속에서 뒹굴고 미끄러지고 있는 거였다. (…) 1천7백 년 동안 물줄기가 파낸 굴을 설치류들이 넓고 깔끔하게 계속 문지른 것이 아니라면……. 하지만 그렇다 하더라도 보이지 않는 공포는 줄어들지 않았다. 만일 이것들이 살아 있는 해충이라면 노리스는 왜 그들의 역겨운 소란을 듣지 못하는 거지? 그는 왜 내게 니거맨을 쳐다보고 반대편 고양이 소리를 들으라고 했지? 고양이들을 흥분시킨 이유를 제멋대로 애매하게 추측했던 거지?

내가 들었다고 생각하는 것에 대해 최대한 이성적으로 그에게 말할 수 있을 때가 되었을 때, 그 움직이는 소리가 내 귀에 마지막으로 희미하게 들렸다. 이제 소리는 **좀 더 아래쪽**, 가장 아래편에 있는 아래 지하실 아래로 멀리 물러갔다. 그러고는 아래쪽 절벽 전체가 무언가를 찾아 나서는 쥐들로 가득 찬 듯했다. 노리스는 내가 걱정한 만큼 회의적이지는 않았다. 하지만 대신 심하게 놀란 듯했다. 그는 마치 쥐들이 사라져서 포기했다는 듯 문 앞에 있던 고양이들이 소동을 멈추었다고 몸짓으로 알렸다. 반면 니거맨은 갑자기 다시 불안해했고, 내 소파보다는 노리스의 소파에 가까운 방 중앙의 커다란 돌 제단 바닥을 미친 듯이 할퀴어 댔다.

그 순간 알 수 없는 것에 대한 나의 공포는 극도로 증가했다. 무언가 놀라운 일이 생겼고, 나보다 더 젊고, 건장하고, 아마도 당연히 좀 더 현실적인 사람인 노리스 대위가 나만큼이나 철저히 영향을 받은 모습을 봤다—어쩌면 평생 지역의 전설을 친밀하게 잘 알았기 때문일지도. 그 순간 우리는 검은 고양이가 제단 아래를 앞발로 파는 모습을 쳐다보는 것 말고는 아무일도 할 수 없었다. 앞발질의 강도가 점차 줄어들었고, 고양이는 가끔 고개를 들고 울어 댔다. 자기를 위해 무언가를 해 달라고 나를 설득할 때 하던 행동이었다.

노리스가 이제 등불을 제단 가까이 가져가 니거맨이 앞발로 할퀴던 곳을 조사했다. 조용히 무릎을 꿇고 로마 시대 이전의 거대한 돌덩이를 바둑판무늬 바닥에 이은 수백 년 된 이끼를 걸어 냈다. 그가 아무것도 찾지 못해서 그만두려고 할 때, 나는 사소하지만 소름 끼치는 상황을 눈치챘다. 그렇지만 내가 이미 상상했던 것 이상은 아니었다. 나는 그 상황을 그에게 알렸고, 우리 두 사람은 우리가 발견한 무언가를 알아보고, 정신없이 집중할 때처럼, 거의 감지할 수 없는 그 현상을 쳐다봤다.

그건 다름 아니라, 제단 근처에 내려놓은 등불이 이전에는 없던 외풍에 의해 미세하지만, 분명히 펄럭거린 거였다. 외풍은 분명히 노리스가 이끼를 걷어 냈던 바닥과 제단 사이의 틈새에서 나왔다.

우리는 환하게 불 밝힌 서재에서 남은 밤을 보내며, 다음에 무엇을 할지에 대해 불안한 마음으로 논의했다. 가장 깊다고 알려진 로마인의 석축보다 더 깊은 지하실이 이 저주받은 돌덩이 아래 있다는 발견은—3백 년 동안 호기심 많은 고대학자들도 찾지 못했던 지하실의 발견은—그 불길한 것에 관한 배경지식이 없었다면 우리를 흥분시키기에 충분했을 것이다. 실제로, 이 흥미로운 발견은 이중적이었다. 우리는 미신의 경고에 따라 조사를 포기하고 수도원을 영원히 떠나거나 아니면 우리의 모험 정신을 만족시키기 위해 알 수 없는 지하에서 기다리고 있을 공포를 감내할지 주저하며 고민했다. 아침에 이르러 우리는 타협점을 찾았고, 런던으로 가서 이 신비로움을 감당할 만한 고고학자와 과학자들을 모으기로 결심했다. 우리가 아래 지하실을 나가기 전에 이름 없는 공포가 있는 새로운 구덩이로 가는 관문이라고 파악한 중앙 제단을 옮기려고 했지만 실패했다는 점을 꼭 언급해야겠다. 어떤 비밀이 그 관문을 열게 될 것인지는 우리보다 더 현명한 이들이 알아내야만 할 것이다.

노리스 대위와 나는 런던에서 며칠간 다섯 명의 우수한 권위자들에게 우리가 아는 사실, 추측, 전설의 일화 등을 보여 주었다. 이들은 미래의 탐험으로 드러날 우리 가문과 관련된 어떠한 폭로도 존중할 것만 같은 사람들이었다. 그들 대부분은 완전히 무시하는 대신 깊은 관심과 공감을 보여 주었다. 이들의 이름을 전부 밝히는 것이 꼭 필요하지 않지만 윌리엄 브린턴 경이 포함되어 있다는 사실은 알리고 싶다. 그의 트로아스* 발굴은 당시에 거의 전 세계를 흥분에 빠뜨렸다. 우리가 모두 앤체스터로 가는 기차에 올랐을 때 나는 두려운 계시의 목전에 있다는 기분이 들었다. 세계 반대편에서 대통령의 급작스러운 사망*으로 많은 미국인들이 애도하는 기운을 상징하는 것 같았다.

8월 7일 저녁에 우리는 엑섬 수도원에 도착했고, 하인들은 이상한 일이 전혀 없었다고 확인해 주었다. 고양이들은, 심지어 나이 든 니거맨까지 완전히 평온했다. 집 안의 덫은 단 하나도 닫히지 않았다. 우리는 다음 날 탐색을 시작하기로 계획했고, 그때를 기다리며 나는 손님들을 시설이 잘 갖춰진 방에 배정했다. 나 자신도 탑의 내 방에서 니거맨을 다리 사이에 두고 누웠다. 금방 잠이 들었지만 끔찍한 꿈에 시달렸다. 뚜껑 덮인 쟁반에 담긴 공포가 동반된 트리말키오*의 축제와 같은 로마 축제를 보았다. 그러고는 돼지치기와 어슴푸레한 동굴 속 더러운 가축들이 등장하는 그 저주스럽고 끔찍한 꿈이 반복되었다. 하지만 잠에서 깼을 때 날이 환했고, 집 안 아래쪽에서는 평소의 소리가 들렸다. 쥐들은, 살아 있든 아니면 귀신이든, 괴롭히지 않았다. 그리고 니거맨은 조용히 자고 있었다. 아래로 내려가면서 똑같은 고요함이 사방에 가득하다고 느꼈다. 모여 있던 하인 중 한 명—영매에 빠져 있던 손턴이라는 자였다—은 다소 터무니없게 특정한 힘이 내게 보여 주고자 했던 것을 내가 보았다고 설명했다.

이제 모든 것이 준비되었고, 오전 11시에 모두 일곱 명인 우리 탐사대는 강력한 전기 탐조등과 탐사 도구를 들고 지하실로 내려간 후에 문을 잠갔다. 니거맨은 우리와 함께 갔다. 왜냐하면 탐사원들이 고양이의 흥분을 무시할 이유가 없었고, 실제로 애매모호한 설치류 현상에 그가 있으면 했기 때문이었다. 우리는 로마식 각인과 알 수 없는 제단 디자인을 아주 잠깐 보았다. 지식인들 중 세 명은 이미 그것들을 봤었고, 모두가 그 특징을 알기 때문이었다. 관심은 주로 거대한 중앙의 제단을 향했고, 한 시간이 지나기 전에 윌리엄 브린턴 경이 무언가 알 수 없는 종류의 평형추로 균형을 잡고 제단을 뒤로 젖혔다.

그러자 마음의 준비가 없었다면 우리를 압도했을 공포가 드러났다. 타일로 된 바닥의 거의 정사각형인 구멍 사이로, 너무도 심하게 닳아서 중간 부분이 거의 아래로 평면처럼 기울어진 계단들 위에 인간 혹은 반인(半人)들의 뼈가 끔찍하게 펼쳐져 있었다. 해골로서의 모양을 여전히 갖추고 있는 뼈들은 광란의 공포에 빠진 자세였고, 설치류가 갉아 먹은 자국이 온갖 곳에 있었다. 머리뼈는 심각한 저지능, 크레틴병 혹은 원시의 유사 영장류의 특징을 보여 주었다. 무시무시하게 어지러운 계단 너머로 단단한 바위를 깎아 놓은 것처럼 보이는, 아래로 내려가는 아치 모양의 통로가 있었고, 그 통로로 바람이 불었다. 바람은 닫혔던 지하실에서 갑자기 나오는 역겨운 돌풍이 아니라, 무언가 신선함이 느껴지는 차가운 미풍이었다. 우리는 더 이상 기다리지 않고, 몸을 떨면서 계단 아래 통로를 지나가기 시작했다. 바로 그때 윌리엄 경이 벽의 조각을 조사하면서, 자국의 방향을 보면 통로가 분명 **아래쪽에서 위로** 파낸 것이라는 기이한 관찰을 했다.

이제 나는 정말 신중하고 조심스럽게 말해야만 한다.

이빨 자국이 난 뼈 사이를 몇 계단 내려간 후에 우리는 앞쪽에서 빛을 보았다. 신비로운 인광이 아니라 황폐한 계곡을 내려다보는 절벽에 알려지지 않은 틈이 없었다면 생길 수 없는 투과된 햇빛이었다. 외부에서 그런 틈이 보이지 않았다는 사실은 그리 놀랍지 않았다. 왜냐하면 계곡에는 정말로 아무도 살지 않았을 뿐만 아니라 절벽이 너무도 높고 툭 튀어나와서 열기구를 타는 사람만 그 전면을 세부적으로 살펴볼 수 있었기 때문이었다. 몇 계단을 더 갔고, 우리는 눈앞의 광경으로 진정 숨이 멈추는 듯했다. 숨이 심하게 멎은 심령 탐험가 손턴은 정말로 뒤에 멍하니 서 있던 사람의 품에서 정신을 잃었다. 통통한 얼굴이 완전히 하얘지고 축 늘어진 노리스는 그저 무의미한 비명을 지를 뿐이었다. 반면에 나는 숨을 헐떡거리거나 쉰 소리를 내고 눈을 가렸던 것 같았다. 내 뒤에 있던 사람은―우리 중에 유일하게 나보다 나이가 많은 사람이었다―케케묵은 "신이시여"라는 말을 이제껏 내가 들었던 것 중에 가장 갈라진 목소리로 내뱉었다. 교양이 있는 우리 일곱 명 중에서 윌리엄 브린턴 경만이 평정심을 지켰다. 그가 우리를 이끌며 가장 먼저 그 광경을 봤을 것이 분명했기에 대단한 일이었다.

그 광경은 바로 눈으로 볼 수 있는 것보다 더 멀리 펼쳐진, 엄청난 높이의 불가사의한 동굴이었다. 끝없는 신비와 공포를 불러일으키는 지하 세계였다. 그곳에는 건물들과 건축 유적물들이 있었다—두려움에 살짝 보았음에도 나는 기묘한 형태의 무덤, 야만인들의 원형으로 모인 돌기둥, 낮은 돔을 가진 로마의 폐허, 쭉 펼쳐진 색슨족의 돌무더기, 초기 영국의 목조 건물 등을 보았다. 하지만 이 모두가 지표면 대부분에서 보이는 끔찍한 광경에 의해 축소되었다. 왜냐하면 계단 주위의 평면에는 인간 뼈들 혹은 적어도 계단의 뼈만큼이나 인간처럼 보이는 뼈들이 미친 듯이 혼재된 채 펼쳐져 있었기 때문이었다. 뼈들은 거품이 이는 바다처럼 펼쳐져 있었고, 일부는 흩어졌지만, 나머지는 전체적으로 혹은 부분적으로 인골로 보였다. 이 인골들은 한결같이 끔찍한 광기의 자세를 하고 있었는데, 어떤 것은 알 수 없는 위협에 맞서 싸우고 있었고 다른 것은 식인(食人)의 의도를 가지고 다른 해골을 붙잡고 있었다.

인류학자인 트래스크 박사가 몸을 숙여 머리뼈를 분류하려다가 퇴화한 혼합물을 발견하고 매우 당혹스러워했다. 대부분 진화의 단계에서 필트다운인* 이전의 것이었음에도, 매번 분명 인간의 것이었다. 많은 것들이 좀 더 고차원적이었고, 극히 드물게는 월등하고 감각적으로 발달한 형태였다. 뼈 전체에 갉아 먹힌 흔적이 있었는데, 대부분 쥐에 의한 것이었지만, 일부는 반인들에 의한 것이기도 했다. 이들과 섞여서 작은 쥐 뼈들이 수없이 있었다―고대의 서사시를 끝낸 죽음의 군단의 전사자들이었다.

우리들 중에 누가 그 끔찍한 발견을 하던 날에 정신을 차리고 있었을지 궁금하다. 호프만'이나 위스망스'조차도 우리 일곱 명이 터벅거리며 지나갔던 그 불가사의한 동굴보다 더 터무니없이 믿기 힘들고, 더 심하게 불쾌하고, 더 고딕적으로 기괴한 광경을 상상할 수 없었을 것이다. 각자 연이어 새로운 발견을 했고, 이곳에서 3백 년, 1천 년, 2천 년, 혹은 1만 년 전에 분명히 일어났을 일을 생각하지 않으려고 애썼지만 별 소용이 없었다. 그곳은 지옥으로 가는 대기실이었고, 불쌍한 손턴은 트래스크가 해골 중 일부는 마지막 스무 세대 이상 네발짐승으로 살았던 게 분명하다고 말하자 다시 기절했다.

우리가 건축 유물을 분석하기 시작하자 공포에 또 다른 공포가 쌓였다. 네발짐승 등은 가끔은 일부의 두발짐승들과 함께 돌로 만든 우리에 갇혀 있었고, 기아 혹은 쥐에 대한 공포가 불러일으킨 최후의 광기로 우리를 부수고 나온 것이 분명했다. 엄청난 수였고, 분명 알이 굵은 채소로 살을 찌웠던 것 같다. 그 채소의 찌꺼기는 로마보다 오래된 거대한 석조 상자 바닥에 일종의 독성을 가진 생목초로 보존되어 있었다. 이제 나는 내 조상들이 왜 그처럼 커다란 정원을 가졌는지 알았다―세상에, 내가 어찌 잊을 수 있겠는가! 우리에 갇힌 것들의 목적에 관해서는 물어볼 필요도 없었다.

윌리엄 경은 로마의 폐허 속에서 탐조등을 들고 서서 내가 이제껏 알던 것 중에 가장 충격적인 제의를 큰 소리로 번역했다. 그러고는 키벨레 사제들이 발견해 자신들의 것과 섞은 고대 사교 집단의 음식에 관해 얘기했다. 노리스는 참호에 익숙했음에도 영국식 건물에서 나왔을 때 똑바로 걷지 못했다. 그곳은 푸줏간이자 식당이었다—그도 그런 곳일 거라고 예측했다. 하지만 그곳에서 익숙한 영국의 장비들을 보고, 익숙한 영국식 글자를, 가장 최근 것은 1610년 정도인 글자를 보고 무척 힘겨워했다. 나는 그 건물로 들어갈 수가 없었다—내 조상인 월터 드 라 포어의 단검으로 겨우 멈춰진 사악한 행위들이 일어났던 건물이었다.

내가 용기 내서 들어간 곳은 참나무 문이 떨어진 나지막한 색슨족 건물이었다. 그곳에서 나는 녹슨 빗장이 있는 열 개의 끔찍한 석조 감옥을 발견했다. 그중 세 개에는 죄수들이 있었는데 모두 (순혈종에 가까운 누진) 교배종 해골들이었고, 한 명의 손가락뼈에서 우리 가문의 인장이 박힌 반지를 찾았다. 윌리엄 경이 로마식 성당 아래에서 훨씬 더 오래된 감옥을 찾았지만, 그곳에는 아무도 없었다. 그 아래에는 제대로 배열된 뼈가 담긴 관들이 있는 낮은 무덤이 있었고, 그중 일부는 라틴어, 그리스어 그리고 프리기아어로 나란히 새겨진 끔찍한 비문이 있었다. 그사이에 트래스크 박사는 선사 시대의 고분 하나를 열어서, 고릴라보다는 조금 더 인간 같고, 형용할 수 없는 표의 문자가 새겨진 머리뼈를 보여 주었다. 이 모든 공포 속에서도 내 고양이는 편안하게 돌아다녔다. 한번은 고양이가 산처럼 쌓인 뼈 무더기 꼭대기에 괴물처럼 앉아 있는 모습을 보고 나는 그 노란 눈 뒤에 숨어 있을 비밀이 궁금했다.

이 불가사의한 공간―나의 반복된 꿈에서 그처럼 끔찍하게 예시된 공간―의 소름 끼치는 비밀을 조금이나마 어느 정도 알게 되자 우리는 절벽으로부터 그 어떤 빛도 파고들 수 없는 암흑 동굴의 끝없는 바닥으로 고개를 돌렸다. 우리가 걸어온 얼마 안 되는 거리 너머에서 입을 벌리고 있는 그 보이지 않는 지옥 세계에 대해서는 영원히 알 수 없을 것이다. 왜냐하면 그런 비밀은 인류에게 좋지 않다고 결정했기 때문이었다. 하지만 우리의 관심을 끌 만한 것은 주변에 충분했다. 얼마 가지 않았는데도 탐조등이 저주스러운 구덩이들을 끝없이 보여 주었다. 그곳에서 쥐들은 맘껏 먹었다. 하지만 갑자기 먹을 것이 부족해지자 허기진 설치류 군단은 처음에는 굶은 채 살아 있던 가축들을 덮쳤고, 그러고는 수도원에서 뛰쳐나와 노부(老夫)들이 절대로 잊지 못할 그 역사적인 유린의 축제를 벌였다.

세상에! 잘리고 뜯긴 뼈와 구멍 난 머리뼈가 가득한 부패한 검은 구덩이들! 수없이 불경한 세월 동안 피테칸트로푸스, 켈트족, 로마, 영국의 뼈들로 가득 찬 악몽과도 같은 틈들! 어떤 곳들은 가득 찼고, 얼마나 깊은지 누구도 알 수 없을 것이다. 또 다른 곳은 우리의 탐조등에도 여전히 바닥이 보이지 않았고, 말할 수 없는 상상으로 가득했다. 나는 생각했다, 이 끔찍한 타르타로스를 맹목적으로 탐색하다가 그런 덫에 빠져 버린 불운한 쥐들은 어떻게 되었을까?

한번은 끔찍하게 입을 벌리고 있는 벼랑 끝에서 발이 미끄러졌고, 순간 극도의 공포를 경험했다. 내가 오랫동안 생각에 잠겼음이 분명했다. 왜냐하면 통통한 노리스 대위 빼고는 아무도 볼 수 없었기 때문이었다. 그 순간 검고, 끝이 없고, 머나먼 곳에서 내가 알고 있다고 생각하던 소리가 들렸다. 그리고 나이 든 내 검은 고양이는 날개를 가진 이집트 신처럼 내 옆을 지나, 끝이 보이지 않는 미지의 구멍으로 곧장 갔다. 하지만 나도 한참 뒤처지지는 않았다. 다음 순간 의심할 것이 없었기 때문이다. 바로 악마에게서 태어난 쥐들의 섬뜩한 발소리였다. 언제나 새로운 공포를 좇으면서 지구 중심을 향해 입을 벌린 동굴들로 나를 인도하려는 소리였다, 얼굴 없는 미친 신 니알라토텝이 형체가 모호한 두 명의 백치 플루트 연주자의 플루트 소리에 맞춰 제멋대로 소리를 지르는 동굴로.

탐조등이 꺼졌지만 나는 계속 달렸다. 목소리와 울부짖음과 메아리를 들었지만, 무엇보다도 그 불경스럽고 음흉한 쥐의 발소리가 조금씩 커졌다. 끝없는 칠흑의 다리 아래서 검고 썩은 바다를 향해 흐르는 강의 미끈거리는 수면으로 경직되고 퉁퉁 부은 시체가 부드럽게 떠오르듯이. 무언가와 부딪쳤다. 무언가 부드럽고 통통한 것이. 분명 쥐들이었을 것이다. 죽은 자와 산 자를 먹어 대는 사악하고, 끈적끈적하고, 탐욕스러운 군대 (…) 드 라 포어가 금지된 것들을 먹었던 것처럼 쥐들이 드 라 포어를 먹으면 왜 안 되겠는가? (…) 전쟁이 내 아들을 먹었지, 저주받아 마땅한 놈들 (…) 그리고 양키들이 화재로 카팩스를 먹었고, 조상인 들라포어와 비밀을 불태웠다. (…) 아니, 아니, 정확히 말하지만, 나는 불가사의한 동굴의 그 악마 같은 돼지치기가 아니었다! 그 축 늘어지고 곰팡이 나는 것이 에드워드 노리스의 얼굴을 하고 있지 않았다! 내가 드 라 포어라고 누가 그러지? 그는 살았고, 하지만 내 아들은 죽었지! (…) 노리스의 자손이 드 라 포어 자손의 땅을 소유할 것인가? (…) 그건 부두교였다, 다시 말하지만 (…) 그 구덩이 (…) 손턴, 이 재수 없는 놈, 우리 가문이 하는 일로 기절하게 만들겠다. (…) 그건 피다, 이 냄새나는 놈, 어떻게 맛을 볼지 내 가르쳐 주마. (…) 나를 그렇게 힘들게 할 건가? (…) 마그나 마터! 마그나 마터! (…) 아티스 (…) 디아 아드 아그하이드 아드 아오단 (…) 아구스 바스 두나치 오르트! 드호나스 드호라스 오르트, 아구스 레아트-사! (…) 엉글 (…) 능글 (…) 를 (…) 츠 츠츠……."

세 시간 후에 그들이 나를 어둠 속에서 찾았을 때 내가 한 말이라고 했다. 통통하고, 반쯤 먹힌 노리스 대위의 시체 너머 어둠 속에서 웅크리고 있던 나를 발견한 거였다. 내 고양이는 뛰어올라 내 목을 찢으려고 했다. 이제 그들은 엑섬 수도원을 폭파시켰고, 니거맨을 나와 분리했고, 나의 가문과 경험에 관해 두려움 속에 속삭이면서, 나를 이 한웰의 철창 방에 가두었다.

48

옆방에 손턴이 있지만, 그들은 내가 그에게 얘기하는 것을 금지한다. 또한 그들은 수도원에 대한 대부분의 사실을 숨기려 한다. 내가 불쌍한 노리스에 관해 얘기하려 하면 그들은 내가 끔찍한 범죄를 저질렀다고 한다. 하지만 내가 그 일을 하지 않았다는 것을 그들도 분명 알아야만 한다. 쥐들이 그랬다는 것을 분명 알아야만 한다. 미끄러지듯 빠르게 달리는 쥐들, 그 발소리로 나를 영원히 잠들지 못하게 하는 쥐들. 이 방의 보호 벽 뒤에서 달리며 내가 지금껏 알던 것보다 더 엄청난 공포로 나를 잡아끄는 악마와 같은 쥐들이라는 것을. 그들은 절대 듣지 못하는 쥐들, 쥐들, 벽 속의 쥐들.

크툴루의 부름

(보스턴 출신의 고 프랜시스 웨일랜드 서스턴의 기록에서 발견됨.)

그처럼 강력한 세력들이나 존재들이라면 충분히 생존할 만하다. (…) 엄청나게 먼 시대의 생존 (…) 다가오는 인류의 물결 앞에서 사라지기 한참 전부터 있던 형상과 형체로 드러난 정신 (…) 시와 전설만이 그 형체들의 사라지는 기억을 잡아채서 다양한 종류의 신, 괴물, 신화적 존재로 불렸다…….

—앨저넌 블랙우드*

1. 점토 속의 공포

내 생각에, 세상에서 가장 자비로운 일은, 인간이 머릿속의 모든 내용들을 연결하는 능력이 없다는 것이다. 우리는 무한대의 검은 바다 한가운데에서 무지라는 평화로운 섬에 살고 있고, 멀리 여행하지 못할 운명이다. 다양한 과학들은 각자 자신만의 방향으로 나아가려 하지만 지금까지는 우리에게 별다른 해를 끼치지 않았다. 하지만 어느 날 분절된 지식이 한데 묶이면서 현실에 관한 너무도 두려운 전망과 현실 속에 있는 우리의 끔찍한 위치를 드러낼 것이다. 그리고 우리는 그 계시로 인해 미치거나, 혹은 그 치명적인 빛을 피해 평화와 안전을 찾아 새로운 암흑시대로 도망칠 것이다.

신지론자(神知論者)들은 우주 순환의 엄청난 위엄을 추측해 왔고, 그 순환 속에서 우리의 세계와 인류는 일시적인 사건일 뿐이다. 그들은 지루한 낙관주의로 감춰지지 않았다면 피를 얼어붙게 할 용어들로 기이한 생존자들을 암시했다. 하지만 생각할 때는 나를 오한에 떨게 하고, 꿈을 꿀 때는 나를 미치게 만드는 금지된 영겁의 유일한 모습은 그들에게서 나온 것이 아니다. 그 모습은, 모든 진실의 두려운 모습처럼, 서로 떨어진 것들을 우연히 맞춰 보다 갑자기 드러난 것이었다. 이 경우에는 오래된 신문 기사와 사망한 교수님의 기록물이었다. 그 누구도 나처럼 맞추는 일에 성공하지 않기를 바란다. 만일 살아남는다면, 내가 그처럼 끔찍한 사슬의 연결 고리를 의도적으로 제공할 일은 결단코, 절대 없을 것이다. 내 생각에 교수님도 마찬가지로 당신이 아셨던 것에 대해 침묵하려고 했던 것 같다. 그리고 급사를 당하지 않았다면 기록물을 전부 없앴을 것이다.

그것에 대해 나는 1926년에서 1927년 사이 겨울에 증조부이자 로드아일랜드 프로비던스에 있는 브라운 대학의 셈어 명예 교수인 개멀 에인절의 죽음으로 알기 시작했다. 에인절 교수님은 고대 문자의 전문가로 저명했고, 유명한 박물관 관장들로부터 종종 자문을 요청받았다. 그렇기에 많은 사람이 92세였던 그의 죽음을 기억했다. 지역에서는 사인의 모호함으로 관심이 더 커졌다. 교수님은 뉴포트 배에서 돌아오던 중에 변을 당했다. 목격자에 따르면, 뱃사람처럼 보이는 흑인에 의해 난폭하게 떠밀린 후에 갑자기 쓰러졌다. 그 흑인은 해변에서 윌리엄스 거리의 고인의 집으로 가는 지름길인 가파른 언덕 위에 있는 검고 기이한 건물에서 등장했다. 의사들은 눈에 띄는 어떤 질환도 발견하지 못했다. 그래서 당혹스러운 논의 후에 그와 같은 노인에게는 너무도 가파른 언덕을 급하게 오르는 바람에 생긴 심장의 불분명한 손상이 죽음을 초래했다고 결론지었다. 당시에 나는 이 결정에 반대할 어떤 이유도 없었다. 하지만 최근에 궁금해지기 시작했다—사실은 궁금함 이상이다.

증조부는 자식이 없이 혼자였기에, 나는 상속자이자 유언 집행자로 그의 기록물을 찬찬히 살펴봐야 했다. 그 목적으로 서류와 상자 전부를 보스턴의 내 집으로 옮겼다. 내가 살펴본 서류 중 상당수는 나중에 미국 고고학 학회에 의해 출판될 것이다. 하지만 그중에는 매우 당혹스러워 다른 사람에게 보여 주기 매우 꺼렸던 상자가 하나 있었다. 상자는 잠겨 있었고, 나는 열쇠를 찾지 못하다가 교수님이 항상 주머니에 넣고 다니는 열쇠고리를 찾아볼 생각이 들었다. 정말로 상자를 열 수 있었다. 하지만 열고서는 더 강력하고, 더 굳게 닫힌 장애물을 마주한 것만 같았다. 내가 찾은 그 점토로 된 기묘한 얕은 돋을새김과 어지러운 메모와 헛소리와 오려 낸 신문 기사들은 도대체 무슨 의미지? 증조부가 말년에 정말 천박한 사기꾼을 믿게 된 것이었나? 나는 노인의 평화로운 마음에 명백한 혼란을 일으킨 그 특이한 조각가를 찾기로 결심했다.

그 얕은 돋을새김은 대충 직사각형 모양으로 두께가 2.54센티미터가 안 되었고, 가로 12.7센티미터에 세로 15.24센티미터의 크기였다. 분명 현대에 만들어진 것이었다. 하지만 분위기와 의미는 전혀 현대적인 디자인이 아니었다. 큐비즘과 미래주의의 변화들이 아무리 많고 터무니없다고 해도 선사 시대의 글자에 숨어 있는 신비로운 질서를 재생산하는 일은 드물기 때문이다. 이 디자인은 분명 일종의 글자처럼 보였다. 하지만 증조부의 논문과 수집품을 잘 알고 있었음에도 내 기억으로는 이 특별한 종(種)의 정체를 밝힐 수 없었고, 가장 요원하게라도 어떤 계열인지 추측할 수도 없었다.

분명히 상형 문자로 보이는 것 위에는 명백히 그림으로 의도된 형체들이 있었다. 하지만 그 형체들의 인상주의적인 기법 탓에 정확한 성격을 알 수가 없었다. 일종의 괴물이나 혹은 괴물을 재현하는 상징처럼 보였고, 병적인 상상력으로만 그릴 수 있는 형태였다. 나의 다소 과도한 상상력으로 문어, 용, 인간 캐리커처 그림이 동시에 떠올랐다고 한다면, 그것의 본질에 부정확한 것은 아니다. 유연하고, 촉수 달린 머리가 기괴하고 비늘이 덮인 몸 위에 얹혀 있었고, 미성숙한 날개가 달려 있었다. 하지만 그것이 너무도 충격적으로 소름 끼치는 이유는 몸의 **전반적인 윤곽** 때문이었다. 형체 뒤에는 키클롭스식 건축물이 희미하게 배경으로 제시되었다.

이 기이한 것과 함께 있던 글은 신문 기사 뭉텅이를 제외하고, 에인절 교수님의 가장 최근 글이었다. 문체에 신경을 쓰지 않은 글이었다. 가장 중요한 서류로 보이는 것은 '크툴루 컬트'라는 제목이었고, 그처럼 듣지도 보지도 못한 단어를 잘못 읽지 않도록 대문자로 공들여 적혀 있었다. 원고는 두 개의 절로 나뉘었는데, 첫 번째 것은 '1925년 ─H. A. 윌콕스의 꿈과 꿈 작업. 로드아일랜드 토마스 거리 7번지' 그리고 두 번째 것은 '존 R. 레그래스 경감의 이야기, 루이지애나, 뉴올리언스, 비엔빌 거리 121번지, 1908년 A. A. S. 회의 ─같은 것에 대한 노트, 웹 교수의 기록'이었다. 다른 원고들은 모두 간략한 메모였고, 일부는 여러 사람들의 기이한 꿈을 적은 것이었고, 일부는 신지론 서적과 잡지(특별히 W. 스콧엘리엇의 『아틀란티스와 사라진 레무리아』)의 인용 글이었다. 나머지는 오랫동안 살아남은 비밀 결사와 숨겨진 종교 집단에 관한 평이었다. 프레이저의 『황금 가지』와 미스 머리의 『서유럽의 마녀 컬트』 같은 신화학과 인류학 원전 글귀의 언급도 있었다. 신문에서 오려 낸 기사들은 대부분 1925년 봄에 발발한 기괴한 정신병과 집단적 무지나 광기에 관한 것이었다.

원고 전반부에는 매우 신기한 이야기가 있었다. 1925년 3월 1일에 마르고 얼굴색이 검고 신경증적인 청년이 흥분해서 당시에는 매우 축축하면서 깨끗했던 독특한 얕은 돋을새김 점토를 갖고 에인절 교수님을 방문했다. 그의 명함에는 헨리 앤서니 윌콕스라는 이름이 적혀 있었고, 내 증조부는 그가 자신이 조금 아는 우수한 가문의 막내아들임을 알았다. 그는 최근에 로드아일랜드 디자인 학교에서 조각을 공부하고 있으며, 학교 근처의 플뢰르 드 리스 건물에서 혼자 살았다. 윌콕스는 천재적이지만 상당히 별난 것으로 알려진 조숙한 청년이었고, 이상한 이야기와 기묘한 꿈들을 얘기하는 것으로 어릴 적부터 주목받았다. 그는 자신을 '심리적으로 초감각적'이라고 했지만, 오랜 상업 도시의 고루한 이들은 그를 그저 '이상한' 사람이라며 무시했다. 자신과 출신이 같은 이들과 좀처럼 어울리지 않으면서 그는 점차로 사교계에서 멀어졌고, 이제는 다른 도시에서 온 소수의 예술가들에게만 알려졌다. 심지어는 프로비던스 예술 클럽도 보수주의를 유지하지 못할까 우려하며 그가 완전히 가망 없다고 했다.

원고에 따르면, 교수님을 방문한 조각가는 얕은 돋을새김의 상형 문자를 밝히기 위해 집주인의 고고학적 지식의 도움을 갑작스레 요청했다. 그는 으스대는 듯해 동정심을 잃게 만드는 몽환적이고 과장된 방식으로 말했다. 증조부는 다소 날카롭게 답을 했는데, 서판이 눈에 띄게 깨끗한 것이 고고학과는 전혀 관련이 없어 보였기 때문이었다. 젊은 윌콕스의 대답에 증조부는 깊은 인상을 받아 그대로 기억하고 기록했다. 대답은 환상적이고 시적이었는데, 분명 그의 모든 대화가 그런 식이었다. 이후에 나도 그것이 그에게 매우 특징적임을 확인했다. 그가 말했다. "새것입니다. 정말입니다. 왜냐하면 어젯밤 제가 이상한 도시들 꿈을 꾸며 만들었기 때문입니다. 생각에 잠긴 티루스나 명상하는 스핑크스 혹은 정원에 둘러싸인 바빌론보다 더 오래된 꿈입니다."

그는 곧바로 두서없는 이야기를 시작했고, 내 증조부의 잠들어 있던 기억을 갑자기 깨우며 몹시 흥분된 관심을 끌어냈다. 전날 밤에 가벼운 지진이 있었는데, 몇 년 동안 뉴잉글랜드에서 느껴진 가장 큰 진동이었다. 그래서 윌콕스의 상상력은 첨예하게 영향을 받았다. 잠에 들자마자 그는 전례가 없는 꿈을 꾸었다. 녹색 분비물이 뚝뚝 떨어지고 은밀한 공포로 사악하게 보이는 거대한 돌덩이와 하늘을 흔드는 거석들이 있는 거대한 키클롭스식 도시가 나오는 꿈이었다. 상형 문자가 벽과 기둥을 덮었고, 지하의 알 수 없는 곳에서 목소리가 아닌 목소리가 흘러나왔다. 터무니없는 상상으로만 소리로 변환할 수 있는 혼란스러운 감각이었다. 하지만 그는 거의 발음할 수 없는 글자들을 모아 '크툴루 프타근'이라고 적었다.

이 말뭉치가 에인절 교수님을 흥분시키고 불안하게 만든 기억을 여는 열쇠였다. 그는 과학적인 치밀함으로 조각가에게 질문했다. 그러고는 거의 광기에 가까울 정도로 얇은 돋을새김을 조사했다. 청년은 자신도 모르는 사이에 잠에서 깨어 잠옷을 입은 채 떨면서 그 새김을 만들었다. 윌콕스가 나중에 말했듯이, 증조부는 나이 탓에 상형 문자와 그림 문자를 느리게 알아봤다고 했다. 그의 질문 중 상당수가 방문자에게는 매우 뜬금없어 보였다. 특히 그를 이상한 사교 집단이나 단체와 연결하려는 질문이 그랬다. 거듭해서 비밀을 지키겠다며, 널리 퍼진 신비롭거나 이교도적인 종교 단체의 회원임을 인정하라는 증조부의 말을 윌콕스는 이해할 수가 없었다. 조각가가 정말로 그 어떤 사교 집단이나 비밀스러운 전설 체계에 무지하다는 걸 마침내 확인하고서야 에인절 교수님은 방문객에게 향후 꿈을 보고해 달라고 요청했다. 이로써 정기적인 결과물이 생겼다. 첫 대화 후에 청년이 매일 방문했다고 원고에 나와 있기 때문이다. 방문할 때마다 그는 단편적이고 놀라운 밤의 이미지들에 대해 얘기했다. 그 이미지들의 내용은 항상 주로 검고 무언가 뚝뚝 떨어지는 끔찍한 키클롭스식의 돌멩이였다. 지하의 목소리 혹은 지능이 신비로운 감각적 충격으로 단조롭게 소리쳤고, 이는 헛소리가 아니고서는 묘사될 수가 없었다. 가장 자주 반복되는 두 소리는 '크툴루'와 '르 리에'라는 단어로 적었다.

이어진 원고에 따르면, 3월 23일에 윌콕스는 오지 않았다. 그의 숙소에 알아본 결과, 그는 알 수 없는 종류의 열병에 걸려 워터먼 거리의 본가로 옮겨졌다. 한밤중에 소리를 질러 건물

안의 다른 예술가들을 깨웠고, 이후엔 무의식과 착란 상태를 오갔다. 증조부는 곧장 가족에게 전화했고, 그때부터 주의 깊게 병을 지켜봤다. 환자를 담당한다고 알려진 토비 박사의 세이어 거리 진료소로 종종 전화했다. 열병에 걸린 청년의 정신은 분명 이상한 것들에 사로잡혀 있었고, 의사는 그것에 대해 얘기하면서 이따금 몸서리를 쳤다. 청년이 이전에 꿈꾸던 내용이 반복해서 포함됐을 뿐만 아니라 걸어 다니거나 어슬렁거리는 '수 킬로미터 높이'의 거대한 무언가에 대해 거칠게 언급되었다. 그는 단 한 번도 이것을 완전히 묘사하지 않았다. 하지만 토비 박사가 되풀이한 간헐적인 광기의 단어들을 듣고 교수님은 그것들이 청년이 꿈의 조각에서 묘사하고자 했던 이름 없는 괴물체와 같다고 확신했다. 박사는 이 물체의 언급이 언제나 청년을 혼수상태로 침몰시키는 전조였다고 덧붙였다. 그의 체온은 이상하게도 정상보다 크게 높지는 않았다. 하지만 그 점을 제외하고는 그의 전반적 상태는 정신병보다는 열병에 가까웠다.

4월 2일 오후 3시경에 갑자기 윌콕스의 질병의 흔적들이 전부 멈췄다. 그는 침대에서 일어나 앉아, 자신이 집에 있다는 사실에 놀랐고, 3월 22일 밤 이후부터 꿈에서든 현실에서든 무슨 일이 일어났는지 전혀 알지 못했다. 의사에게 건강하다는 판정을 받고, 3일 후에 자신의 숙소로 돌아왔다. 하지만 에인절 교수님에게는 더 이상 도움이 되지 못했다. 기묘한 꿈에 대한 모든 흔적들이 회복과 함께 사라졌고, 철저하게 평범한 환영에 대한 무의미하고 무관한 이야기를 일주일 들은 후에 증조부는 청년이 겪었던 밤의 생각을 기록하지 않았다.

여기서 원고 전반부가 끝났다. 하지만 산재한 기록들에 대한 언급들은 내게 많은 생각거리를 주었다―사실 너무도 많아서 그 예술가에 대한 나의 계속된 의심은 당시 나의 철학을 형성했던 철저한 회의주의로만 설명될 뿐이었다. 문제는 젊은 윌콕스가 기이한 꿈을 꾸었던 때와 같은 시기에 있었던 다른 사람들의 꿈에 대한 기록이었다. 내 증조부는 무례를 범하지 않고 물어볼 수 있는 거의 모든 친구들을 대상으로 엄청나게 광범위한 조사를 재빠르게 시행하여, 그들의 꿈에 대한 매일 밤의 기록과 과거의 주목할 만한 꿈의 날짜를 알려 달라고 했던 것 같다. 그의 요청에 반응은 다양했던 듯하다. 하지만 적어도 평범한 사람이라면 비서 없이는 처리할 수 없을 정도로 많은 답변을 받았던 게 분명했다. 서신의 원본은 남아 있지 않지만 꼼꼼하고 정말 중요한 요약이 담긴 기록이 만들어졌다. 사교계와 사업계의 일반인들―뉴잉글랜드 지방의 전통적인 '지상의 소금' 같은 사람들이었다―은 거의 한결같이 부정적인 답을 주었다. 하지만 언제나 젊은 윌콕스의 착란 시기였던 3월 23일부터 4월 2일에는 불안하지만 형체 없는 야간의 환상들이 여기저기서 산발적으로 발생했다. 과학적인 사람들은 거의 영향을 받지 않았다. 그러나 기이한 광경을 잠시 보았다는 모호한 묘사가 네 번 있었고, 한 번은 비정상적인 무언가에 대한 두려움을 언급했다.

중요한 대답은 예술가와 시인들에게서 나왔다. 만일 그들이 서로 기록을 대조할 수만 있었다면 극심한 공포에 빠졌을 것임을 나는 안다. 실상은 그들의 원본 서신이 없었기 때문에, 나는 편집자가 유도 신문을 했거나 혹은 자신이 은밀히 보고자 했던 것에 맞춰 서신을 편집했을 거라고 반쯤 의심했다. 그런 이유로 나는 계속해서 증조부가 갖고 있던 오래된 자료에 대해 윌콕스가 알고 이 숙련된 과학자를 속인 것으로 의심했다. 예술가들의 답은 충격적인 이야기를 전했다. 2월 28일부터 4월 2일까지 그들 중 상당수가 매우 기묘한 꿈을 꾸었고, 조각가가 착란 증세에 빠졌던 기간에는 이전과 비교할 수 없을 정도로 더 기묘해졌다. 무엇이라도 얘기한 이들 중에서 4분의 1이 윌콕스가 묘사했던 것과 다르지 않은 장면과 소리 비슷한 것을 얘기했다. 그리고 꿈을 꾼 이들의 일부는 끝부분에서 본 이름 없는 거대한 것에 심한 공포를 느꼈다고 고백했다. 기록에서 강조하여 묘사되었던 사례 하나는 매우 슬펐다. 주인공은 신지론과 신비론에 빠진 저명한 건축가였는데, 젊은 윌콕스가 발작한 날에 심하게 미쳐 버렸다. 그리고 지옥에서 탈출한 것들로부터 보호해 달라고 끝없이 비명을 지르다 3개월 후에 사망했다. 숙부가 이 사례들을 단지 번호가 아니라 이름으로 언급했다면 나는 개인적으로 조사와 확인 절차를 시도했을 것이다. 실제로는 단지 몇 가지 사례만 조사할 수 있었다. 하지만 이 사례들 모두가 기록과 완벽하게 같았다. 나는 교수님의 모든 조사 대상들이 이 소수의 사람들만큼이나 혼란스러웠을

지 종종 궁금했다. 그들에게 그 어떤 설명도 전해지지 않을 거라는 점은 다행이다.

암시했듯이, 신문에서 오려 낸 기사들은 당시의 공황, 광기, 특이함과 관련된 사건들을 언급했다. 에인절 교수님은 조사국을 고용한 것이 분명했다. 발췌문은 엄청나게 많았고, 전 세계에 출처를 두었기 때문이었다. 런던에서 일어난 야간 자살 사건에는 혼자 자던 이가 끔찍한 비명을 지른 후에 창문에서 뛰어내렸다. 마찬가지로 남미의 한 신문사 편집장에게 보낸 두서없는 편지에서 어느 광신자는 자신이 본 환시로 무서운 미래를 추측했다. 캘리포니아에서 온 서신은 한 신지론 집단이 절대로 오지 않는 '영광스러운 예언의 성취'를 위해 모두 하얀 가운을 입고 있다고 기술하고, 반면 인도에서 온 서신들은 3월 말에 벌어질 원주민들의 심각한 폭동에 대해 조심스럽게 말한다. 부두교의 난교 의식이 아이티에서 늘어나고, 아프리카 전초 기지에서는 불안한 소문을 보고한다. 필리핀의 미군 장교들은 이 시기에 특정 부족들이 문제를 일으킨다고 말하고, 뉴욕의 경찰들은 3월 22일에서 23일 사이에 실성한 레반트인들에게 습격당한다. 아일랜드 서쪽도 마찬가지로 터무니없는 소문과 전설로 가득하고, 아르두아보노라는 환상 화가는 1926년 파리의 봄 전시회에서 신성 모독적인 '꿈의 경관'을 전시한다. 그리고 정신 병원들에서 보고된 문제들은 너무도 많아서 의료계가 기묘한 유사성에 주목하여 신비로운 결론을 내리지 않았다는 것이 기적일 뿐이다. 결론적으로 모두 이상한 기사들이었다. 나로 하여금 그것들을 무시하게끔 만든 무신경한 합리주의를 나는 이제 상상조차 하지 못한다. 하지만 당시에 나는 젊은 윌콕스가 교수님이 언급한 옛일들을 알고 있었다고 확신했다.

2. 레그래스 경감의 이야기

조각가의 꿈과 얕은 돋을새김을 증조부에게 그처럼 의미심장하게 만든 옛일들이 긴 원고의 후반부 내용이었다. 예전에 딱 한 번 에인절 교수님은 그 이름 없는 괴물의 끔찍한 외형을 봤고, 알려지지 않은 상형 문자를 두고 당혹해했고, 단지 '크툴루'라고 할 수밖에 없는 그 음산한 소리를 들었던 것만 같다. 이 모든 것이 그처럼 마음을 뒤흔들며 소름 끼치게 연결되어 있었기에 그가 젊은 윌콕스에게 계속해서 질문하고 정보를 요구했다는 사실이 그다지 놀랍지 않다.

최초의 경험은 17년 전인 1908년에 일어났다. 당시에 전미 고고 학회는 세인트루이스에서 연례회를 열었다. 에인절 교수님은 명성과 학식에 걸맞게 모든 위원회에서 중요한 역할을 맡았다. 그리고 학회를 이용해 답이 필요한 질문들과 전문가의 해결책이 필요한 문제들을 들고 온 몇몇 외부인들이 처음으로 접근한 사람이었다.

이 외부인들의 대표는, 그리고 짧은 시간에 모임 내내 주목을 받은 이는, 지역의 정보원에게서는 얻을 수 없는 특별한 정보를 찾아 멀리 뉴올리언스에서 온 평범하게 생긴 중년 남자였다. 그의 이름은 존 레이먼드 레그래스였고, 직업은 경감이었다. 그는 자신이 방문한 이유를 직접 들고 왔는데, 그것은 출처를 알 수 없는 기괴하고, 혐오스럽고, 분명 매우 오래된 작은 석상이었다. 레그래스 경감이 고고학에 조금이라도 관심이 있었을 거로 생각해서는 안 된다. 그의 지식욕은 그와 달리 순전히 직업적인 고민에서 비롯되었다. 조각상, 아이돌, 페티시 아니면 그게 무엇이든 간에, 몇 달 전에 뉴올리언스 남부의 숲이 우거진 늪지대에서 부두교로 추정되는 모임을 단속하다 압수한 것이었다. 그것과 연결된 의식은 너무도 특이하고 흉측해서 경찰은 본인들에게 전혀 알려지지 않은 비밀 종교 집단을 우연히 발견했다고 생각할 수밖에 없었다. 가장 비밀스러운 아프리카 부두 모임보다 무한히 더 사악한 집단이었다. 체포한 신도들이 실토한 별나고 믿기 힘든 이야기들을 빼고는, 조각상의 기원을 알려 줄 그 어떤 것도 전혀 발견되지 않았다. 그래서 경찰은 그 두려운 상징의 기원이 나온 고대의 전설을 찾고, 이를 통해 그 사교 집단의 근원을 찾기를 바랐다.

레그래스 경감은 그의 제물이 일으킨 소동을 전혀 기대하지 못했다. 그곳에 모인 과학자들은 제물을 보자마자 극렬한 흥분 상태에 빠졌고, 순식간에 그의 주위에 몰려들어 그 조그만 동상을 조사했다. 매우 낯설고 정말로 알 수 없이 오래된 동상은 아직 발견되지 않은 고대의 경관을 강하게 암시했다. 알려진 그 어떤 조각 양식에 따라 만들어진 물건이 아니었다. 그럼에도 수백 년, 심지어 수천 년의 세월이 출처를 알 수 없는 녹색 돌 표면에 흐릿하게 기록된 듯했다

마침내 사람들이 천천히 돌아가며 조심스럽게 꼼꼼히 조사한 그 동상은 높이가 18~20센티미터 정도였고, 예술적으로 정교한 솜씨를 보여 주었다. 대략 유인원 형체의 괴물로 빨판이 잔뜩 달린 얼굴을 한 문어 머리가 있었고, 비늘이 달린 미끈거리는 듯 보이는 몸과 커다란 발톱을 가진 앞발과 뒷발, 그리고 등 뒤에는 길고 좁은 날개가 달렸다. 이 물건은 정상이 아닌 소름 끼치는 악으로 가득 찬 듯 보였고, 다소 부풀어 오른 듯이 뚱뚱했고, 해석할 수 없는 글자로 덮인 직사각형 돌덩이 혹은 토대 위에 사악하게 앉아 있었다. 날개의 끝이 돌덩이 뒤쪽 끝에 닿았고, 엉덩이는 중앙에 위치했다. 반면에 접히고 구부러진 뒷다리의 길고 굽은 발톱은 앞쪽 끝을 붙잡았고, 토대 바닥까지 길이의 4분의 1을 덮었다. 두족류 머리는 앞으로 숙였고, 그래서 얼굴의 빨판 끝부분은 거대한 앞발, 쭈그려 앉은 형상의 올라간 무릎을 붙잡은 앞발의 뒤편을 건드렸다. 전체적인 모양은 비정상적으로 살아 있는 듯했고, 출처가 전혀 알려지지 않았기에 좀 더 미묘하게 무서워 보였다. 그것이 엄청나고, 놀랍고, 가늠할 수 없을 정도로 오래됐다는 점에 대해서는 논란의 여지가 없었다. 하지만 문명 초기에 속한다고 알려진 그어떤 예술 형태와도 전혀 유사하지 않았다─혹은 다른 어느 시기와도 마찬가지였다. 그것의 완전히 전혀 다른 소재 자체

도 신비로웠다. 금빛 혹은 광채가 나는 반점과 가는 줄들이 있는 미끈거리고 녹색빛이 나는 검은 돌은 지질학이나 광물학에서 알려진 그 어떤 것과도 비슷하지 않았다. 바닥의 글자들도 마찬가지로 당혹스러웠다. 그 자리의 회원들이 이 분야의 세계적인 전문가 절반을 차지함에도 불구하고, 가장 먼 언어적 친족 관계조차도 전혀 가늠하지 못했다. 주제와 소재나 다름 없이 그 글자들도 우리가 알고 있는 인류에서 끔찍하게 떨어진 다른 무언가에 속했다. 그 무언가는 우리의 세계와 우리의 생각들에는 자리가 없는 오래되고 불경한 생명의 순환을 암시했다.

하지만 경감의 질문에 회원들이 제각각 고개를 흔들며 패배를 시인하는 동안, 그들 중 한 사람이 괴물 같은 형체와 글자에 기이한 익숙함이 느껴진다고 하면서 조심스럽게 자신이 알던 이상하고 사소한 일을 얘기하기 시작했다. 그는 고인이 된 윌리엄 채닝 웹으로, 프린스턴 대학의 인류학 교수이자 잘 알려진 탐험가였다. 웹 교수는 48년 전에 그린란드와 아이슬란드에서 룬 문자 비문을 찾아 돌아다녔지만 결국 실패했다. 그린란드 서부 해안 북쪽에 있는 동안 퇴화한 에스키모들로 구성된 특이한 부족 혹은 사교 집단을 만났다. 이들의 종교는 기묘한 형태의 악마 숭배였고, 그 의도적인 잔인함과 혐오스러움에 그는 몸서리를 쳤다. 그 종교에 대해 다른 에스키모들은 거의 알지 못했고, 몸서리를 치며 언급할 뿐이었다. 그리고 세상이 만들어지기 전의 끔찍하게 오래된 시간으로부터 전해진 것이라고 했다. 이름 없는 제식과 인신 공양 외에도 최상위 우두머리 악마 혹은 토르나수크를 향한 기이한 전통 제식이 있었다. 여기서 웹 교수는 늙은 앙케코크 혹은 마법사-사제의 발음을 조심스럽게 기록했다. 할 수 있는 한 최대한 로마자 소리로 표현했다. 하지만 그 순간 가장 중요한 것은 이 사교 집단이 숭배한 페티시였다. 그들은 오로라가 얼음 절벽 위로 높이 오를 때 페티시 주위를 돌며 춤을 추었다. 교수가 말하길, 그것은 돌로 만든 매우 조잡한 얕은 돋을새김으로 끔찍한 그림과 신비로운 글이 있었다. 그리고 그의 판단에 따르면, 지금 사람들 앞에 놓인 흉포한 것의 기본적 특징들 모두가 그것과 매우 유사했다.

이 정보는 그곳에 모인 회원들에게 긴장과 놀라움으로 받아들여졌고, 레그래스 경감을 배로 흥분시켰다. 그는 곧바로 정보를 준 사람에게 질문했다. 그의 부하들이 체포했던 늪의 사교 집단 숭배자들의 구전 제식을 기록하고 복사했기에, 그는 교수에게 사악한 에스키모인으로부터 받아 적은 음절을 최대한 기억해 달라고 부탁했다. 이후 세부 사안에 대해 매우 꼼꼼한 비교가 이어졌고, 형사와 과학자가 함께 그처럼 동떨어진 세계의 소름 끼치는 제식들에서 나온 구절이 거의 같다는 합의에 이르렀을 때 경이로운 침묵의 순간이 이어졌다. 본질적으로 에스키모 주술사들과 루이지애나 늪의 사제들이 각각 자신들의 유사한 숭배물을 향해 외쳤던 것은 다음과 매우 유사했다—단어 구분은 큰 소리로 노래 부르던 구절의 전통적 분절에 맞춰 추측된 것이다.

"픈그루이 음글로나프 크툴루 르 리에 와가나글 프타근."

레그래스가 웹 교수보다 한발 앞서 있었는데, 그의 혼혈인 죄수 몇 명이 고령의 의식 집행자들에게 들었던 단어의 의미를 되뇌어 주었기 때문이었다. 그들에 따르면, 뜻은 다음과 같았다.

"르 리에의 거처에서 죽은 크툴루가 꿈을 꾸며 기다린다."

마침내 모두의 간곡한 요청에 따라 레그래스 경감은 늪의 숭배자들에 대한 자신의 경험을 최대한 자세하게 얘기했다. 내 증조부가 그토록 중요하게 여겼던 이야기를 전했다. 신화 창작자와 신지론자의 가장 터무니없는 꿈처럼 느껴졌고, 혼혈인과 부랑자들에게 어울릴 것만 같은 엄청난 수준의 우주적 상상력을 보여 준 이야기였다.

1907년 11월 1일에 늪과 석호로 이루어진 남쪽 지역에서 뉴올리언스 경찰로 혼란스러운 호출이 왔다. 대부분 라피트 사람들의 미개하지만 온순한 후손인 그곳의 무단 거주자들이 밤에 갑자기 들이닥친 알 수 없는 것으로 인해 완전히 공포에 휩싸였다. 분명히 부두교였지만 그들이 지금껏 알던 것보다 더 끔찍한 종류의 부두교였다. 악의에 찬 북소리가 누구도 감히 들어가지 못하는 어둡고 흉흉한 숲속 깊은 곳에서 끝없이 울리기 시작한 이후로 그들의 여자들과 아이들이 일부 사라졌다. 광기의 외침과 비참한 비명, 영혼을 얼어붙게 만드는 노래와 춤추는 악마 불이 있었고, 사람들은 더 이상 견딜 수 없었다고 겁에 질린 전달자가 덧붙였다.

그래서 마차 두 대와 자동차 한 대를 가득 채운 스무 명의 경찰 병력이 겁에 질린 부랑자를 안내자 삼아 늦은 오후에 출발했다. 그들은 차가 다닐 수 있는 도로 끝에서 내려 낮이 절대 오지 않는 섬뜩한 사이프러스 숲 몇 킬로미터를 침묵 속에 걸어갔다. 스페인 이끼의 험악한 뿌리와 올가미처럼 악의에 차서 걸려 있는 줄기가 그들을 괴롭혔고, 이따금 습기 찬 바위나 허물어져 가는 벽의 파편 더미가 소름 끼치는 군락의 흔적을 알리며 뒤틀린 나무와 섬처럼 된 버섯이 함께 만들어 낸 우울함을 더 강화했다. 마침내 비참한 오두막이 빽빽하게 모여 있는 부랑자 부락이 드러났다. 광란의 부락민들이 뛰쳐나와 떠다니는 등불 주위로 모여들었다. 바람의 방향이 변할 때마다 등골이 오싹한 비명이 불규칙한 간격으로 들렸다. 또한 붉은색의 불빛이 칠흑 같은 끝없는 숲길 너머의 희미한 덤불 사이로 스며 나왔다. 다시 홀로 남겨지기를 꺼리며 잔뜩 웅크린 부랑자들 모두가 불경한 경배의 장소를 향해 조금이라도 다가가기를 단칼에 거절했다. 그래서 레그래스 경감과 19명의 동료는 지금까지 자신들 중에 그 누구도 발을 디뎌 본 적이 없는 공포의 어두운 회랑으로 안내자 없이 뛰어들었다.

이제 경찰이 들어간 곳은 전통적으로 사악하다는 평판이 있는 데다, 대체로 잘 알려지지도 않았고 백인은 다니지도 않는 곳이었다. 인간의 눈에는 보이지 않는 숨겨진 호수의 전설이 있었고, 전설에 따르면 호수에는 빛나는 눈을 가진 폴립과 같은 거대하고 형체 없는 하얀색 물체가 살았다. 부랑자들은 지구 내부의 동굴에서 박쥐의 날개를 단 악마가 날아와 자정에 그 물체를 경배한다고 숨죽여 말했다. 그들은 그것이 디베르빌* 전에, 라 살* 전에, 인디언 전에, 심지어는 숲에서 맹수와 새들이 살기 전에 있었다고 말했다. 그것은 악몽 그 자체였고, 보기만 해도 죽음을 유발했다. 하지만 그것은 사람들을 꿈꾸게 했고, 그렇기에 사람들은 그것을 피해 다닐 만큼 알았다. 실제로 지금의 부두 축제는 이 기피되는 장소의 가장 끝자락에서 이루어졌지만, 그 위치도 좋지 않았다. 아마도 경배 장소 자체가 그 끔찍한 소리와 사건들보다 부랑자들을 더 공포로 몰아넣었을 것이다.

단지 시(詩)나 광기만이 레그래스의 부하들이 붉은빛과 둔탁한 북소리를 향해 검은 늪을 헤쳐 가면서 들었던 소리를 제대로 전할 수 있을 것이다. 인간 목소리 특유의 성질이 있고, 짐승 목소리 특유의 성질이 있다. 그래서 한쪽을 들었을 때 그 출처가 다른 쪽이면 소름이 돋는 법이다. 이곳에서 동물적인 분노와 난교의 방종은 지옥의 심연에서 울리는 치명적인 폭풍과도 같이 검은 숲을 뚫고 울리는 들짐승과 날짐승의 무아지경의 소리로 인해 광란의 정점까지 올랐다. 이따금 덜 정리된 포효가 멈추고, 연습이 잘된 듯한 쉰 목소리의 코러스로부터 그 흉측한 악구 혹은 제사가 합창으로 올라왔다.

"픈그루이 음글로나프 크툴루 르 리에 와가나글 프타근."

그때, 나무가 줄어든 지점에 도달했던 경찰들이 갑자기 그 광경을 바로 마주했다. 그들 중 네 명은 비틀거렸고, 한 명은 기절했고, 두 명은 놀라서 정신없이 비명을 질렀지만, 다행히도 난교의 미친 듯한 불협화음으로 덮였다. 레그래스는 늪의 물을 기절한 부하의 얼굴에 뿌렸고, 모두가 공포로 거의 최면에 걸린 듯 몸을 떨며 서 있었다.

자연적으로 생긴 늪의 공터에 대략 4만 제곱미터 넓이의 나무가 없고 땅도 어느 정도 말라 있는 잔디 섬이 있었다. 이곳에서 심'이나 앙가롤라' 같은 화가만이 그릴 법한 것보다 더 형용할 수 없는 비정상의 인간 무리가 몸을 비틀며 뛰어다녔다. 벌거벗은 혼종의 자식들은 엄청나게 큰 원형 모닥불 주위에서 시끄럽게 울고, 소리 지르고, 몸부림쳤다. 모닥불 중앙에는 약 240센티미터 높이의 거대한 대리석 돌기둥이 서 있었고, 불꽃의 장막에 이따금 생긴 틈새로 드러났다. 돌기둥 꼭대기에는 왜소하지만, 불쾌한 조각상이 놓여 있었다. 불꽃에 둘러싸인 돌기둥을 중심으로 일정한 간격으로 설치된 넓은 원형의 열 개의 비계에서 거꾸로 걸려 있는 것은 실종되었던 불쌍한 부랑자들의 기묘하게 손상된 시체들이었다. 이 원 안에 둥글게 모인 숭배자들은 뛰어다니며 소리를 질렀고, 원형의 시체들과 원형의 불 사이의 끝도 없는 축제에서 그들 움직임의 전체적인 방향은 좌측에서 우측이었다.

아마도 그저 상상이었고, 아마도 그저 소리 탓이었을 거다. 어쨌든 그들 중 쉽게 흥분하는 스페인계 남자는 고대 전설과 공포가 가득한 숲 안쪽 멀리 빛이 닿지 않는 곳으로부터 제식에 응대하는 소리를 들었다고 상상했다. 이 남자는 조셉 D. 갈베스라는 사람으로, 나는 나중에 그를 만나 물어보았다. 그는 산만하다 싶을 정도로 상상력이 강했다. 실제로 그는 거대한 날개가 펄럭이는 희미한 소리와 가장 멀리 떨어진 나무 너머에 빛나는 눈을 가진 엄청나게 큰 하얀 덩어리가 있었다고 말할 정도였다. 하지만 나는 그가 토착 미신에 관해 너무 많이 들었기 때문이라고 생각했다.

실제로, 경찰들이 두려움에 멈춘 시간은 비교적 짧았다. 의무가 먼저였다. 그곳에 대충 1백 명의 혼혈 의식 집행자 무리가 있었음에도, 경찰은 총을 믿고 역겨운 집회 속으로 단호하게 뛰어 들어갔다. 5분 동안의 소음과 혼란은 말로 형용하기 힘들었다. 심한 구타가 있었고, 총이 발포되었으며, 도망자들이 생겼다. 하지만 결국 레그래스는 47명의 침울한 죄수를 붙잡았다. 재빨리 옷을 입게 한 후에, 이들을 두 줄로 선 경찰 사이에 세웠다. 숭배자 중에 다섯 명이 죽어서 쓰러져 있었고, 심한 부상을 입은 두 명은 동료 죄수들이 급조한 들것에 실려 옮겨졌다. 돌기둥 위의 조각상은 물론 조심스럽게 제거되어 레그래스가 가지고 갔다.

극심한 긴장과 피로 속에 이동한 후에 경찰서에서 조사받은 죄수들은 모두 매우 낮은 계층에 혼혈이자 정신적으로 비정상적인 부류로 판명되었다. 대부분 뱃사람이고, 소수의 흑인과 물라토—대체로 케이프베르데 제도 출신의 서인도 주민이나 브라바 포르투갈인이었다—들로 인해 그 이질적인 사교 집단에 부두교의 색채가 가미되었다. 하지만 많은 질문을 던지기도 전에 흑인 페티시보다 더 심오하고 오래된 무언가와 관련이 있음이 명백했다. 타락하고 무지한 사람들이었지만 놀라운 일관성으로 자신들의 역겨운 신앙의 중심 사상을 고수했다.

그들은 인간이 존재하기 한참 전에 살았고, 하늘에서 생긴 지 얼마 되지 않은 세상으로 왔던 그레이트 올드 원들을 숭배한다고 말했다. 이 올드 원들은 현재 땅속이나 바다 밑으로 사라졌다. 하지만 그들의 사체는 최초의 인간들에게 자신들의 비밀을 알려 줬고, 인간들은 한 번도 사라지지 않은 사교 집단을 조직했다. 이것이 바로 그 사교 집단이었고, 죄수들은 그것이 항상 존재했고, 항상 존재할 것이며, 전 세계 머나먼 폐허와 어두운 곳에 숨어 있다가, 위대한 사제인 크툴루가 바다 밑의 거대한 도시인 르 리에의 어두운 거처로부터 등장해 다시 한번 세상을 지배할 것이라고 말했다. 어느 날, 모든 것이 준비되었을 때 그가 부를 것이고, 비밀 사교 집단은 그를 자유롭게 하려고 항상 준비 중이다.

그때까지는 절대로 더 이상 얘기해선 안 된다. 고문으로도 끌어낼 수 없는 비밀이 있었다. 인간은 의식을 가진 세상의 존재들 사이에서 절대로 혼자가 아니었다. 왜냐하면 소수의 지지자들을 보기 위해 어둠으로부터 형상들이 나왔기 때문이었다. 하지만 이들은 그레이트 올드 원들이 아니었다. 아무도 올드 원들을 보지 못했다. 조각상은 위대한 크툴루였지만, 그 누구도 그가 다른 존재들과 정확히 닮았는지 알지 못했다. 이제는 고대의 글씨를 아무도 읽지 못했기에 모든 것이 구전되어 야만 했다. 합창하던 제의는 비밀이 아니었다—비밀은 절대 로 큰 소리로 얘기되어서는 안 되며, 단지 속삭여져야만 했다. 합창은 간단히 '르 리에의 거처에서 죽은 크툴루가 꿈을 꾸며 기다린다'라는 뜻이었다.

단 두 명의 죄수만 교수형에 처할 정도로 정신이 정상이었 고, 나머지는 정신 병원 여러 곳에 수감되었다. 모두가 제의적 살인에 동참한 것을 부인했고, 귀신이 출몰하는 숲의 고대 모 임 장소에서 그들을 찾아온 블랙 윙 원에 의해 살인이 행해졌 다고 주장했다. 하지만 이 신비로운 공모자들에 관해서는 일 관된 자백을 전혀 얻을 수가 없었다. 경찰이 얻은 자백은 주로 카스트루라는 고령의 메스티소에게서 나왔다. 그는 낯선 항구 들로 배를 타고 갔고, 중국의 산맥에 거주하는 불멸의 사교 집 단 지도자들과 얘기했다고 공언했다.

고령의 카스트루는 신지론자의 사상을 무색하게 만들고, 인 간과 세계를 정말 얼마 되지 않은 순간적인 것처럼 보이게 하 는 끔찍한 전설을 약간 기억했다. 다른 존재들이 지구를 지배 하던 영겁의 시기가 있었으며, 이 존재들은 거대한 도시를 지 었다. 불멸의 중국인들은 그에게 그 존재들의 시체들이 태평 양의 섬에 있는 키클롭스 돌덩이 위에 아직 있다고 말했다. 그 들은 인간이 도래하기 전의 기나긴 시간에 죽었다. 하지만 별 들이 영원의 순환 속에서 다시 적절한 위치에 서면 그 존재들 을 다시 살릴 수 있는 기술이 있었다. 실제로 그 존재들은 별에서 왔고, 자신들의 조각상을 가져왔다.

카스트루가 이어서 말하길, 그레이트 올드 원 모두가 살과 피로 된 존재가 아니었다. 그들은 형체를 갖추었다—별에서 만들어진 이 조각상이 그걸 증명하지 않는가? 하지만 그 형체는 물질로 만들어진 것이 아니었다. 별들이 제자리에 설 때, 그들은 하늘을 통해 한 세계에서 다른 세계로 뛰어넘을 수 있었다. 그러나 별들이 어긋나면 살 수가 없었다. 비록 더 이상 살아 있지 않지만, 그들은 절대로 정말로 죽지 않을 것이다. 그들 모두가 위대한 크툴루의 주문으로 보존된 채 위대한 도시 르리에의 석조 거처에 누워 있고, 별들과 지구가 다시 한번 그들을 위해 준비될 때 영광스러운 부활을 할 것이다. 하지만 그때가 되면 외부로부터의 어떤 힘이 그들의 몸을 자유롭게 해 주어야만 한다. 그들을 그대로 보존하는 주문이 같은 이유로 그들을 움직이지 못하게 하기 때문이었다. 그들은 무한한 수백만 년 동안 어둠 속에서 그저 생각만 할 뿐이었다. 그들은 우주에서 일어나는 일을 모두 알지만, 그들의 대화 방식은 생각을 전달하는 것이었다. 심지어 그들은 지금도 무덤에서 말했다. 무한한 혼돈 후에 최초의 인간이 나타났을 때, 그레이트 올드 원들은 민감한 인간들의 꿈을 형성함으로써 얘기했다. 왜냐하면 그렇게 해야만 그들의 언어가 육신을 가진 포유류의 정신에 전해질 수 있었기 때문이었다.

당시 최초의 인간들은 그레이트 원들이 보여 준 작은 우상들을 중심으로 사교 집단을 조직했다고 카스트루가 조용히 말했다. 그 사교 집단은 별들이 다시 자리를 잡을 때까지는 절대 사라지지 않을 것이고, 비밀 사제들은 위대한 크툴루를 무덤에서 꺼내 그의 숭배자들을 되살리고 지구에 대한 그의 지배를 재개할 것이다. 그 시간은 알기 쉬운데, 그때가 되면 인간도 그레이트 올드 원들처럼 될 것이기 때문이다. 자유로우면서 제멋대로이고, 선과 악을 넘어서고, 법과 도덕을 내던질 것이다. 그리고 모든 인간들이 소리 지르고 죽이고 기쁨을 만끽할 것이다. 그리고 자유로워진 올드 원들이 그들에게 소리 지르고 죽이고 기뻐하고 즐기는 새로운 방식을 가르칠 것이며, 지구 전체가 황홀과 자유의 대참사로 불타 버릴 것이다. 그때가 올 때까지 사교 집단은 적절한 제의를 통해 고대의 방식의 기억을 유지하고 그들의 회귀에 관한 예언을 예시해야 할 의무가 있다.

오래전에는 선택된 인간들이 무덤에 묻힌 올드 원들과 꿈을 통해 얘기했다. 하지만 어떤 일이 일어났다. 돌기둥과 무덤이 있는 거대한 석조 도시인 르 리에가 파도 아래로 가라앉았다. 생각조차도 통과할 수 없는 원초적인 신비로 가득한 심해에 막혀 정신적 대화가 끊겨 버렸다. 하지만 기억은 절대 사라지지 않았고, 대사제들은 별들이 제대로 자리 잡으면 도시가 다시 떠오를 것이라고 말했다. 그리고 지구의 오래되고 은밀한 검은 정령들이 나올 것이다. 그들은 잊힌 해저 아래의 동굴에서 들은 어두운 소문들로 차 있을 것이다. 하지만 고령의 카스트루는 그들에 대해 감히 많이 말하지 못했다. 그는 서둘러 말을 잘랐고, 그래서 아무리 설득하거나 부추겨도 거기에 대해선 더 이상 듣지를 못했다. 올드 원들의 크기에 대해 그는 이상하다 싶을 정도로 말하기를 거부했다. 사교 집단에 대해서 그는 그 중심이 아라비아의 길이 없는 사막에 있을 거라고 생각했다. 그곳에서 기둥의 도시인 이렘이 숨어서 방해받지 않은 채 꿈을 꾼다. 그 사교 집단은 유럽의 마녀 집단과 관련이 없고, 추종자들을 제외하고는 사실상 그 누구에게도 알려지지 않았다. 그 어떤 책도 그것에 대해 실제로 언급한 적이 없었다. 하지만 불멸의 중국인들은 미친 아랍 압둘 알하즈레드의『네크로노미콘』에는 이중의 의미가 있다고 말했다. 추종자들은『네크로노미콘』을, 특히 많이 논의된 2행 연구(聯句)를 원하는 대로 읽을 수 있었다.

　　죽지 않는 것은 영원히 누워 있을 수 있고
　　그리고 낯선 긴 세월로 죽음마저도 죽을 수 있다.

　레그래스는 깊은 인상을 받았고 적지 않게 겁이 났다. 사교 집단이 역사적으로 어디에 속하는지 물어봤지만 소용이 없었다. 사교 집단이 완전히 비밀이라고 할 때 카스트루는 분명 진실을 말했던 거였다. 툴레인 대학의 권위자들도 사교 집단이나 조각상에 대해 알려 줄 수 없었고, 그래서 이제 경감은 국내 최고의 권위자들을 찾아온 거였다. 그중에서 웹 교수의 그린란드 이야기를 듣게 된 거였다.

조각상을 증거로 레그래스의 이야기는 학회에서 불같은 관심을 불러일으켰다. 그 관심은 그 자리에 있던 이들의 대화로 계속해서 울려 퍼졌다. 하지만 학회의 공식 출판물에는 거의 언급되지 않았다. 이따금 사기와 속임수를 직면하는 데 익숙한 이들에게 신중함은 가장 중요한 덕목이었다. 레그래스는 조각상을 웹 교수에게 잠시 빌려주었지만, 교수의 죽음으로 반환됐고 여전히 그의 소유로 있다. 얼마 전에 나는 조각상을 보았다. 그것은 진정 섬뜩한 것이었고, 분명히 젊은 윌콕스의 꿈-조각과 유사했다.

증조부가 조각가의 이야기에 흥분했던 건 놀랍지 않았다. 왜냐하면 사교 집단에 관해 레그래스가 알아냈던 것을 듣고 나서, 그 민감한 젊은이의 이야기에 무슨 생각이 나겠는가? 늪에서 찾은 조각상과 그린란드의 사악한 석판 모양과 정확히 같은 상형 문자를 꿈꾸었을 뿐만 아니라, 악마주의자 에스키모와 혼혈의 루이지애나인이 동일하게 말한 주문에서 적어도 세 개의 단어가 꿈속에서 정확히 들렸던 그의 이야기를 듣고 어떤 생각을 하겠는가? 에인절 교수님이 곧바로 최대로 꼼꼼한 조사를 시작한 것은 너무도 당연했다. 하지만 개인적으로 나는 젊은 윌콕스가 사교 집단에 관해 간접적으로 들었고, 숙부를 속이기 위해 신비감을 높이고 이어 가려는 목적으로 꿈을 계속해서 꾸몄다고 의심했다. 물론 교수님이 수집한 꿈의 서사들과 신문 기사들은 강력한 증거였다. 하지만 나는 이성주의적인 사고와 이 모든 이야기의 터무니없음에 입각해 나로선 가장 합리적인 결론을 냈다. 그래서 원고를 다시 한번 꼼꼼히 공부하고 신지학적이고 인류학적인 기록을 레그래스의 사교 집단 이야기와 비교한 후에, 나는 조각가를 만나러 프로비던 스로 갔다. 학식이 높고 나이 든 사람을 그처럼 대담하게 속인 일에 대해 적당하다고 여겨질 정도로 꾸짖기 위해서였다.

윌콕스는 아직도 토머스 거리의 플뢰르 드 리스 건물에서 혼자 살았다. 17세기 브르타뉴식 건축의 흉물스러운 빅토리아식으로 모방한 건물이었고, 언덕 위 아름다운 옛 콜로니얼식 집들 사이에서 그리고 조지 왕조풍의 미국에서 가장 세련된 첨탑의 그림자 아래 치장 벽토를 바른 전면을 뽐냈다. 나는 방에서 작업하고 있는 그를 발견했고, 여기저기 흩어진 작품을 보자마자 그의 천재성이 진정 심오하고 진실임을 인정했다. 언젠가는 그가 가장 위대한 데카당 예술가 중 하나로 알려질 거라 믿는다. 왜냐하면 그는 아서 매컨*이 글로 암시하고 클라크 애슈턴 스미스*가 시와 그림으로 보여 준 악몽과 환상들을 점토로 구체화했고, 언젠가는 대리석으로 보여 줄 것이기 때문이었다.

어둡고, 허약하고, 다소 지저분한 용모를 가진 그는 나의 노크에 힘없이 몸을 돌리고 자리에서 일어나지 않은 채 무슨 일인지 물었다. 내가 누군지를 말하자 다소 관심을 보였다. 왜냐하면 내 증조부가 그의 신기한 꿈을 조사하며 흥미를 끌었음에도, 단 한 번도 연구의 목적을 설명하지 않았기 때문이었다. 여기에 대해 나는 그에게 더 이상은 알려 주지 않았다. 대신 조심스럽게 그를 구슬렸다. 얼마 지나지 않아 나는 그가 완전히 진심임을 확인했다. 그가 꿈에 대해 그 누구도 오해할 수 없는 방식으로 얘기했기 때문이었다. 꿈들과 그 꿈들의 무의식적 잔해는 그의 예술에 심오한 영향을 주었다. 그리고 음울한 조각상을 보여 주었는데, 그 형상의 사악한 암시력으로 인해 나는 몸서리가 쳐질 정도였다. 그는 꿈속의 얕은 돋을새김을 제외하고는 이 조각상의 원본을 본 기억이 없었지만, 외형은 그의 손에서 무의식적으로 만들어졌다. 그것은 분명 그가 광란 속에 떠들어 댔던 거대한 형상이었다. 그는 증조부의 끈질기고 가차 없는 질문 덕분에 알려진 것을 제외하고는 그 비밀 사교 집단에 대해 전혀 모른다고 서둘러 분명히 말했다. 하지만 나는 다시금 그가 그 기이한 인상을 접했을 수도 있는 방식을 생각해 보려고 애썼다.

그는 자신의 꿈에 대해 이상하게 시적인 방식으로 얘기했다. 덕분에 나는 그 미끈거리는 녹색 돌로 된 축축한 키클롭스 도시―특이하게 그는 그곳의 **기하학적 구조**가 전부 **틀렸다**고 말했다―를 극도로 생생하게 볼 수 있었다. 또한 그 끝나지 않고 반쯤은 정신을 통해 전달되는 지하로부터의 부름을 두려움에 찬 기대감 속에 들었다. "크툴루 프타근." "크툴루 프타근." 이 말들은 르 리에의 석조 무덤에서 죽은 크툴루가 꿈속에서 깨어 있는 것에 관해 얘기하는 무서운 의식의 일부였다. 나는 이성적 신념에도 마음이 깊이 흔들렸다. 나는 윌콕스가 그 사교 집단에 대해 우연히 들었지만, 똑같이 이상한 독서와 상상 속에 빠져 곧바로 잊었을 거라고 믿었다. 이후 그 이야기는 깊은 인상을 주었기에 꿈속에서, 그 얕은 돋을새김에서, 그리고 내가 지금 바라보고 있는 끔찍한 조각상에서 잠재의식적 표현으로 나온 것이었다. 따라서 그가 숙부를 속인 것은 정말 순수한 일이었다. 젊은이는 내가 절대 좋아할 수 없는, 조금은 잘난 체하고 조금은 버릇없는 유형이었다. 하지만 이제 나는 그의 천재성과 순수함을 모두 인정할 준비가 되었다. 나는 기분 좋게 그와 작별 인사를 했고, 재능에 맞는 성공을 이루기를 바란다고 그에게 말했다.

사교 집단 사건은 여전히 나를 유혹하고, 나는 그것의 기원과 관련된 연구로 개인적 명성을 얻는 상상을 가끔 한다. 나는 뉴올리언스를 방문했고, 레그래스와 그 오래전 단속반에 속한 다른 이들과 얘기했고, 무서운 조각상을 보았고, 심지어는 아직 살아 있는 혼혈인 죄수들에게 질문하기도 했다. 불행히도 고령의 카스트루는 몇 년 전에 죽었다. 내가 당시 직접적으로 그처럼 생생하게 들었던 내용은, 비록 실제로는 숙부가 썼던 것을 세부적으로 확인한 것 이상은 아니었지만, 나를 새로이 흥분시켰다. 내가 매우 실재하고, 매우 비밀스럽고, 매우 오래된 종교를 추적하고 있으며, 그것을 발견함으로써 저명한 인류학자가 될 것이라 확신했기 때문이었다. 내 태도는 여전히 명백히 물질주의적이었고, **나는 지금도 그랬으면 좋겠다고 바란다.** 그래서 나는 거의 설명하기 힘든 고집으로 에인절 교수님이 수집했던 꿈에 대한 기록과 신문 기사들의 우연한 관계를 무시했다.

한 가지 내가 의심하기 시작했던 것은, 그리고 이제는 내가 알고 있기에 **두려워하는** 것은, 증조부의 죽음이 전혀 자연스럽지 않다는 사실이다. 그는 외국계 혼혈들이 모여 있는 오래된 해안 거리로부터 올라가는 좁은 언덕길에서 부주의한 흑인 선원에게 떠밀려 쓰러졌다. 나는 루이지애나의 혼혈 선원이었던 추종자들을 잊지 않았고, 그 비밀스러운 제의와 믿음만큼이나 잔인한 고대의 비밀 방식과 독침(毒針)을 알게 되었어도 놀라지 않았을 것이다. 레그래스와 그의 부하들을 건드리지 않은 것은 사실이다. 하지만 무언가를 봤던 한 선원은 노르웨이에서 죽었다. 조각가의 정보를 얻은 후에 증조부가 더 깊이 조사했다는 사실이 어느 사악한 귀에 전해진 것은 아니었을까? 나는 에인절 교수님이 너무 많이 알았기에, 아니면 너무 많이 알게 될 것 같아서 죽었다고 생각한다. 내가 그분의 길을 따라갈지는 두고 볼 일이다. 왜냐하면 나도 이제 많이 알기 때문이다.

3. 바다로부터의 광기

만일 하늘이 내게 행운을 내리신다면, 그건 선반에 까는 종이 한 장을 응시하게 만든 단순한 우연의 결과를 완전히 지우는 일일 것이다. 평소에 자연스럽게 마주칠 것이 전혀 아니었다. 『시드니 보고서』라는 호주 학술지로, 1925년 4월 18일에 나온 오래된 권호(卷號)였기 때문이었다. 심지어는 발간 시기에는 숙부의 조사를 위해 열정적으로 자료를 모으던 조사국도 놓친 것이었다.

나는 에인절 교수님이 '크툴루 컬트'라고 불렀던 것을 조사하는 일을 거의 포기했고, 뉴저지 패터슨에 사는 학자 친구를 방문하던 중이었다. 그는 지역 박물관의 큐레이터이자 저명한 광물학자였다. 어느 날 박물관 뒷방의 보관 선반에 대충 놓인 보존용 표본들을 조사하다가 내 눈은 돌멩이 아래 펼쳐진 오래된 종이의 사진으로 이끌렸다. 앞서 언급했던 『시드니 보고서』였다. 친구는 생각할 수 있는 해외 모든 곳에 연줄이 있었다. 사진은 레그래스가 늪에서 찾았던 것과 거의 동일한 흉물스러운 석조 조각상의 망판 인쇄판이었다.

종이에서 고가의 내용물을 서둘러 분리한 후에 나는 사진을 꼼꼼히 살펴보았고, 조각상의 길이가 다소 짧은 것을 보고 실망했다. 하지만 조각상은 나의 침체한 조사에 매우 중요한 의미를 가져왔다. 그래서 나는 바로 행동에 옮기려는 의도로 조심스럽게 사진을 찢어 냈다. 그 내용은 다음과 같았다.

바다에서 찾은 신비로운 난파선

비질런트호가 표류하던 뉴질랜드 군용선을 끌고 도착함.

갑판에서 생존자 한 명과 사망자 한 명을 발견. 해상에서의 치열한 전투와 죽음에 관한 이야기. 구조된 선원은 기이한 경험을 자세히 얘기하지 않음. 오래된 조각상이 그에게서 발견됨. 조사가 곧 이어질

예정.

모리슨 회사의 화물선인 비질런트호는 발파라이소에서 왔으며, 달링 하버의 부두에 오늘 아침 도착했다. 뉴질랜드 더니딘에서 출항하여 참전 중에 기능을 잃은 중무장한 증기선 알러트호를 4월 12일에 남위 34도 21분, 서경 152도 17분에서 발견하여 끌고 왔다. 알러트호에는 생존자 한 명과 사망자 한 명이 있었다.

비질런트호는 3월 25일에 발파라이소를 떠났고, 4월 2일에 예외적으로 극심한 폭풍과 엄청난 파도로 인해 정해진 항로에서 상당히 남쪽으로 이탈했다. 4월 12일에 난파선이 발견되었고, 비록 명백히 버려졌지만, 배에 올라 반쯤 미친 상태에 있는 한 명의 생존자와 분명 일주일 이상 죽어 있던 남자를 확인했다. 생존자는 알 수 없는 출처의 흉물스러운 석조 조각상을 부여잡고 있었다. 그 조각상은 높이가 약 30센티미터 정도였고, 그 유형에 대해 시드니 대학, 왕립 학회, 칼리지 거리 박물관의 전문가들 모두가 완벽한 당혹감을 드러냈고, 생존자는 그것을 배의 선실 안, 평범한 형태로 조각된 작은 제단에서 발견했다고 말한다.

이 사람은 정신을 차린 후에 해적 행위와 살육에 관해 매우 이상한 이야기를 들려주었다. 그는 구스타프 요한센으로 평균적인 지능을 갖춘 노르웨이인이었다. 오클랜드의 쌍돛대 범선인 에마호의 이등 항해사로, 11명의 선원과 함께

2월 20일에 카야오를 향해 출항했다. 그가 말하길, 에마호는 3월 1일 엄청난 폭풍으로 인해 지체되고 항로에서 상당히 남쪽으로 벗어났으며, 3월 22일 남위 49도 51분, 서경 128도 34분에서 이상하고 사악하게 보이는 카나카인들과 혼혈인 선원들이 항해하는 알러트호를 만났다. 곧바로 배를 돌리라는 명령을 받았지만 콜린스 선장은 거부했다. 그 순간 낯선 선원들이 예고도 없이 배의 장비 일부인 특별히 무거운 청동포를 잔혹하게 쏴 대기 시작했다. 에마호 선원들이 맞서 싸웠다고 생존자는 말한다. 범선이 포탄에 맞아 해수면 아래로 가라앉기 시작했지만 그들은 배를 적의 배와 나란히 몰아가서 오르는 데 성공했다. 배의 갑판에 있는 잔인한 선원들과 싸우고, 적의 수가 좀 더 많았음에도 그들을 다 죽였다. 그들의 특별히 혐오스럽고 필사적이지만 다소 서투른 전투 방식 때문이었다.

콜린스 선장과 일등 항해사 그린을 포함한 에마호 선원 세 명이 죽임을 당했다. 나머지 여덟 명은 이등 항해사 요한센의 명령 아래 빼앗은 배를 몰고 원래의 항로로 향했다. 그들에게 물러서라고 한 이유를 알아보기 위해서였다. 다음 날 그들은 작은 섬에 접근하여 정박했던 것 같다. 하지만 부근 바다에는 섬이 없다고 알려져 있다. 선원들 중 여섯 명이 해변에서 죽었지만 요한센은 이상하게 자신의 이야기에서 그 대목에 관해서는 침묵했고, 그저 그들이 바위틈에 빠졌다고만 했다. 이후 그와 그의 동료는 배에 올라타 몰아 보려 했지만, 4월 2일의 폭풍에 조난당했던 것 같다. 그때부터 12일에 구조될 때까지의 일을 그는 거의 기억하지 못하고, 심지어 동료인 윌리엄 브라이든이 죽은 것도 떠올리지 못한다. 브라이든의 죽음은 눈에 띄는 원인이 없었고, 아마도 흥분이나 노출 때문이었을 것이다. 더니딘에서 온 전보에 따르면, 알러트호는 그 지역에서 도서(島嶼) 무역선으로 잘 알려져 있었고, 해변 도시에서는 악명이 높았다. 밤에 숲에서 가진 잦은 모임으로 적지 않은 호기심을 불러일으킨 기이한 혼혈인 집단이 배를 소유했다. 배는 3월 1일의 폭풍과 지진이 일어난 이후에 매우 급하게 출항했다. 본사의 오클랜드 기자들은 에마호와 배의 선원들을 우수하게 평가하고, 요한센을 정신이 바르고 훌륭한 사람이라고 설명한다. 해군 본부는 이 모든 일에 관한 조사를 내일 시작할 것이고, 요한센이 지금까지 했던 것보다 더 자유롭게 말할 수 있도록 모든 노력을 기울일 것이다.

그 끔찍한 조각상 사진만 빼면 이상이 전부였다. 하지만 이 기사로 인해 내가 얼마나 엄청난 생각을 하게 되었는지! 이것은 크툴루 사교 집단에 관한 새로운 정보로 넘쳤고, 육지뿐만 아니라 바다에도 기이한 집단들이 있었다는 증거였다. 혼혈의 선원들이 그 끔찍한 조각상과 함께 항해하면서 에마호를 되돌리게 한 의도는 무엇이었을까? 에마호의 선원 여섯 명이 죽은 미지의 섬은 무엇이었을까? 요한센은 무엇에 대해 그처럼 침묵하는 거였을까? 해군 중장의 조사는 무엇을 드러냈고, 더니딘의 위험한 사교 집단에 관해 무엇이 알려졌을까? 그리고 가장 놀라운 것은, 증조부가 그처럼 꼼꼼하게 기록했던 온갖 사건들에 사악하면서 이제는 부인할 수 없는 의미를 부여하는 날짜들 간의 심오하면서 초자연적인 관계는 무엇일까?

3월 1일 — 날짜 변경선을 따르면, 우리에게는 2월 28일이었다 — 에 지진과 폭풍이 일어났다. 알러트호는 더니딘에서 시끄러운 선원들을 태우고 마치 강제로 호출받은 듯 급하게 출항했고, 지구 반대편에서는 시인과 예술가들이 기이하고 축축한 키클롭스식 도시를 꿈꾸고, 젊은 조각가는 꿈속에서 두려운 크툴루의 형상을 만들기 시작했다. 3월 23일에 에마호 선원들은 미지의 섬에 내렸고, 여섯 명이 죽었다. 같은 날에 감수성 강한 사람들의 꿈들이 매우 생생해졌고, 거대한 괴물의 사악한 추격에 대한 두려움으로 어두워졌다. 같은 시기에 한 건축가는 미쳤고, 조각가는 갑자기 환각에 빠졌다. 게다가 4월 2일의 폭풍은 어떠한가? 축축한 도시에 관한 꿈들이 전부 멈추고, 윌콕스가 기이한 열병의 속박에서 무사히 풀려났던 날이 아니었나? 이 모든 일, 그리고 별에서 태어나 바닷속에 가라앉은 올드 원들과 다가올 그들의 지배에 관해 고령의 카스트루가 한 말들, 그들의 충실한 사교 집단과 꿈의 지배는? 나는 인간의 능력을 뛰어넘는 우주적 공포의 언저리에서 비틀거리고 있는 것인가? 만일 그렇다면 그것은 오직 정신적인 공포임이 분명하다. 왜냐하면 인류의 영혼을 공격하기 시작했던 엄청난 위협이 어쩐 일인지 4월의 두 번째 날에 멈췄기 때문이다.

그날 밤, 하루 종일 급하게 전보를 보내고 일을 정리한 후에 나는 집주인에게 작별 인사를 고한 뒤, 샌프란시스코행 기차를 탔다. 한 달이 지나지 않아 나는 더니딘에 도착했다. 하지만 그곳에 오래된 뱃사람 선술집들을 다녔던 이상한 사교 집단 회원들에 관해 알려진 것이 거의 없음을 확인했다. 해변의 쓰레기 같은 이들은 너무도 흔해 특별히 언급할 필요가 없던 거였다. 하지만 이 혼혈인들이 내륙으로 여행하는 중에 먼 언덕에서 희미한 북소리와 붉은 불꽃이 있었다는 분명치 않은 얘기를 들었다. 오클랜드에서 나는 요한센이 시드니에서의 형식적이고 결론 없는 심문을 마친 후에 **노란 머리가 하얗게 돼서** 돌아왔고, 이후에 웨스트 거리의 집을 팔고 아내와 함께 오슬로에 있는 옛집으로 배를 타고 갔음을 알게 되었다. 자신의 충격적인 경험에 관해 그는 친구들에게 해군 본부 사관에게 얘기한 것 이상 말하지 않았다. 그래서 친구들이 할 수 있는 일이라곤 그의 오슬로 집 주소를 알려 주는 것뿐이었다.

이후에 나는 시드니로 가서 선원들과 식민지 해사(海事) 법원 사람들을 만났지만 소득이 없었다. 이제는 상업용으로 팔려 사용되는 알러트호를 시드니만(灣)의 서큘러 키에서 보았지만, 그 어물쩍한 몸뚱어리에서는 아무것도 얻을 수 없었다. 갑오징어 머리와 용의 몸, 비늘 덮인 날개를 하고 상형 문자가 있는 제단 위에 웅크린 조각상은 하이드파크의 박물관에 보존되어 있었다. 나는 오랫동안 그것을 꼼꼼히 연구했고, 불길

할 정도로 섬세한 골동품이라고 생각했다. 레그래스의 더 작은 표본에서 보았던 것처럼 매우 신비롭고, 엄청나게 오래됐고, 소재가 이 세상 것이 아닌 듯 낯설었다. 큐레이터는 지질학자들이 대단한 수수께끼라고 했다고 설명했다. 왜냐하면 이 세상에는 단연코 그런 돌이 없기 때문이었다. 그 순간 나는 떨면서 고령의 카스트루가 최초의 그레이트 원들에 관해 레그래스에게 얘기한 것을 떠올렸다. "그들은 별에서 왔고, 자신들의 조각상을 가져왔다."

지금껏 전혀 경험하지 못할 정도의 생각의 전환에 충격을 받고, 이제 나는 선원 요한센을 방문하러 오슬로로 가기로 결심했다. 배를 타고 런던에 가서 곧장 노르웨이 수도를 향해 다시 출발했다. 그리고 어느 가을날 에게베르그성(城)의 그림자가 덮인 잘 정비된 부두에 내렸다. 요한센의 집이 하랄 하르드라다왕(王)의 올드 타운에 있다는 것을 알아냈다. 그곳은 오슬로가 '크리스티아나'라는 이름으로 가장되었던 수백 년 동안 오슬로라는 이름을 지킨 곳이었다. 나는 택시를 타고 짧게 이동했고, 요동치는 심정으로 전면에 회반죽한 단정하고 오래된 건물의 문을 두드렸다. 검은 옷을 입고 슬픈 표정을 한 여성이 내 호출에 답했는데, 그녀가 짧은 영어로 구스타프 요한센이 죽었다고 말했을 때 나는 크게 낙담했다.

그의 아내가 말하길, 그는 1925년에 바다에서 일어났던 일로 몸과 마음이 상한 탓에 귀향하지 못하고 죽었다. 그는 사람들에게 말한 것 이상으로 아내에게 얘기하지 않았다. 하지만 매우 긴 원고를 남겼다. '기술적 사안들'에 대한 것이라고 그가 말했고, 분명 아내가 우연히라도 읽지 못하도록 영어로 쓰였다. 예테보리 부두 주변의 좁은 길을 따라 산책하던 중에 다락 창문에서 떨어진 종이 뭉치가 그를 넘어뜨렸다. 두 명의 인도인 선원이 바로 그를 도와 일으켜 세웠지만, 그는 응급차가 오기 전에 사망했다. 죽음의 적절한 원인을 찾지 못했기에 의사들은 심장 질환과 심신 미약으로 사인을 처리했다.

이제 나는 '우연히' 혹은 다른 방식으로 죽을 때까지 절대 나를 떠나지 않을 그 어두운 공포가 내 생명을 갉아먹는 느낌이었다. 남편의 '기술적 사안'과 나의 관계가 그 원고를 내게 넘기기에 충분하다고 미망인을 설득하여, 나는 그 서류를 가져와 런던행 배에서 읽기 시작했다. 그것은 단순하면서 두서없는 글로 그 최후의 끔찍한 항해를 일(日) 단위로 기록했다—순진한 선원이 사건이 터진 후에 쓰려고 했던 일기였다. 글이 너무도 모호하고 장황해서 필사할 엄두가 나지 않는다. 하지만 내가 왜 배 측면을 때리는 물소리를 참지 못해 면(綿)으로 귀를 막아야만 했는지 설명할 정도로 핵심을 얘기하고자 한다.

그 도시와 그것을 봤음에도 요한센은 다행히 모든 걸 알지 못했다. 하지만 시공간의 생명 뒤에 끊임없이 숨어 있는 공포를 떠올릴 때면, 그리고 오래된 별에서 온 불경하고 신을 모독하는 존재들을 떠올릴 때면, 나는 절대로 잠을 잘 수 없을 것이다. 바다 밑에서 꿈을 꾸고 있고, 그 악몽 같은 사교 집단에 사랑받고 알려진 존재들, 그리고 사교 집단은 또 다른 지진이 그들의 거대한 석조 도시를 다시 한번 태양과 대기 속으로 들어 올리는 순간, 존재들을 세상에 풀어 주기 위해 준비하고 기도한다.

요한센의 항해는 그가 식민지 해사 법원에서 얘기했던 것처럼 시작됐다. 에마호는 화물 없이 2월 20일에 오클랜드에서 출발했고, 인간의 꿈들을 채운 공포를 해저로부터 끌어 올린 지진으로 생긴 폭풍의 힘을 그대로 경험했다. 다시 조종할 수 있게 된 배는 2월 22일에 알러트호를 만날 때까지 순항했다. 배의 포격과 침몰에 관한 기록에서는 선원의 후회가 느껴졌다. 알러트호의 악마 같은 사교 집단 신도들에 관해서는 엄청난 두려움 속에 말한다. 그들에게서 기이하게 불쾌한 특성이 느껴졌기에 그들을 괴멸하는 일이 거의 의무처럼 느껴졌고, 요한센은 법원 수사 과정 중에 자신들이 무자비하다는 혐의를 받자 진심으로 놀라워했다. 당시, 요한센의 지휘 아래 호기심에 이끌려 포획된 배를 몰던 이들은 바다에서 튀어나온 거대한 돌기둥을 만났고, 남위 47도 9분, 서경 126도 43분에서 진흙과 분비물과 잡초가 섞인 키클롭스식 석조 건물이 있는 해변에 도착했다. 석조 건물은 지구상 최고의 공포의 실제적 실체일 수밖에 없었다—르 리에라는 악몽과 같은 시체의 도시로, 검은 별에서 내려온 거대하고 혐오스러운 형체들에 의해 역사의 배후에서 끝없는 세월 동안 건설된 것이었다. 그곳에 위대한 크툴루와 그의 무리가 누워 있었다. 녹색의 미끈거리는 무덤에 숨어 있던 그들은 셀 수 없는 세월을 보낸 후에 마침내 생각을 내보냈다. 민감한 자들의 꿈에는 공포를 전하고, 충성스러운 이들에게는 자유와 복원의 순례에 오르라고 강력히 명령하는 생각이었다. 이 모든 것을 요한센은 알지 못했지만, 그가 충분히 봤다는 것은 온 세상이 다 안다!

내 생각에는 단지 하나의 산꼭대기, 거대한 크툴루가 묻혀 있던 그 끔찍한 돌기둥으로 덮인 성채만 실제로 바다에서 올라왔던 것 같다. 아래쪽에 숨어 있는 그 모든 것들의 규모를 생각할 때면 나는 곧바로 나 자신을 죽이고 싶을 정도였다. 요한센과 선원들은 물이 뚝뚝 떨어지는 고대 악마들의 바빌론의 우주적 거대함을 경외했고, 아무런 지식 없이도 그것이 지구나 혹은 그 어떤 정상적인 행성의 것이 아님을 추측했을 것이다. 녹색 돌덩어리의 믿을 수 없는 크기, 조각된 거대한 돌기둥의 어지러운 높이, 알러트호의 제단에서 찾은 기이한 조각상과 거대한 동상들과 얕은 돋을새김이 숨 막힐 정도로 똑같기에 생긴 경외감은 선원의 겁에 질린 묘사 한 줄 한 줄에서 통렬하게 드러났다.

미래주의가 무엇인지도 몰랐지만, 요한센은 도시에 관해 얘기하면서 미래주의와 매우 흡사한 무언가를 성취했다. 명확한 구조나 건물을 묘사하는 대신, 거대한 각도들과 돌 표면의 전체적인 인상에만 집중했기 때문이었다―그 표면은 너무도 거대해서 지구에 들어맞거나 적합한 그 어떤 것에도 속하지 않았고, 끔찍한 이미지와 상형 문자로 불경했다. 각도에 대한 그의 얘기를 거론한 이유는, 그것이 윌콕스가 자신의 끔찍한 꿈에서 얘기했던 것을 암시하기 때문이다. 그는 자신이 봤던 꿈 속 장소의 기하학적 구조가 비정상이었고, 비유클리드적이었으며, 우리의 것과 다른 구체와 차원을 역겹게 상기시킨다고 말했다. 지금 이 무식한 선원이 그 끔찍한 현실을 바라보면서 같은 느낌을 받았다.

요한센과 선원들은 거대한 아크로폴리스의 경사진 진흙 둑에 내렸고, 인간의 계단일 수가 없는 분비물이 나오는 거대한 돌덩이를 미끄러지며 기어올랐다. 바다에 잠겼던 이 왜곡된 것으로부터 솟아 나오는 독기로 빛이 굴절하면서 하늘의 태양이 뒤틀려 보였다. 처음에는 볼록하게 보였다가 다음에는 오목하게 보이는 조각된 돌의 파악하기 힘든 광기의 각도에는 비틀린 위협과 긴장이 비웃는 듯 숨어 있었다.

돌과 분비물과 잡초보다 더 명확한 것을 보기도 전에 섬뜩함에 가까운 감정이 탐험가들을 한꺼번에 덮쳤다. 다른 사람의 비난이 두렵지 않았다면 모두 도망쳤을 것이다. 결국 내키지 않는 심정으로 그들은 가져갈 만한 가벼운 기념품을 찾아다녔다—결국엔 다 소용없는 일로 판명되었지만.

포르투갈 사람인 로드리게스가 돌기둥 아래편을 기어올라서 무엇을 찾았는지 소리 질렀다. 나머지 사람들이 그를 따랐고, 이제는 익숙한 문어-용의 얕은 돋을새김이 새겨진 거대한 문을 신기해하며 쳐다봤다. 그것이 거대한 헛간 문처럼 보였다고 요한센은 말했다. 주위에 장식이 달린 상인방과 문지방과 문설주 등이 있어 모두가 문이라고 여겼다. 하지만 치켜올리는 뚜껑 문처럼 눕혀져 있는 것인지, 집 밖의 지하실 문처럼 기울어진 것인지 알 수가 없었다. 윌콕스가 말했듯이 그곳의 기하학 구조는 모두 엉망이었다. 그 누구도 바다와 땅이 수평인지 확신할 수 없었고, 그렇기에 모든 것의 상대적 위치는 환상적으로 가변적이었다.

브라이든이 여기저기 돌을 밀어 봤지만 소용이 없었다. 그러자 도노번이 돌의 가장자리를 조심스럽게 만지며, 각이 진 부분을 하나씩 눌렀다. 그는 기괴한 석조 쇠시리를 따라 끝도 없이 올라갔다―어쨌거나 그것이 수평이 아니었다면 올라간다고 설명할 수 있을 것이다―그리고 선원들은 이 우주에 어떤 문이 그처럼 클 수 있을지 의아해했다. 그때, 매우 부드럽고 천천히, 4만 제곱미터 크기의 커다란 판이 윗부분에서 안쪽으로 들어가기 시작했다. 그리고 그것이 균형을 유지한다는 것을 깨달았다. 도노번은 문설주를 따라 미끄러지거나 혹은 어떻게든 몸을 밀고 내려가 동료들과 합류했다. 그리고 모두가 흉측하게 조각된 입구가 기이하게 밀려 들어가는 것을 보았다. 뒤틀린 분광(分光)으로 만들어진 환상 속에서 입구는 대각선 방향으로 기이하게 움직였고, 그래서 물질과 원근법의 법칙이 전부 잘못된 것 같았다.

틈새는 거의 딱딱하다고 느껴질 정도의 어둠으로 깜깜했다. 그 어둠은 실제로 **긍정적인 특성**이었다. 드러나야만 했을 안쪽 벽 부분을 가렸기 때문이었다. 실제로 어둠은 긴 세월의 감금 상태에서 연기처럼 뛰쳐나와 눈에 띄게 태양을 어둡게 만들었고, 투명한 날갯짓을 하며 쭈그러들었다가 만월에 가까운 하늘로 달아났다. 새롭게 열린 심연에서 올라오는 냄새는 참을 수 없을 정도였고, 마침내 소리를 잘 듣는 호킨스가 그 아래에서 불쾌하고 찰랑거리는 소리를 들었다고 생각했다. 모두가 귀를 기울였고, 그리고 모두가 가만히 듣고 있는 그 순간에 그 '것'이 물을 뚝뚝 떨어뜨리며 눈앞으로 걸어 나왔고, 검은 문을 지나 광기의 독이 오른 도시의 썩은 외부의 대기로 끈적끈적하고 거대한 녹색의 몸을 더듬듯이 밀어 넣었다.

이 부분에서 불쌍한 요한센의 글씨는 거의 알아볼 수가 없었다. 그는 결국 배로 돌아오지 못한 여섯 명 중에서 두 명이 그 저주받은 순간에 순전히 공포 때문에 죽었을 거로 생각한다. 그 '것'은 묘사될 수가 없다―그와 같은 심연의 비명과 태곳적부터의 광기에 맞는, 그와 같은 모든 물질과 힘과 우주 질서의 그처럼 무시무시한 모순에 맞는 언어는 없다. 산이 걸었고 비틀거렸다. 신이시여! 정신으로 전해지는 이 순간에 지구 반대편에서 위대한 건축가가 미치고, 불쌍한 윌콕스가 열병으로 헛소리했던 것이 뭐가 놀라운가? 조각상들의, 녹색의 끈적거리는 별들의 자손들의 그 '것'이 자신의 것을 되찾고자 깨어났다. 별들이 다시 자리를 잡았고, 오래된 사교 집단이 계획하다 실패한 일을 아무것도 모르는 선원들이 우연히 이룬 것이었다. 1000의 21제곱 세월 후에 거대한 크툴루가 다시 풀려났고, 쾌락을 찾아 날뛰었다.

누가 몸을 돌리기도 전에 세 사람이 축 처진 집게발에 휩쓸려 갔다. 그들에게 평안이 있기를, 우주에 평안이라는 것이 있다면 말이다. 도노번, 게레라, 옹스트롬이었다. 파커가 미끄러져 넘어지는 동안 다른 세 사람은 끝도 없는 녹색 바위의 경관 너머에 있는 배를 향해 미친 듯이 몸을 던졌다. 요한센은 절대 불가능한 석벽의 각도에 자신이 빠졌다고 맹세한다. 예각임에도 마치 둔각인 것처럼 행동하는 각도였다. 그렇게 브라이든과 요한센만 배에 도착했고, 알러트호를 향해 필사적으로 노를 저었다. 그사이 산처럼 큰 괴물은 미끈거리는 돌 위에 털썩 주저앉아 물가에서 꿈틀거리며 망설였다.

　선원들이 모두 해변으로 떠났음에도 증기 기관을 완전히 멈추지는 않았다. 그래서 미친 듯이 외륜과 엔진 사이를 왔다 갔다 내달리며 작업하여 순식간에 알러트호를 움직일 수 있었다. 천천히, 그 형용할 수 없는 장면의 비틀린 공포 속에서, 배가 치명적인 바다를 가르기 시작했다. 그사이에 지구의 것이 아닌 그 끔찍한 해변의 석벽 위에는 별에서 온 그 거대한 '것'이 도망가는 오디세우스의 배를 저주하는 폴리페모스처럼 침을 흘리며 알 수 없는 말을 내뱉었다. 그 순간, 이야기 속의 키클롭스보다 더 대담하게, 거대한 크툴루가 미끄러지듯 바닷속으로 들어가더니 거대한 파도를 일으키는 우주적 힘으로 팔을 움직이며 쫓아오기 시작했다. 브라이든이 뒤를 돌아보고 미쳐서 날카로운 소리로 웃었다. 그는 계속해서 반복적으로 웃다가 결국 요한센이 환각에 빠져 돌아다니던 어느 날 밤에 선실에서 죽음을 맞이했다.

그러나 요한센은 아직 포기하지 않았다. 증기력이 최고치가 되기 전에 분명 그 '것'이 알러트호를 따라잡으리라는 것을 알기에 그는 극단적으로 운에 맡기기로 결심했다. 엔진을 최고 속도로 맞추고, 번개처럼 갑판을 달려 방향타를 거꾸로 돌렸다. 시끄러운 소금물에 엄청난 소용돌이와 거품이 생기면서 증기가 좀 더 높이 올라가자, 이 용감한 노르웨이인은 악마의 범선의 선미처럼 더러운 거품 위로 솟아올라 쫓아오는 젤리 같은 것을 향해 정면으로 배를 몰았다. 꿈틀거리는 촉수들이 달린 끔찍한 문어 머리가 튼튼한 배의 보 스피릿 가까이 다가왔다. 하지만 요한센은 주저 없이 계속 몰았다. 공기주머니가 터지는 듯한 파열음이 났고, 갈라진 개복치에서처럼 곤죽거리는 불쾌한 것이 나왔고, 1천 개의 무덤이 열린 듯한 악취가 풍겼고, 역사가들이 책에 옮기지 않을 소리가 났다. 순식간에 배는 눈을 가리는 산성의 녹색 구름으로 더러워졌고, 그러고는 후방에서 독기 어린 소용돌이만 남았다―거기서, 세상에! 하늘에서 온 이름 없는 물컹거리는 것이 흩어졌다가 증오스러운 원래의 형태로 구름처럼 **다시 모였고**, 그사이에 알러트호는 축적된 증기로 추진력을 얻으면서 매초 거리가 벌어졌다.

그게 전부였다. 이후에 요한센은 선실에서 조각상에 대해 골똘히 생각하고, 자신과 자기 옆에서 웃고 있는 미친 사람을 위해 음식을 챙기기만 했다. 대담하게 도망친 직후에는 배를 조종하지 않으려 했다. 그 일로 영혼에서 무언가가 사라졌기 때문이었다. 그리고 4월 2일의 폭풍이 왔고, 그의 판단력이 흐려지기 시작했다. 액체의 무한한 소용돌이를 통과하며 비현실적으로 빙빙 도는 느낌, 혜성의 꼬리를 타고 흔들거리는 우주들을 통과하는 어지러운 여정의 느낌, 구덩이에서 달로 그리고 달에서 다시 구덩이로 정신없이 떨어지는 느낌을 받았다. 그리고 이 모든 것이 기형적이고 즐거워하는 고대의 신들과 박쥐 날개를 한 조롱하는 녹색의 타르타로스 악마들이 껄껄거리는 코러스로 활기가 넘쳤다.

그 꿈으로부터 구조대가 왔다―비질란트호, 식민지 해사 법원, 더니딘의 거리, 에게베르그 소유의 옛집으로 가는 기나긴 귀향 항해. 그는 말할 수가 없었다. 사람들이 그를 미쳤다고 생각할 것이다. 죽음이 찾아오기 전에 알고 있는 것을 쓰려고 했지만, 아내가 알아서는 안 된다. 기억을 지울 수만 있다면 죽음은 축복일 것이다.

이게 바로 내가 읽은 기록이었고, 이제 나는 그것을 상자 속 얕은 돋을새김과 에인절 교수님의 논문 옆에 두었다. 그것과 함께 내가 쓴 기록도 같이 넣을 것이다―나의 정신을 시험한 기록, 다시는 연결되지 않기를 바라는 것들이 연결된 곳이다. 나는 우주에서 발견할 수 있는 공포를 모두 보았고, 그 이후에 봄 하늘과 여름 꽃은 내게 독과 같았다. 하지만 내 삶이 길지 않을 것 같다. 내 증조부가 그랬듯이, 불쌍한 요한센이 그랬듯이, 나도 사라질 것이다. 나는 너무 많이 알고, 사교 집단은 여전히 살아 있다.

크툴루도 여전히 살아 있다, 아마도 태양이 어렸을 때부터 그를 보호했던 협곡에 또다시 있을 것이다. 그의 저주받은 도시는 또다시 가라앉았다. 비질란트호가 4월의 폭풍 후에 그 위를 지나갔기 때문이었다. 하지만 지상에 있는 그의 사제들은 여전히 인적이 드문 곳에서 꼭대기에 조각상이 있는 돌기둥 주위를 소리 지르며 뛰어다니고 살인을 저지른다. 분명히 그 것은 침몰해서 어두운 심해에 갇혀 있을 것이다. 아니었다면 세상은 지금쯤 공포와 광기로 비명을 지를 것이기 때문이다. 누가 결말을 알겠는가? 떠오른 것은 가라앉는 법이고, 가라앉은 것은 떠오르는 법이다. 혐오스러운 것이 심해에서 기다리며 꿈을 꾸고 있고, 인간의 불안정한 도시에는 부패가 퍼진다. 때가 올 것이다. 하지만 나는 반드시 생각하지 말아야 하고, 생각할 수도 없다. 기원하건대, 만일 내가 이 원고를 남기고 죽는다면 나의 유언 집행자는 대담함보다 신중함을 앞세워 아무도 이 원고를 보지 못하도록 하라.

어둠 속에서 속삭이는 자

1

반드시 명심할 점은, 내가 끝까지 어떤 가시적이고 실질적인 공포를 보지 않았다는 사실이다. 정신적 충격을 내가 추측한 내용의 원인이라고 말한다면—한밤중에 훔친 차를 타고 외떨어진 애클리 농장에서 나와 버몬트주에 있는 돔 모양의 야생 언덕을 돌아다니도록 만든 최후의 결정타라면—나의 최종적 경험의 가장 명백한 사실들을 무시하는 것이다. 헨리 애클리에 관한 정보와 생각들, 내가 보고 들은 것을 깊이 공유했던 정도, 그리고 이에 따라 내게 남겨진 인상의 뚜렷한 생생함에도 불구하고, 나는 지금까지도 내 끔찍스러운 추측이 옳은지 아닌지를 증명할 수가 없다. 왜냐하면 애클리의 실종은 결국 아무것도 증명하지 않기 때문이다. 사람들은 집 안팎의 총알 자국에도 불구하고 그의 집에서 아무것도 사라지지 않음을 확인했다. 마치 그가 평소처럼 언덕을 산책하러 나섰다가 돌아오지 않은 것만 같았다. 손님이 있었다는 흔적은 물론, 그 흉측한 실린더와 기계가 서재에 있었다는 흔적도 전혀 없었다. 그가 자신이 태어나고 자란 그 빽빽한 녹색 언덕과 개울의 끝없는 흐름을 죽을 만큼 두려워했다는 사실도 마찬가지로 무의미했다. 왜냐하면 수천 명이 바로 그런 병적인 두려움에 빠지기 때문이다. 더욱이 특이한 성품이라는 말로 그의 이상한 행동과 걱정을 쉽게 설명할 수 있었다.

내게는 이 모든 일이 1927년 11월 3일에 일어난, 전례가 없는 역사적인 버몬트 홍수로 시작했다. 지금과 마찬가지로 당시에 나는 매사추세츠 아캄의 미스캐토닉 대학의 문학 강사였고, 뉴잉글랜드 민속에 관해 열정적인 아마추어 학자였다. 홍수 직후에, 신문을 덮은 어려움과 고통과 조직적 구호 기사 사이에 물이 불어난 강에서 떠다니는 것들에 대한 이상한 이야기가 등장했다. 그래서 친구 여럿이 호기심에 찬 대화를 시작하다가 내게 그 일에 관해 설명해 달라고 부탁했다. 나는 내 민속 연구가 그처럼 심각하게 여겨진 것에 우쭐해하며 분명 지역의 오래된 미신에서 나온 터무니없고 모호한 이야기라고 마음껏 비하했다. 소위 배웠다는 사람들이 그 소문 뒤에 모호하고 뒤틀린 사실이 모여 있을지 모른다고 주장하는 모습이 우스웠다.

그렇게 이야기들은 대부분 신문 기사를 통해 내게 알려졌다. 하지만 한 이야기는 구전으로 전해진 것이었고, 버몬트 하드웍에 사는 친구의 어머니가 친구에게 보낸 편지에 적힌 거였다. 묘사된 이야기들은 본질적으로 같은 유형이었지만, 서로 다른 세 개의 사건과 관련이 있는 듯했다. 하나는 몬트필리어 근처의 위누스키강과 연관이 있었고, 다른 하나는 뉴페인 너머의 윈덤 카운티의 웨스트강에 관련되었고, 세 번째는 린던빌 너머 칼레도니아 카운티의 패섬프식에 집중되었다. 물론 수많은 사소한 기사들이 다른 사건들을 언급했지만, 분석 결과, 모두가 이 세 사건으로 압축되었다. 각각의 경우에서 시골 사람들은 인적이 드문 언덕에서 쏟아져 내려온 물로 불어난 강 속에 하나 혹은 그 이상의 기이하고 심란한 물체들이 있었다고 말했다. 오래전이라 거의 잊혔지만 이번 일로 노인들이 다시 끄집어낸 은밀한 전설을 그 광경들과 연결시키는 분위기가 일반적이었다.

사람들이 봤다고 생각한 것은 지금까지 평생 봤던 것과 매우 다른 생명체였다. 물론 그 비극적인 시기에 강물로 떠내려온 사람들 시체가 많았다. 하지만 이 기이한 형체를 묘사한 사람들은 크기나 전반적 외형의 피상적인 유사점에도 그것들이 인간이 아니라고 확신했다. 목격자들은 그것들이 버몬트에 있는 그 어떤 종류의 동물일 수가 없다고 말했다. 그것들은 분홍색이고 1.5미터 크기였다. 등껍질이 있는 몸통에는 거대한 한 쌍의 등지느러미나 막으로 된 날개와 몇 쌍의 잘 발달한 팔다리가 달려 있었다. 그리고 보통 머리가 있어야 할 부분에는 아주 작은 더듬이가 수없이 달린 일종의 나선형 타원체가 있었다.

서로 다른 출처에서 나온 기사들이 그토록 유사하게 겹친다는 것이 정말 놀라웠다. 하지만 한때는 그 언덕 지대 전역에서 회자되었던 옛 전설들에 나오는 섬뜩하고 생생한 그림이 관련된 목격자들의 상상력에 색채를 더했을 수도 있었기에 놀라움은 다소 반감했다. 나는 목격자들—전부 순진하고 무식한 시골 사람들이었다—이 이리저리 치이고 부풀어 오른 인간이나 가축의 사체를 소용돌이치는 강물에서 잠시 봤고, 그래서 대충 기억나는 민간전승을 이용해 그 불쌍한 물체들에 환상적인 특성을 부여했다고 결론지었다.

비록 불분명하고, 모호하고, 현재 세대에게는 대부분 잊혔음에도 그 오래된 민속은 매우 특이한 성격을 지녔고, 분명히 훨씬 이전의 인디언 이야기들의 영향을 보여 줬다. 나는 버몬트에 가 본 적이 없었지만, 1839년 이전에 그 주의 최고령자들로부터 구전으로 획득한 자료가 담긴 일라이 대븐포트의 매우 귀한 원고를 통해 민속에 대해 잘 알고 있었다. 더욱이 이 자료는 내가 뉴햄프셔 산악 지역의 나이 든 농부들로부터 개인적으로 들은 이야기들과 매우 흡사했다. 간략히 요약해서, 그 자료는 인적이 드문 언덕 어딘가에 숨어 있는 괴물스러운 존재들에 대해 암시했다—가장 높은 봉우리의 깊은 숲과 알 수 없는 샘들에서 나온 개울이 흐르는 계곡에 숨어 있었다. 이 존재들은 좀처럼 보이지 않았지만, 늑대들도 피하는 산등성이나 가파른 골짜기를 다른 사람보다 더 깊이 탐험했던 이들이 그 존재의 증거들을 보고했다.

개울가의 진흙과 풀이 없는 땅에 기묘한 발자국 혹은 발톱 자국들이 있었다. 그리고 주변 풀이 사라진 채 돌멩이들이 신기하게도 동그랗게 놓여 있었는데, 자연적으로 놓이거나 혹은 자연에 의해 전체가 만들어진 것처럼 보이지 않았다. 언덕 양편에 깊이를 알 수 없는 동굴들도 있었다. 입구는 도저히 우연이라고 할 수 없는 방식으로 바위에 막혀 있었고, 평균보다 더 많은 기이한 발자국들이 그곳으로 향하거나 거기서 나왔다—정말로 발자국들의 방향을 제대로 가늠할 수 있다면 말이다. 이 중 최악은 보통의 언덕-오르기의 경계 너머로 가장 인적이 드문 계곡과 빽빽하게 수직으로 자란 나무들 속에서 모험심 많은 이들이 아주 드물게 보았던 것들이었다.

그것들에 관해 떠도는 이야기들이 그처럼 맞아떨어지지 않았다면 덜 불편했을 것이다. 실제로는 거의 모든 소문에 몇 가지 공통점들이 있었다. 그 생명체들이 연붉은색을 띤 거대한 일종의 게였고, 많은 쌍의 다리와 등 중간에 거대한 박쥐 날개 같은 것이 달려 있다고 확인했다. 가끔 다리를 모두 사용해 걸었고, 가끔은 가장 뒷다리만 쓰면서 다른 다리로는 알 수 없는 성격의 거대한 물체를 옮겼다. 한번은 그들이 상당한 수로 발견되었다. 세 마리가 가로로 나란히 분명히 훈련된 대형으로 숲의 얕은 물길을 따라 걷는 파견대였다. 한번은 하나가 날아다니는 모습이 보였다. 밤에 아무것도 자라지 않아 민둥인 언덕 꼭대기에서 출발해 그 거대한 날개를 펄럭거리며 보름달을 배경으로 잠시 윤곽을 드러냈다가 하늘로 사라졌다.

이 존재들은 대체로 인간을 내버려두는 데 만족한 듯 보였다. 하지만 가끔은 모험심 많은 개인들의 실종에, 특히 특정한 계곡에 너무 가까이 가거나 특정한 산의 너무 높은 곳에 집을 지은 사람들의 실종에 책임이 있었다. 지역의 많은 곳들이 정착하기에 적절하지 않은 곳으로 알려지게 되었고, 그 감정은 이유가 잊힌 후에도 한참 동안 지속되었다. 사람들은 부근의 산과 절벽을 바라보면서, 그 녹색의 으스스한 보초들 아래 경사지에서 얼마나 많은 정착민들이 사라졌고, 얼마나 많은 농장들이 잿더미가 되었는지 떠올리지 않고도 몸을 떨었다.

가장 오래된 전설에서는 이 생명체들이 자신들의 사생활을 침범하는 사람들만 해하는 것처럼 보이는 반면, 이후의 기록에는 인간에 대한 호기심과 인간 사회에 비밀 초소를 세우려는 시도들이 전해졌다. 아침에 농장 창문 주위의 기이한 발톱 자국 이야기와 분명히 그들이 출몰하는 영역 밖의 지역에서 일어난 실종에 관한 이야기들이었다. 그 외에도 깊은 숲속의 길이나 도로에서 혼자 다니는 여행자에게 인간의 말투를 모방한 웅웅거리는 목소리로 놀라운 제안을 하는 이야기, 원시림이 집 앞까지 밀고 들어온 곳에서 보고 들은 것들 때문에 정신이 나갈 정도로 공포에 빠진 아이들 이야기도 있었다. 전설들의 마지막 겹에는—미신이 줄어들고 그 두려운 곳과의 긴밀한 접촉을 포기하기 직전의 겹에는—은둔자들과 외딴곳에 사는 농부들에 대한 충격적인 이야기가 있었다. 이들은 인생의 일정 기간 불쾌한 정신 교정을 당한 것처럼 보였고, 이 신기한 존재들에게 자신을 판 인간들로 은밀히 언급되고 배척당했다. 1800년경에 동북부의 한 카운티에서는 인기 없는 독특한 은둔자들을 이 끔찍한 존재들의 조력자 혹은 대변자라고 비난하는 일이 일상인 듯했다.

이 존재들이 무엇인지에 관해서는 자연스럽게 다양한 설명이 있었다. 그들을 부르는 일반적인 이름은 '그것들' 혹은 '옛것들'이었다. 하지만 다른 용어들이 지역적으로 잠시 사용되기도 했다. 아마도 청교도 정착민들 대다수는 무뚝뚝하게 그들을 악마의 심부름꾼이라 단정하고, 엄중한 신학적 고찰의 기초로 삼았을 것이다. 문화적으로 켈트족 신화와 연관된 이들, 주로 뉴햄프셔의 스코틀랜드와 아일랜드 출신들과 웬트워스 총독의 식민지 허가에 따라 버몬트에 정착했던 그들의 친척들은 그 존재들을 습지와 토채의 사악한 요정이나 '작은 사람들'과 어렴풋이 연결시켰다. 그러고는 몇 세대에 걸쳐 내려온 주문으로 자신들을 보호했다. 하지만 인디언들이 가장 환상적인 이론을 내놓았다. 부족마다 다르기는 했지만 몇 가지 중요한 세부 사항에서는 주목할 만큼 공통된 믿음이 있었다. 그건 그 생명체가 지구 출신이 아니라는 데 모두 동의했다는 것이다.

페나쿡 신화는 가장 일관적이고 다채로운 신화로 날개 달린 것들이 하늘의 북극성에서 왔고, 지구의 언덕에 탄광을 만들어 다른 세계에서는 얻을 수 없는 종류의 돌을 가져갔다고 가르쳤다. 신화에 따르면, 그들은 여기에 살지 않고, 대신 초소만을 유지하며 북쪽의 자신들의 별로 엄청난 양의 돌을 갖고 날아갔다. 그들은 자신들에게 너무 가까이 다가오거나 자신들을 염탐하는 지구인들만 해쳤다. 동물들은 사냥을 당해서가 아니라 본능적인 혐오로 그들을 피했다. 그들은 지구의 것들과 동물을 먹을 수 없었으므로 별에서 먹을 것을 가져왔다. 그들에게 가까이 가는 것은 좋지 않았고, 가끔 그들의 언덕에 들어간 젊은 사냥꾼들은 돌아오지 않았다. 또한 인간의 목소리를 따라 하려고 그들이 밤에 숲속에서 벌과 같은 목소리로 속삭이는 것을 듣는 일도 좋지 않았다. 그들은 인간의 언어를 모두 알았다—페나쿡족, 휴런족, 5부족 연합의 언어들을. 하지만 자신들의 언어를 가지지도 않았고, 필요한 것 같지도 않았다. 그들은 다른 의미를 위해 다른 방식으로 색이 변하는 머리로 대화했다.

물론 이따금 격세 유전적인 급작스러운 인기를 제외하고는 모든 전설이, 백인의 것이든 인디언의 것이든, 19세기 중에 사라졌다. 버몬트 사람들의 방식이 자리를 잡았다. 그리고 그들이 정해진 계획에 따라 자주 다니는 길과 거주지가 건설되자마자, 그들은 그 계획이 무엇을 두려워하고 피하기 위해 결정되었는지 점점 기억하지 못했고, 심지어는 그런 공포나 피할 것이 있었는지도 기억하지 못했다. 사람들 대부분은 특정 언덕 지역이 건강에 매우 안 좋고, 수익이 나지 않으며, 일반적으로 살기에는 불운하다는 것을 알았다. 보통은 그 지역에서 멀어질수록 더 나아진다는 것도 알았다. 시간이 흐르자 허락된 지역에 관습과 경제적 이익의 자국이 너무도 깊게 뿌리를 내려 그곳을 나갈 이유가 더 이상 존재하지 않았다. 그렇게 그 두려운 언덕들은 계획에 의해서라기보다는 우연히 버려졌다. 가끔 지역에 흉흉한 일이 있을 때를 제외하고는, 신기한 것을 좋아하는 할머니들과 과거를 회상하는 90대 노인들만이 그 언덕에 사는 존재에 대해 소곤댈 뿐이었다. 그렇게 소곤대는 이들조차도 그것들을 두려워할 이유가 별로 없다고 했다. 이제는 그들이 집과 정착지의 존재에 익숙해졌고, 인간들은 그들이 택한 영토를 엄격히 내버려두기 때문이었다.

나는 이 모든 것을 책으로, 그리고 뉴햄프셔에서 수집한 민담을 통해 알았다. 그래서 홍수 때 소문이 등장하자 나는 어떤 상상력 넘치는 배경으로 그것들이 진화했는지 쉽게 추측할 수 있었다. 여기에 대해 친구들에게 열심히 설명했고, 논쟁을 좋아하는 몇몇이 기사에 진실의 가능성이 있다고 계속 주장할 때 비웃었다. 그들은 초기의 전설에 의미심장한 지속성과 일관성이 있다고, 그리고 거의 조사가 안 된 버몬트 언덕의 특성을 들먹이며 거기에 무엇이 사는지 아닌지에 관해 독단하는 것은 현명하지 못하다고 지적하려 했다. 또한 모든 신화가 인류 전반에 공통된 잘 알려진 양식을 갖고 있으며, 항상 똑같은 형태의 망상을 만들어 낸 초기 단계의 상상력 넘치는 경험으로 결정된 것이라고 내가 확인해 주어도 그들은 입을 다물지 않았다.

그렇게 반대하는 사람들에게는 버몬트 신화가 자연을 의인

화한 보편적 전설들과 본질적으로 크게 다르지 않다고 알려 줘도 소용이 없었다. 그 전설들은 고대의 세계를 파우누스*, 드리아드*, 사티로스로 채웠고, 근대 그리스의 칼리칸트자로스*를 제시했으며, 웨일스와 아일랜드의 야생에 이상하고 작고 끔찍한 숨은 혈거인 종족에 대해 어두운 암시를 던졌다. 심지어는 히말라야 정상의 얼음과 돌로 된 봉우리들 사이에서 숨어 있는 소름 끼치는 '끔찍한 설인' 혹은 무서운 **미고**에 관한 네팔 언덕 부족의 놀랍도록 유사한 이야기를 들려줘도 소용없었다. 내가 이 증거를 보여 주자 상대편은 그걸 역으로 이용해서 고대 이야기의 실제적 역사가 담겨 있는 게 분명하다고 주장했다. 인류의 등장과 지배 후에 숨어 지내게 된 기이한 옛 지구 종족의 실체가 있고, 그 종족이 수가 줄었지만 비교적 최근까지 생존했다고—심지어 지금도 생존할 수도 있다고—주장했다.

그런 이론에 대해 내가 비웃으면 비웃을수록 고집 센 친구들은 더 단호해졌다. 전설이라는 유산이 없다고 해도, 최근 기사가 너무도 명백하고, 일관되고, 세세하고, 정상적으로 설명한다는 점에서 완전히 무시할 수는 없다고 주장했다. 매우 극단적인 두세 명은 숨어 있는 존재들이 외계에서 왔다고 하는 고대 인디언 이야기들에 숨은 의미가 있다고 암시하기까지 했다. 다른 세계와 우주에서 온 여행자들이 종종 지구를 찾아온다고 주장하는 찰스 포트의 터무니없는 책들을 인용했다. 하지만 나의 상대는 대부분 아서 매컨의 뛰어난 공포 소설로 인기를 얻게 된 숨은 '소인들'에 관한 환상적인 이야기를 현실 세계로 옮기려는 낭만주의자들일 뿐이었다.

2

그런 상황에서 너무도 당연하게, 이 활기찬 논쟁은 마침내 『아캄 어드버타이저』지에 보내는 편지 형식으로 출간되었다. 편지 중 일부는 홍수 이야기가 나왔던 버몬트 지역의 신문에 다시 실렸다. 『러틀랜드 해럴드』지는 양측의 반쪽짜리 편지 요약본을 실었다. 반면 『브래틀버러 리포머』지는 역사와 신화를 요약한 나의 긴 글을 전부 재인쇄했고, 나의 회의적인 결론을 지지하고 칭찬한 '더 펜드리프터스'의 사려 깊은 사설 내용도 같이 실었다. 1928년 봄이 되자 나는 버몬트에 한 번도 발을 내디딘 적도 없었는데, 그곳에서 유명인에 가까웠다. 그때 내게 매우 깊은 인상을 남긴 헨리 애클리의 도전적인 편지가 날아왔다. 그 결과 나는 처음이자 마지막으로 촘촘한 녹색 절벽과 중얼거리는 숲속 개울이 있는 환상의 땅으로 갔다.

지금 내가 헨리 웬트워스 애클리에 대해 아는 것은 대부분 그의 외딴 농장에서의 경험 이후에 그의 이웃들과 캘리포니아에 사는 그의 유일한 아들과의 서신으로 얻은 내용이다. 내가 발견한 바로는, 고향에서 그는 지역의 저명한 판사들, 행정가들, 신사-농장주들을 배출한 오래된 가문의 마지막 대표였다. 하지만 애클리에서부터 가문의 정신은 실용적인 일들에서 벗어나서 순수한 학문을 지향했다. 버몬트 대학에서 그는 수학, 천문학, 생물학, 인류학, 민속학 분야에서 뛰어난 학생이었다. 나는 이전에 그에 대해 들어 본 적이 없었고, 그는 편지에서 자신에 관한 세부 정보를 주지 않았다. 그러나 처음부터 그가 비록 세상에 대한 소양이 거의 없는 은둔자였지만, 인격과 교육 수준과 지능이 높은 사람임을 알아챘다.

그의 주장을 믿기 힘들었음에도 불구하고, 나는 내 견해에 도전한 어느 누구보다 애클리를 곧바로 심각하게 받아들일 수밖에 없었다. 무엇보다 그는 자신이 그처럼 기괴하게 상상했던 실제 현상에—시각적으로, 그리고 촉각적으로—아주 가까이 살았다. 다른 한편으로 그는 진정한 과학자처럼 자신의 결론을 잠정적으로 두는 일에 놀라울 정도로 적극적이었다. 그는 개인적으로 추구할 목적이 없었고, 항상 자신이 탄탄한 증거라고 여기는 것을 따랐다. 물론 나는 처음에 그가 틀렸다고 생각했지만, 적어도 지적인 방식으로 틀린 거라고 믿었다. 그래서 그의 생각과 외로운 녹색 언덕에 대한 공포의 원인을 광기라고 말하는 그의 친구들에게 절대 동의하지 않았다. 이 사람에게 무언가 대단한 것이 있음을 감지했고, 그가 보고한 것이 분명 조사할 가치가 있는 기이한 상황에서 발생했을 거라 짐작했다. 그가 제시한 환상적인 원인과는 아무 상관이 없더라도 말이다. 나중에 나는 그에게서 실질적 증거를 받았고, 이에 따라 나는 그 일을 다소 다르면서도 당혹스러울 정도로 기이한 관점에서 보았다.

애클리가 자신을 소개했던 장문의 편지를 최대한 똑같이 필사하는 것 외에는 할 수 있는 일이 없다. 나 자신의 지적 역사에 매우 중대한 이정표를 만들었던 편지였다. 이제는 가지고 있지 않지만 그 엄청난 내용의 글자 하나하나가 거의 전부 내 기억에 남아 있다. 다시 한번 나는 그 편지를 쓴 사람이 정상이라고 단언한다. 여기 그 내용이 있다―조용하고 학술적인 삶을 살면서 분명 세상과 그다지 엮이지 않았던 사람의 알아보기 힘들고 고풍스러운 글씨체로 휘갈겨 쓴 편지다.

R. F. D.*(지방 무료 우편배달) #2
윈덤 카운티 타운센드
버몬트
1928년 5월 5일

앨버트 N. 윌머스 귀하
아캄
솔턴스톨 거리 118번지
매사추세츠

존경하는 선생님
저는 『브래틀버러 리포머』에 재인쇄된(1928년 4월 23일) 선생님의 편지를 매우 흥미롭게 읽었습니다. 작년 가을 우리 지역의 범람한 강에 떠다닌다고 목격된 기이한 것들에 관한 최근 이야기와 그 일에 딱 들어맞는 흥미로운 민담에 관한 내용이었죠. 외부인들이 왜 선생님과 같은 입장을 취하는지, 그리고 '더 펜드리프터스'가 왜 선생님에게 동의하는지도 잘 알고 있습니다. 그게 바로 버몬트 안팎의 지식인 대부분이 택한 태도였고, 젊었을 때(지금 저는 57세입니다) 제가 취한 태도이기도 했습니다. 대븐포트의 책과 일반적인 것들을 공부하다가 대체로 인적이 드문 주변의 언덕을 조사하기 이전이었죠.

저는 매우 무식한 부류의 노인들에게 들은 기묘한 옛날얘기 때문에 그런 공부를 하게 되었습니다. 하지만 지금은 그냥 그걸 무시했다면 좋았을 거라고 후회합니다. 정말 겸손하게 말해서, 제가 인류학과 민속학을 잘 알지 못하는 건 아니라고 말씀드립니다. 대학에서 관련 과목을 많이 들었고, 타일러, 러벅, 프레이저, 머리, 오즈번, 키스, 불레, G. 엘리엇 스미스 등 대표적인 권위자들에 대해 잘 알고 있습니다. 숨겨진 종족 이야기가 인류만큼이나 오래되었다는 사실은 제게 새롭지 않습니다. 『러틀랜드 해럴드』에서 선생님과 그리고 선생님과 논쟁한 이들의 재인쇄된 편지들을 읽었기에 지금 선생님의 논쟁이 어떤 상태인지 알 것 같습니다.

이제 제가 말하고 싶은 점은, 죄송하게도, 선생님의 상대들이 선생님보다 더 옳다는 것입니다. 비록 이성은 선생님 편인 것처럼 보이지만요. 그 사람들은 자신들이 생각하는 것보다 더 옳습니다―왜냐하면 그들은 당연히 이론적으로만 말하는 것이고, 제가 아는 것을 알지 못하기 때문이죠. 만일 제가 이 사안에 관해 그들만큼이나 몰랐다면, 저도 그들이 안다고 믿는 것이 정당하지 않다고 느꼈을 겁니다, 완전히 선생님 편에 서 있겠죠.

보시다시피 저는 지금 하고자 하는 말을 하기 어려워하고 있습니다. 아마도 그 말을 하기가 정말 두렵기 때문일 것입니다. 하지만 요점은 **아무도 가지 않는 높은 언덕 위 숲속에 괴물 같은 것들이 정말로 살고 있다는 증거가 있다**는 것입니다. 기사에 나온 강에 떠다니는 것들을 보지는 못했습니다. 하지만 다시 언급하기조차 두려운 상황에서 **저는 그것들과 같은 것들을 보았습니다.** 발자국을 봤고, 최근에는 집 근처에서 그들을 보았습니다(저는 다크 마운틴 측면의 타운센드 빌리지 남쪽에 있는 애클리 가문의 집에 살고 있습니다). 지금 제가 감히 말씀드리는 것보다 더 가까이서 봤습니다. 어떤 때에는 숲에서 목소리를 들었지만, 그 목소리는 차마 종이에 옮길 수가 없습니다.

한 곳에서 그들의 소리가 너무 많이 들렸기에, 저는 축음기를 들고 그곳에 갔습니다—구술 녹음기와 밀랍 실린더도 가져갔습니다. 제가 가진 레코드를 들으실 수 있도록 준비하겠습니다. 이쪽에 사시는 노인들에게 레코드를 들려주었는데, 그들은 목소리 중 하나가 자신의 할머니가 얘기하면서 모사했던 목소리와 너무 유사하다며 두려움에 몸이 굳어 버릴 정도였습니다(대븐포트가 언급했던 숲속의 웅웅거리는 소리입니다). "소리가 들린다"고 말하는 사람을 대부분 어떻게 생각하는지 압니다—하지만 결론을 내리시기 전에 레코드를 듣고 시골 노인들이 어떻게 생각하는지 물어보십시오. 만일 선생님께서 그걸 정상적으로 설명하실 수 있다면, 그것도 매우 좋습니다. 하지만 여기에는 무언가 숨겨져 있는 게 분명합니다. 아시다시피, Ex nihilo nihil fit(그 어떤 것도 아무것도 없는 곳에서 오지 않는 법이죠).

논쟁을 시작하려는 목적으로 지금 선생님께 글을 쓰는 건 아닙니다. 선생님 같은 취향을 가진 분이 정말 흥미로워할 정보를 알리기 위해서입니다. **이건 비밀입니다. 공개적으로** 저는 선생님 편입니다. 왜냐하면 이 일에 대해 사람들이 너무 많이 아는 건 좋지 않다는 점을 제가 알기 때문입니다. 저 자신의 연구는 이제 완전히 비밀이고, 제 얘기로 사람들의 관심을 끌어 제가 탐색했던 곳들을 방문하게 할 생각도 전혀 없습니다. **우리를 항상 관찰하는 비인간 존재가 있다**는 것은 진실—정말 끔찍한 진실—입니다. 우리 가운데 있는 첩자들이 정보를 모으고 있고요. 이 일에 대해 제가 얻은 많은 정보는 어느 불쌍한 사람에게서 나온 것입니다. 그는, **만일 제정신이었다면(저는 그렇다고 생각합니다)**, 첩자 중 한 명이었습니다. 그는 나중에 스스로 목숨을 끊었지만, 지금도 다른 이들이 있다고 생각할 이유는 충분합니다.

그 '것'들은 다른 행성에서 왔습니다. 행성 간의 우주에서 살 수 있고, 투박하고 강력한 날개로 그 우주를 날아다닙니다. 날개는 공기를 견딜 순 있지만 조종하기가 너무 힘들어 지구에서 그들이 돌아다니는 데 별 도움이 되지 않습니다. 저를 미친 사람이라고 무시하지만 않으신다면 나중에 선생님께 여기에 대해 말씀드리겠습니다. 그들은 언덕을 깊이 파고 들어간 광산에서 금속을 얻으러 이곳에 오고, **저는 그들이 어디에서 오는지 알 것 같습니다.** 우리가 방해하지 않으면 그들은 우리를 해하지 않겠지만, 우리가 그들에 대해 너무 궁금해하면 무슨 일이 생길지 모릅니다. 물론 인간의 군대가 그들의 식민지를 없앨 수도 있겠죠. 그게 바로 그들이 두려워하는 것입니다. 하지만 만일 그렇게 된다면 외계에서 더 많은 존재들이 올 겁니다—무한대로 말이죠. 그들은 손쉽게 지구를 정복할 수 있지만, 그럴 필요가 없었기에 지금까지 시도하지 않았습니다. 귀찮은 일을 피하고자 그들은 모든 일이 그대로 유지되길 바랍니다.

제가 발견한 것 때문에 그들이 저를 없애려고 하는 것 같습니다. 알 수 없는 상형 문자가 반쯤 지워진 거대한 검은 돌이 있는데, 제가 이곳 동쪽에 있는 라운드 힐 숲에서 찾은 것입니다. 제가 그 돌을 집에 가져온 후에 모든 것이 달라졌습니다. 그들은 만일 제가 너무 의심한다고 생각한다면 저를 **죽이거나 지구에서 그들이 온 곳으로 데려갈 것입니다.** 가끔 그들은 지식인을 데려가려 합니다. 인간 세계의 상황에 대해 계속 알고 싶어서죠.

여기에 제가 선생님께 연락한 두 번째 목적이 있습니다.

바로 선생님께 지금의 논쟁을 더 이상 공론화시키지 말고 덮으로 말씀드리기 위해서입니다. **사람들이 그 언덕 가까이 가면 절대 안 됩니다.** 그들의 궁금증이 더 커져서는 안 됩니다. 어쨌거나 위험이 충분하다는 건 모두가 다 압니다. 행사 기획자와 부동산 개발업자들이 버몬트를 여름 방문객들로 가득 채우며 야생지를 황폐화하고 언덕을 값싼 방갈로로 덮고 있으니까요.

저는 선생님과 더 소통을 하고 싶습니다. 그리고 선생님께서 원하시면 구술 녹음기 레코드와 검은 돌(사진은 너무 닳아서 잘 보이지 않습니다)을 빠른우편으로 보내 드리도록 시도하겠습니다. '시도'라고 말하는 이유는 그 존재들이 이곳의 일에 개입할 수 있다고 생각하기 때문입니다. 마을 주변 농장에 브라운이라는 이름을 가진 우울하고 음흉한 친구가 있는데, 저는 이자가 그들의 첩자라고 생각합니다. 그들은 조금씩 저를 우리 세계에서 소외시키려고 합니다. 제가 그들의 세계에 대해 너무 많이 알기 때문이죠.

그들은 가장 놀라운 방식으로 제가 무엇을 하는지 알아냅니다. 선생님께서 이 편지를 못 받을 수도 있습니다. 만일 상황이 더 안 좋아지면 저는 이곳을 떠나 캘리포니아 샌디에이고로 가서 아들과 살 생각입니다. 하지만 자신이 태어나고, 조상이 여섯 세대 동안 살았던 곳을 포기하기란 쉽지 않습니다. 게다가 그 생명체들이 주목한 이 집을 다른 사람에게 팔 엄두가 전혀 나질 않습니다. 그들은 검은 돌을 돌려받고 구술 녹음기 레코드를 부수려는 듯이 보입니다. 하지만 저는 할 수 있는 한 그들을 내버려두지 않을 겁니다. 제 커다란 경찰견들이 항상 그들을 저지합니다. 그들은 아직 매우적은 숫자이고, 돌아다니는 데 서툴기 때문입니다. 말씀드렸듯이, 그들의 날개는 지구에서 짧은 비행을 하기에는 그다지 쓸모가 없습니다. 저는 돌을 판독하기 직전입니다─아주끔찍한 방법으로 그랬습니다. 그리고 선생님의 민속학 지식이라면 빠진 부분을 채우기에 충분해서 도움이 될 것입니다. 인류가 지구에 등장하기 전의 무서운 신화를 선생님께서도잘 아실 거로 생각합니다.『네크로노미콘』에서 언급된 요그소토스와 크툴루 전설 말입니다. 저는 그 책을 한 번 본 적이있고, 선생님 대학의 도서관에 안전하게 보관되어 있다고 들었습니다.

정리하자면, 윌머스 선생님, 우리의 연구가 서로에게 매우 유용할 것이라고 생각합니다. 선생님이 위험에 빠지는 것을 원치 않기에 돌과 레코드를 소유하는 일이 매우 위험하다고 경고해야 할 것만 같군요. 하지만 지식을 위해서라면 어떤 위험도 감수하실 거라 기대합니다. 제가 뉴페인이나 브래틀버러로 차를 몰고 가서 선생님께서 보내 달라고 하는 것을보내겠습니다. 그곳의 속달 우체국은 좀 더 믿을 만하기 때문입니다. 더 이상 일할 사람을 고용할 수가 없어서 요즘은제가 온전히 혼자 지낸다는 사실도 알려 드립니다. 밤에 집근처로 오려 하고, 그래서 개들이 계속 짖게 하는 존재들 때문에 일꾼들이 머물지 않습니다. 아내가 살아 있을 때 이 일에 이처럼 깊게 빠지지 않아서 다행입니다. 만일 그랬다면 아내가 미쳐 버렸을 테니까요.

너무 귀찮게 해 드린 것이 아니길 바랍니다. 그리고 이 편지를 미친 사람의 헛소리라고 여겨 쓰레기통에 버리지 말고 제게 연락하는 결정을 하시길 바랍니다.

친애하는
헨리 W. 애클리

추신: 제가 찍은 사진들 중 일부를 추가로 인화하는 중입니다. 제가 언급한 여러 가지를 증명하는 데 도움이 될 거로 생각합니다. 노인들은 그것들이 끔찍할 정도로 진실이라고 생각합니다. 관심이 있으시다면 곧바로 선생님께 사진들을 보내 드리겠습니다. H. W. A.

이 이상한 편지를 처음 읽었을 때의 내 감정을 묘사하기는 힘들다. 보통 때 같았으면 나는 지금까지 웃음을 주었던 훨씬 더 그럴 법한 이론들보다 더 과장된 이 이야기에 크게 웃어야 마땅했다. 하지만 편지 어조의 무언가로 인해 나는 정반대로 신중하게 이야기를 받아들였다. 편지를 쓴 사람이 말하는, 별에서 온 숨겨진 종족에 대해 내가 조금이라도 믿었기 때문은 아니다. 처음에는 깊이 의심했으나 이상하게도 그의 정신 상태와 신실함에 점차 확신이 생겼기 때문이었다. 그리고 바로 이런 상상력 넘치는 방식이 아니면 설명할 수 없는 그 특이하고 비정상적이면서도 진실한 현상을 그가 마주했을 거라고 확신했다. 그가 생각하는 것처럼은 아닐 것이다. 하지만 분명 조사해 볼 만했다. 남자는 무언가에 대해 지나치게 흥분했고 충격을 받았다. 그러나 아무런 이유가 없다고 생각하기는 힘들었다. 어떤 점에서 그는 매우 구체적이고 논리적이었으며—어쨌거나 그의 이야기는 당혹스러울 정도로 옛 신화들과 매우 잘 들어맞았다—심지어 가장 터무니없는 인디언 전설과도 맞았다.

그가 정말로 언덕에서 기분 나쁜 소리를 들었다는 것과 정말로 자신이 말하는 검은 돌을 찾았다는 것은 터무니없는 추측에도 불구하고 매우 가능한 일이었다—아마도 외계인의 첩자라고 주장하고 나서 자살했던 사람이 만든 추측일 것이다. 이 사람이 완전히 미쳤다는 것은 쉽게 추측할 수 있었다. 그렇지만 아마도 그자의 이야기에 사악한 피상적인 논리가 있었기에 순진한 애클리가 믿게 되었을 것이다—자신의 민속 연구를 통해 이미 그런 이야기들을 믿을 준비가 된 거였다. 최근 일들에 관해서는 일꾼들이 머물지 못하는 것을 보고 애클리의 보잘것없는 시골 이웃들은 그와 마찬가지로 애클리의 집이 밤에 기묘한 존재들에 의해 포위당했다고 믿었다. 마찬가지로 개들도 정말로 짖었다.

그러고는 구술 녹음기 레코드 건이 있었다. 나는 그가 말한 방식으로 그걸 얻었을 거라고 믿을 수밖에 없었다. 분명 무언가 담겨 있는 게 분명했다. 착각할 정도로 인간의 언어와 유사한 동물 목소리나 혹은 하등 동물보다 그다지 높지 않게 퇴화한, 숨어 있다가 밤에만 출몰하는 인간들의 언어였을 거다. 그로부터 내 생각은 상형 문자가 적힌 검은 돌로 옮겨 갔고, 그게 무슨 의미일지에 관한 생각으로 이어졌다. 그렇다면 애클리가 보내겠다고 했던, 노인들이 그처럼 확실하게 끔찍하다고 생각했던 사진들은 무엇인가?

알아보기 힘든 손 글씨를 다시 읽으면서 처음으로 나는 쉽게 속아 넘어가는 내 상대들이 어쩌면 내가 생각하는 것과 달리 옳을지 모른다고 느꼈다. 어쨌거나 인적이 드문 그 언덕에는, 비록 민담에서처럼 별에서 태어난 괴물 종족은 아니지만, 기괴하고 아마도 유전적으로 잘못된 추방자들이 있을지도 몰랐다. 만일 그런 종족이 있다면, 범람한 강의 이상한 시체들은 아주 못 믿을 것이 아니었다. 옛 전설과 최근의 기사 모두에 이 정도의 진실이 있다고 한다면 주제넘은 일일까? 하지만 이런 질문들을 던지면서도, 나는 헨리 애클리의 편지와 같은 터무니없는 이야기에 그런 질문들을 떠올렸다는 점이 부끄러웠다.

결국 나는 애클리의 편지에 답장했다. 친절하고 관심 어린 어조로 더 많은 세부 사항을 요청했다. 그의 답장은 거의 바로 왔다. 약속한 대로 그가 말했던 것을 보여 주는 장소와 물체들의 사진 몇 장이 있었다. 봉투에서 사진들을 꺼내 쳐다보며 나는 두려움과 금지된 것에 가까워졌다는 기이한 느낌이 들었다. 왜냐하면 대부분 희미했음에도 꺼림칙한 무언가를 암시하는 힘이 있었고, 그 힘은 그것들이 진짜 사진이라는 사실로 인해 강해졌기 때문이었다―사진들이 보여 주는 것과의 실질적인 시각적 연결 고리였고, 편견이나 오류나 거짓이 없는 객관적인 전송 과정으로 만들어진 것이었다.

사진들을 보면 볼수록 애클리와 그의 이야기에 대한 나의 신중한 판단이 근거가 없지 않다고 느껴졌다. 분명히 이 사진들은 최소한 우리의 일상적인 지식과 믿음의 반경을 넘어서는 무언가가 버몬트 언덕에 있다는 결정적 증거였다. 그중 최악은 발자국이었다―인적이 드문 고지대 어딘가 해가 비추는 작은 진흙땅이었다. 싸구려 모조품이 아니라는 점을 단박에 알 수 있었다. 가시 범위 안의 매우 선명한 자갈과 풀잎이 크기를 잘 알려 주었고, 이중 노출의 속임수는 가능하지 않았다. 이것을 '발자국'이라고 말했지만, '집게발 자국'이 더 적절한 용어일 듯싶다. 지금까지도 그것이 끔찍하게도 게와 같다고 말하는 것 이외에는 달리 묘사하기 어렵다. 그리고 그 발자국의 방향도 애매한 점이 있는 듯했다. 매우 깊거나 새로운 발자국은 아니었지만 보통 남자의 발 크기 정도인 듯 보였다. 발바닥 중간에서 톱니 모양의 집게발 한 쌍이 반대 방향으로 돌출했다―정말로 그것이 오로지 이동 기관이라면, 그 기능을 정말 짐작할 수 없었다.

또 다른 사진은―분명히 어두운 그늘에서 찍은 장시간 노출 사진이었다―숲속의 동굴 입구를 찍은 것이었다. 입구는 둥근 문양이 규칙적으로 있는 돌덩이로 막혀 있었다. 동굴 앞 공터에 흥미로운 발자국들이 촘촘하게 찍힌 것을 볼 수 있었다. 그리고 돋보기로 사진을 살펴봤을 때 나는 그 발자국이 다른 사진의 것과 같다는 사실을 불편한 마음으로 확인했다. 세 번째 사진은 야생 언덕 정상에 돌멩이들이 드루이드교풍의 원 모양으로 있는 것을 보여 주었다. 신비로운 원을 둘러싼 잔디는 너무 많이 밟혀서 사라질 정도였다. 하지만 나는 돋보기로도 아무런 발자국을 발견할 수가 없었다. 그곳이 인적이 매우 드문 곳이라는 것은 사진의 배경으로 분명했다. 안개 낀 지평선까지 펼쳐진 진정 바다와 같은, 사람이 살지 않는 산이었다.

그러나 사진에서 가장 충격적인 것이 발자국이라면, 가장 흥미로운 암시를 하는 것은 라운드 힐 숲에서 찾은 거대한 검은 돌이었다. 애클리는 분명 자신의 서재 탁자에서 사진을 찍었다. 많은 책들과 밀턴의 흉상이 배경에 보였기 때문이었다. 꼼꼼히 추측해 보건대, 돌은 사진기와 수직으로 마주 봤고, 가로 30센티미터, 세로 60센티미터의 표면에는 다소 불규칙한 조각이 있었다. 하지만 그 표면이나 전체적인 모양에 관해 정확히 얘기하는 것은 거의 언어의 힘을 벗어난 일이었다. 어떤 이상한 기하학적 원칙으로 조각이 된 것인지—인공적으로 조각된 것은 분명했다—나는 감히 추측조차 할 수 없었다. 표면의 상형 문자 중에 알아볼 수 있는 것은 거의 없었다. 내가 알아본 한두 개는 충격적이었다. 물론 그것들이 가짜일 수도 있었다. 왜냐하면 나 말고도 다른 이들이 무시무시하고 혐오스러운 광기로 가득한 아랍 압둘 알하즈레드의 『네크로노미콘』을 읽었을 것이기 때문이다. 하지만 그럼에도 나는 특정한 표의 문자를 알아보고 몸을 떨었다. 내가 공부했던 바에 따르면, 그 문자는 지구와 태양계 내의 다른 세계들이 만들어지기 전에 일종의 미친 반존재였던 것들의 가장 소름 끼치고 불경한 속삭임과 관련이 있었다.

남은 다섯 장의 사진 중에 세 장은 늪과 언덕 사진이었고, 해로운 무언가가 숨어 사는 듯한 흔적이 보였다. 또 다른 것은 애클리의 집과 아주 가까운 곳에서 발견된 기이한 표식의 사진이었다. 그는 개들이 평소보다 더 맹렬하게 짖었던 밤의 다음 날 아침에 찍은 거라고 설명했다. 표시는 흐릿했고, 확실한 결론을 내기는 정말 힘들었다. 하지만 인적이 드문 고지대에서 찍힌 다른 표시 혹은 집게발 자국과 매우 유사해 보였다. 마지막 것은 애클리의 집 사진이었다. 2층과 다락방이 있는 깔끔한 흰색 집은 125년 정도 되었고, 잘 유지된 잔디와 우아하게 조각된 조지아풍의 문으로 이어지는 길에는 경계석이 있었다. 잔디에는 커다란 경찰견 몇 마리가 호감이 가는 표정에 짧게 자른 하얀 수염을 한 남자 옆에 앉아 있었다. 나는 이 사람을 애클리라고 추측했다—그의 오른손에 있는 튜브로 연결된 전구를 보고 애클리가 사진사임을 추측할 수 있었다.

사진에서 나는 촘촘하게 쓰인 두꺼운 편지로 눈을 돌렸다. 그리고 이어진 세 시간 동안 말할 수 없는 공포의 소용돌이에 빠져 버렸다. 애클리는 자신이 이전에 대충 윤곽만 말했던 것에 이제 세부 사안을 덧붙였다. 한밤에 숲에서 엿들은 긴 대화의 필사본, 해 질 녘 언덕의 수풀 속에서 염탐한 끔찍한 분홍색 형체들에 대한 긴 기록, 자신을 첩자라고 밝힌 뒤 자살한 미친 사람의 끝없는 담화에 심오하고 다양한 연구를 적용함으로써 얻은 기이하고 끔찍한 우주의 서사 등이었다. 나는 다른 곳에서 가장 소름 끼치는 연상 속에 들었던 이름과 용어들을 마주하고 말았다―유고스, 위대한 크툴루, 차소구아, 요그소토스, 엘리아, 니알라토텝, 아자토스, 하스터, 이안, 렝, 할리 호수, 베스무라, 옐로 사인, 르무르-카툴로스, 브란, 매그넘 이노미낸덤. 그러면서 나는 명명할 수 없는 긴 세월과 상상하기도 힘든 차원을 통해 고대 외계 존재의 세계들로 이끌렸다. 『네크로노미콘』의 미친 저자가 오직 모호하게만 추측했던 세계였다. 나는 태초의 생명의 구멍과 그곳으로부터 흘러나오는 강들에 대해 들었다. 마침내 그 강 하나의 작은 개울이 우리 지구의 운명들과 얽히게 된 것에 관해서도 들었다.

머리가 어지러웠다. 이전에 내가 이성적으로 설명하려 했다면, 이제 나는 가장 비정상적이고 믿기 힘든 경이로움의 존재를 믿기 시작했다. 결정적 증거들은 너무도 광범위했고 압도적이었다. 그리고 냉철하고 과학적인 애클리의 태도는―미치거나 히스테리가 있거나 혹은 과도하게 사변적인 것과는 상상할 수 있는 만큼 최대한 거리가 있는 태도였다―내 생각과 판단에 엄청난 영향을 미쳤다. 그 무서운 편지를 내려놓으면서 나는 그가 겪었던 공포를 이해했고, 그 음험한 야생의 언덕에 사람들이 접근하지 못하게 하기 위해 어떤 일이라도 할 준비가 되었다. 심지어 지금도, 시간이 첫인상을 무디게 만들어 나 자신의 경험과 끔찍한 의심을 스스로 반쯤 의심하게 된 지금도, 내가 애클리의 편지에서 인용하지 않거나 심지어는 종이에 글로 적을 수 없는 것들이 있다. 지금은 편지와 레코드와 사진이 사라졌다는 것이 거의 기쁠 정도다. 그리고 이제 곧 그 이유를 밝히겠지만, 해왕성 너머 새로운 행성이 발견되지 않았다면 좋았을 거로 생각한다.

편지를 읽는 순간, 버몬트의 공포에 관한 나의 공적 논쟁은 완전히 끝났다. 상대의 주장에 답을 주지 않거나 답을 약속하며 미루었고, 그리고 결국에는 논쟁은 조금씩 망각되었다. 늦은 5월과 6월 동안 나는 애클리와 계속해서 편지를 교환했다. 하지만 가끔 편지가 사라지는 바람에 우리의 논의를 다시 살펴보고 힘겹게 상당한 양의 필사를 해야 했다. 전반적으로, 우리가 시도했던 일은 모호한 신화 연구의 세부적인 기록을 비교하여 버몬트의 공포와 전반적인 원시 세계의 전설 사이에 좀 더 명료한 관계를 파악하려는 것이었다.

우선 우리는 이 소름 끼치는 일들과 무시무시한 히말라야의 미고가 똑같은 종류의 육체화된 악몽이라고 사실상 결론지었다. 또한 매우 흥미로운 동물학적 추측들이 있었는데, 애클리가 우리의 일에 관해 누구에게도 얘기하지 말라고 명령하지 않았다면, 나는 우리 대학의 덱스터 교수에게 자문을 구했을 것이다. 만일 내가 지금 그 명령을 위배하는 것처럼 보인다면 그건 지금 단계에서 멀리 떨어진 버몬트 언덕에 대한―그리고 대담한 탐험가들이 점점 더 오르려고 결심하는 히말라야 정상들에 대한―경고가 침묵보다는 공공의 안전을 위해 더 이바지할 거라고 믿기 때문이다. 한 가지 우리가 분명히 하려던 일은 그 악명 높은 검은 돌의 상형 문자를 해독하는 것이었다―지금까지 인간에게 알려진 그 어떤 것보다 더 심오하고, 더 혼란스러운 비밀을 얻을지도 모르는 해독 작업이었다.

3

6월 말경에 구술 녹음기 레코드가 도착했다. 브래틀버러에서 보냈는데, 애클리가 그곳의 북쪽 출장소를 신뢰하지 않아서였다. 그는 염탐받고 있다는 의심을 더 하기 시작했고, 우리의 편지가 사라지면서 더 심해졌다. 그리고 숨겨진 존재들의 도구이자 대리인이라 여겨지는 이들의 사악한 행동에 관해 많이 얘기했다. 무엇보다도 그는 월터 브라운이라는 무뚝뚝한 농부를 의심했다. 그는 깊은 숲 주변의 황폐한 언덕에서 혼자 살았고, 브래틀버러, 벨로스 폴스, 뉴페인, 사우스 런던데리 지역에서 결코 설명할 수 없고 겉보기에는 아무런 목적도 없는 모습으로 돌아다니는 것이 목격되었다. 브라운의 목소리를 매우 끔찍한 대화에서 한 번 들은 적이 있다고 애클리는 확신했다. 그리고 그는 브라운의 집 근처에서 매우 불길한 의미가 될 수도 있는 발자국이나 집게발 자국을 발견했었다. 흥미롭게도 그 발자국은 브라운 자신의 발자국 근처에 있었다—그 발자국 쪽으로 향한 발자국이었다.

그런 이유로 레코드는 브래틀버러에서 배송되었다. 애클리는 외로운 버몬트 시골길을 따라 포드 자동차를 몰고 그곳에 갔다. 같이 보낸 쪽지에서 자신이 그 길을 두려워하기 시작했음을 고백했다. 대낮이 아니면 타운센드로 생필품을 사러 가지 않는다고도 했다. 그 고요하면서 문제가 되는 언덕에서 아주 멀리 떨어져 있지 않는 이상 너무 많이 아는 것은 좋지 않다고 거듭 강조했다. 비록 그는 자신의 모든 기억과 조상에 대한 감정이 모인 곳을 떠나기 힘들었지만, 캘리포니아로 가서 아들과 같이 살 계획이었다.

대학 행정 건물에서 빌려 온 상업용 기계에 레코드를 틀기 전에 나는 애클리의 다양한 편지에 있는 설명들을 전부 조심스럽게 살펴봤다. 그가 말하길, 이 레코드는 다크 마운틴의 나무가 많은 서쪽 경사면이 리스 스웜프에서 솟아오르는 곳에 있는 입구가 막힌 동굴 근처에서 1915년 5월 첫날 새벽 1시에 기록한 것이었다. 그곳은 언제나 이상한 목소리가 비정상적으로 나타나는 곳이어서, 그는 성과를 기대하며 축음기와 딕터폰과 빈 레코드를 가져갔다. 이전의 경험으로 아마도 5월의 전날—유럽의 지하 전설에 따르면, 마녀의 흉측한 저녁 연회 날—이 다른 어떤 날보다 더 결실이 있을 거로 생각했고, 결과적으로 실망하지 않았다. 하지만 주목할 점은 그 장소에서 다시는 소리를 듣지 못했다는 것이다.

숲에서 엿들은 대부분의 소리와 달리 레코드의 내용은 거의 제의적이었다. 분명히 인간의 목소리가 있었는데, 애클리는 누구인지 전혀 알 수가 없었다. 브라운의 목소리는 아니었고, 좀 더 교양이 높은 사람의 목소리인 듯했다. 하지만 정말 중요한 것은 두 번째 목소리였다. 왜냐하면 훌륭한 영어 문법과 학자적 억양으로 인간의 단어를 말했음에도 인간과는 어떤 유사점도 없는, 그 저주스러운 웅웅거리는 소리였기 때문이었다.

구술 녹음기 레코드와 딕터폰이 똑같이 제대로 작동했던 것은 아니었다. 물론 멀리서 벌어진 일인 데다 알아듣기 어려운 제의를 엿들은 것이기 때문에 상황이 매우 불리했다. 그래서 실제로 녹음된 대화는 매우 파편적이었다. 애클리는 발화되었다고 믿는 단어들의 필사본을 내게 주었고, 나는 기계를 작동시키려고 준비하면서 그걸 다시 훑어보았다. 필사본은 눈에 띄게 끔찍하다기보다는 은밀하게 신비스러웠다. 하지만 그 출처에 대한 지식과 수집한 방식으로 연상되는 공포가 있었고, 이는 그 어떤 말로도 표현할 수 없을 것이다. 여기에 내가 기억하는 대로 전부 제공할 것이다—내가 그걸 정확하게 기억한다고 정말 확신한다. 필사본을 읽어서뿐만 아니라 레코드 자체를 반복해서 들었기 때문이다. 그건 누구도 쉽사리 잊을 내용이 아니다!

(알 수 없는 소리)

(교양 있는 인간 남성 목소리)

(…) 숲의 군주다, 심지어 (…) 그리고 렝인들의 선물 (…)
그래서 밤의 우물에서 우주의 만(灣)으로 그리고 우주의 만에
서 밤의 우물로, 위대한 크툴루, 차소구아, 그리고 이름을 부르
지 못하는 이에게 영원한 영광을. 영원히. 그들의 영광을. 숲의
검은 염소에게 풍요를. 이아! 천 살밖에 안 된 젊은 염소에게!

(인간 대화를 모방하는 웅 소리)

이야, 슈브-니구라스! 천 살밖에 안 된 젊은 염소에게!

(인간의 목소리)

그리고 알려진 것은 숲의 군주가 7과 9이며, 오닉스 계단 아
래 (…) 아자토스, 걸프의 그분께 경의를 표합니다. (…) 당신
께선 우리에게 경이로움을 가르쳐 주신 그분 (…) 우주 너머로
밤의 날개를 타고, 저 너머로 (…) 경계의 검은 대기에서 홀로
뒹구는 유고스가 가장 어린 자식인 그곳으로…….

(웅웅거리는 목소리)

(…) 사람들 사이로 가서 그곳에서 길을 찾는다. 걸프의 그
분은 아실 것이다. 니알라토텝, 위대한 전령에게 모든 것이 알

려져야 한다. 그러면 그분은 인간들의 모습을 하고 밀랍 가면을 쓰고 로브를 입고 숨을 것이다. 그리고 일곱 개의 태양이 있는 세계에서 내려와 비웃으신다…….

(인간의 목소리)

— (니알)라토텝, 위대한 전령, 허공을 가로질러 유고스로 낯선 기쁨을 전하는 분, 백만의 선택을 받은 존재들의 아버지, 돌아다니는 분…….

(레코드 종료로 대화가 끝남.)

이것이 내가 축음기를 틀었을 때 듣게 될 말이었다. 작지만 진정한 두려움과 망설임 속에 축음기를 틀었고, 제일 먼저 사파이어 바늘이 먼저 긁어 대는 소리를 들었다. 그리고 희미하고 분절된 첫 대화가 인간의 목소리여서 기뻤다―부드럽고 교양 있는 목소리로 다소 보스턴 억양인 것 같았고, 버몬트 언덕 출신은 분명 아니었다. 그 감질나게 희미한 소리를 들으면서 나는 애클리가 꼼꼼히 준비한 필사본과 같은 대화라는 점을 깨달았다. 레코드에서 부드러운 보스턴 목소리가 노래했다……. "이야! 슈브-니구라스! 천 살밖에 안 된 젊은 염소에게! (…)"

그러고는 다른 목소리를 들었다. 애컬리의 필사본으로 준비되었음에도, 그 소리에 놀랐던 것을 떠올리면 나는 지금도 다시금 몸서리를 친다. 이후에 내가 레코드를 설명해 주었던 사람들은 하찮은 속임수나 광기만을 발견했다고 주장한다. 하지만 그 **저주스러운 것을 그들이 직접 들었다면**, 혹은 애클리의 편지를 모두(특히 끔찍하고 백과사전 같은 두 번째 편지를) 읽었다면 생각이 달라지리라는 것을 나는 안다. 내가 결국에는 애클리의 말을 받아들여 타인에게 레코드를 들려주지 않았다는 것은 엄청나게 안타까운 일이다—마찬가지로 그의 편지가 전부 사라진 일도 매우 안타깝다. 내게는, 실제 소리의 직접적 인상과 배경과 주변 상황에 대한 지식으로 인해 그 목소리는 괴물과도 같았다. 그 목소리는 제의에서 화답하듯 인간 목소리에 대꾸했다. 하지만 내 상상 속에서 그건 상상할 수 없는 외계의 지옥으로부터 상상할 수 없는 심연을 넘어 날아온 흉측한 메아리였다. 내가 그 불경한 밀랍 실린더를 마지막으로 튼 지 2년이 넘었다. 하지만 지금 이 순간, 그리고 다른 모든 순간에도 나는 그 희미하고 끔찍한 웅웅거리는 소리를 여전히, 그 소리가 처음으로 내게 들렸던 때와 마찬가지로 들을 수 있다.

"이야, 슈브 니구라스! 천 살밖에 안 된 젊은 염소에게!"

그 목소리가 항상 귓속에 맴돌지만, 나는 상세한 묘사를 할 정도로 여전히 분석을 하지 못했다. 그건 마치 혐오스러운 거대한 곤충의 웅웅거리는 소리가 외계인의 또렷한 말로 느릿하게 만들어진 것 같았다. 그리고 그 소리를 내는 기관이 인간의 음성 기관이나 혹은 실제로 그 어떤 포유류의 음성 기관과 아무런 유사성을 가질 수 없다고 정말 확신한다. 음색, 음역, 배음의 특이함은 이 현상을 완전히 인간과 지구 생명체의 영역 밖에 위치시켰다. 처음에는 그 목소리의 급작스러운 등장으로 거의 정신이 나갈 뻔했고, 나머지 레코드를 정신이 멍한 상태에서 들었다. 웅웅거리는 소리로 이루어진 긴 문장이 나왔을 때, 이전의 더 짧은 문장들에서 느꼈던 불경스러운 무한에 대한 감정이 갑자기 강해졌다. 마침내 레코드는 보스턴 억양을 한 인간 목소리의 유달리 명료한 대화 중에 갑자기 멈췄다. 하지만 나는 기계가 자동으로 멈춘 지 한참 후에도 멍청히 앞만 바라보며 앉아 있었다.

내가 그 충격적인 레코드를 여러 번 다시 들었다는 것은 말할 필요가 없다. 애클리와 기록을 비교하면서 지칠 정도로 분석과 논평을 시도했다는 것도 마찬가지다. 우리가 내린 결론을 여기서 반복하는 일은 불필요하면서도 불안하다. 하지만 인류의 신비로운 옛 종교의 가장 혐오스러운 원초적인 관습의 기원의 단서를 일부 찾았다는 믿음에 서로 동의했다고 조심스레 말할 수 있다. 또한 숨어 있는 외계 생명체와 일부 인간들 사이에 정교하고 오래된 협력이 있었다는 것도 명백해 보였다. 이 협력이 얼마나 광범위한지, 그리고 과거와 비교해서 지금의 상태가 어떤지 우리가 추정할 방법은 없었다. 기껏해야 겁에 질린 상상을 무한히 할 수 있게 된 것뿐이었다. 인간과 이름 없는 무한대 사이에 끔찍하고 아주 오래된 연결들이 몇 단계로 있었던 것 같았다. 지구상에 나타난 불경한 존재들은 태양계의 경계에 있는 검은 행성 유고스에서 왔다고 암시했다. 하지만 이것도 그 자체로는 겁나는 우주의 종족이 많이 사는 초소일 뿐이다. 그 종족의 궁극적인 기원은 분명 아인슈타인의 시공 연속체 혹은 알려진 가장 거대한 우주 너머 저 멀리에 존재한다.

한편 우리는 계속해서 검은 돌을 논의했고, 그걸 아캄으로 가져오는 제일 나은 방법을 고민했다―애클리가 악몽과 같은 자신의 연구 현장에 내가 방문하는 일은 현명하지 않다고 생각했기 때문이었다. 이런저런 이유로 애클리는 그것을 일반적 혹은 예상되는 이동 경로로 보내기를 꺼렸다. 그의 결론은 카운티를 넘어 벨로스 폴스까지 돌을 가지고 가서 킨, 윈첸던, 피치버그선(線)을 통해 보스턴-메인 철도 시스템으로 보내는 거였다. 하지만 이를 위해서는 브래틀버러로 가는 고속 도로가 아닌 다소 인적이 드물고 숲을 지나는 언덕길을 따라 운전해야만 했다. 그는 구술 녹음기 레코드를 보냈을 때 브래틀버러 우편 사무소 주위에서 어떤 남자를 봤고, 그의 행동과 표정이 전혀 신뢰할 수 없었다고 했다. 이 사람은 너무 긴장해서 직원들과 대화를 하지 못했고, 레코드가 실린 열차를 탔다. 애클리는 내가 안전하게 레코드를 받았다고 하기 전까지는 결코 안심하지 못했다고 고백했다.

이때쯤에―7월 둘째 주였다―내 편지 한 통이 또 사라졌음을 애클리의 걱정스러운 연락으로 알게 되었다. 이후에 그는 타운센드 주소로 더 이상 연락하지 말라고 했고, 대신 모든 우편을 브래틀버러의 일반 배송편으로 보내라고 했다. 그곳으로 그는 종종 자가용이나 혹은 최근 승객용 저속 지선 열차를 대신한 버스를 타고 갈 거였다. 나는 그가 점점 더 불안해한다는 것을 알 수 있었다. 왜냐하면 달이 없는 밤에 개 짖는 소리가 늘어나는 것과 아침이 왔을 때 농장 마당 뒤의 진흙이나 도로에 종종 보이는 새로운 집게발 자국에 관해 매우 상세히 얘기했기 때문이었다. 한번은 선명한 발자국들이 한 줄로 똑같이 두꺼운 한 줄로 단호히 서 있는 개 발자국들을 본 것에 관해 얘기했다. 그러고는 그걸 증명하기 위해 역겨울 정도로 불쾌한 사진을 보냈다. 개들이 이전보다 더 많이 짖고 울어 댔던 밤의 다음 날에 찍은 사진이었다.

7월 18일 수요일 아침에 나는 벨로스 폴스에서 온 전보를 받았다. 애클리가 표준 시간으로 오후 12시 15분에 벨로스 폴스에서 출발하여 오후 4시 12분에 보스턴의 노스 스테이션에 도착하는 5508호 B&M(앰버서더) 기차를 통해 검은 돌을 특급으로 보낸다는 내용이었다. 내 계산으로 돌은 적어도 다음 날 정오엔 아캄에 도착해야만 했다. 그래서 나는 목요일 오전 내내 그걸 받으려고 기다렸다. 하지만 정오가 왔고 돌이 오지 않은 채 지나갔다. 특급 열차 사무소에 전화를 했고, 내 수하물이 도착하지 않았다는 안내를 받았다. 커지는 놀라움 속에 나는 다음으로 보스턴 노스 스테이션의 특송 직원에게 장거리 전화를 했다. 내 위탁물이 도착하지 않았다는 걸 알고도 나는 거의 놀라지 않았다. 5508호 기차는 전날 단지 35분 정도 늦게 도착했지만 내게 보낸 상자는 없었다. 하지만 직원은 조사해 보겠다고 약속했다. 그래서 나는 애클리에게 상황을 설명하는 야간 편지를 보내면서 하루를 마쳤다.

칭찬할 정도로 신속하게 다음 날 오후에 보스턴 사무실에서 연락이 왔다. 직원이 사실을 파악하자마자 전화를 한 것이었다. 5508호의 특급 열차 직원이 분실과 관련이 많을 수도 있는 사건을 떠올릴 수 있는 듯했다―표준 시간으로 1시 직후에 뉴햄프셔 킨에서 기차가 정차하는 동안에 매우 기이한 목소리를 가진, 마르고 갈색 머리에 농부처럼 보이는 남자와의 논쟁이었다.

직원이 말하길, 그 남자는 자신이 기다리는 무거운 상자 때문에 꽤 흥분해 있었다. 그 상자는 열차에도 없었고 회사의 장부에도 기입되지 않았다. 그는 자신이 스탠리 애덤스라고 했고, 매우 기이하게 웅웅거리는 두꺼운 목소리로 말했다. 그 때문에 직원은 그의 말을 들으며 비정상적으로 어지럽고 잠이 왔다. 직원은 대화가 어떻게 끝났는지 잘 기억하지 못했지만 기차가 움직이면서 좀 더 정신이 맑아지기 시작했던 것을 떠올렸다. 보스턴 직원은 이 직원이 전혀 의심할 바 없는 진실하고 믿음직스러운 젊은이고, 오랫동안 회사에 몸담았기에 경력이 잘 알려진 사람이라고 덧붙였다.

사무실에서 그의 이름과 주소를 받은 후에 그날 저녁 나는 보스턴으로 가서 직접 그 직원과 면담했다. 그는 솔직하고 인상이 좋은 친구였지만 원래 이야기에 더 이상 덧붙일 게 없었다. 기묘하게도 그는 그 이상한 질문자를 다시 알아볼 수 있을 지도 전혀 확신하지 못했다. 그가 더는 얘기할 게 없음을 깨닫고 나는 아캄으로 돌아와 아침까지 앉아서 애클리와 특급 열차 회사와 킨의 경찰서와 기차역 직원에게 각각 편지를 썼다. 나는 직원에게 그처럼 기이하게 영향을 준 그 이상한 목소리를 가진 남자가 이 음험한 일에 분명 중추적 역할을 했다고 생각했다. 킨 기차역의 직원들과 전보 사무실 기록들이 그에 대해서, 그리고 그가 언제 어디서 어떻게 질문했는지에 대해 무언가 알려 줄 것이 있지 않을까 기대했다.

그러나 이 모든 조사가 소용없음을 받아들여야만 했다. 기이한 목소리를 가진 남자는 실제로 7월 18일 이른 오후에 킨 역 주위에서 보였고, 근처를 어슬렁거리던 사람이 그 남자와 무거운 상자를 희미하게 연결시켰다. 하지만 그는 누구에게도 알려지지 않았고, 이전과 이후에도 목격된 적이 없었다. 지금까지 알아낸 바에 따르면, 그는 전보 사무실에 오거나 어떤 전보도 받지 않았다. 또한 5508호에 검은 돌이 있음을 알린 거라고 충분히 생각할 수 있는 전보조차도 사무실을 통해 그 누구에게 오지 않았다. 물론 애클리도 나와 함께 조사하였고, 기차역 주변의 사람들에게 물어보기 위해 직접 킨으로 가기까지 했다. 하지만 이 일에 대한 그의 태도는 나보다 더 운명론적이었다. 그는 상자를 분실한 것이 그 필연적인 추세의 불길하면서도 위협적인 완성이라 보았고, 상자를 되찾을 거라는 희망이 전혀 없었다. 그는 언덕의 생명체와 그들의 첩자들이 분명히 텔레파시와 최면 능력이 있다고 말했고, 어떤 편지에서는 그 돌이 더 이상 지구에 없을 거로 믿는다고 암시하기도 했다. 내 입장에서도 매우 화가 났다. 왜냐하면 적어도 그 오래되어 흐릿해진 상형 문자에서 심오하고 놀라운 것들을 배울 기회가 생길 거라고 기대했기 때문이었다. 내 머릿속에서 그 일은 쓰라리게 사무쳤을 뻔했지만 곧바로 이어진 애클리의 편지가 언덕의 이 끔찍한 문제를 완전히 새로운 단계로 끌어올렸고, 내 관심은 전적으로 그 문제에 빠졌다.

4

알 수 없는 존재들이 완전히 새로운 수준으로 자신을 단호하게 에워싸기 시작했다고, 애클리는 점점 더 떨리는 안타까운 글씨체로 전했다. 달이 흐리거나 없는 밤의 개 짖는 소리는 이제 끔찍하기만 했고, 낮에 지나가야 했던 외딴길에서 그를 해치려는 시도들이 있었다. 8월 2일에 그는 차를 몰고 마을로 가다가 깊은 숲속을 간선 도로가 가로지르는 지점에서 길 앞에 나무가 쓰러져 있는 것을 발견했다. 그러자 같이 있던 큰 개 두 마리가 맹렬히 짖으며 근처에 숨어 있는 게 분명한 존재에 대해 너무도 확실하게 알려 주었다. 개들이 없었다면 거기서 무슨 일이 일어났을지, 그는 추측조차 할 수가 없었다. 이제는 충직하고 강한 무리 중에 최소 두 마리와 동행하지 않고는 절대

나가지 않았다. 8월 5일과 6일에 또 다른 경험을 길에서 겪었다. 한 번은 총알이 그의 차를 스쳐 지나갔고, 다른 경우에는 개들의 짖는 소리가 숲속에 불경한 존재가 있음을 알렸다.

8월 15일에 나는 제정신이 아닌 듯한 편지를 받고 매우 불안해졌고, 애클리가 자신의 외로운 과묵함을 벗어던지고 경찰을 부르기를 바랐다. 12일에서 13일로 넘어가는 밤에 무서운 일들이 벌어졌다. 농장 밖에서 총알이 날아다녔고, 아침에 큰 개 열두 마리 중 세 마리가 총에 맞아 죽은 채 발견되었다. 길에는 어지러운 집게발 자국이 있었는데, 그중에는 월터 브라운의 인간 발자국도 있었다. 애클리는 브래틀버러에 전화해서 개를 더 구하려고 했지만, 몇 마디 하기도 전에 전화가 끊어졌다. 이후 그는 차로 브래틀버러에 갔고, 뉴페인 북쪽의 인적이 드문 언덕을 지나는 곳에서 전화선이 깔끔하게 잘린 것을 전선공이 발견했다고 들었다. 하지만 그는 새로 산 괜찮은 개 네 마리와 대(對)동물용 연발식 라이플에 쓸 탄환 몇 상자를 갖고 출발하려고 했다. 편지는 브래틀버러 우체국에서 작성되었고 바로 내게 왔다.

이 사건을 대하는 내 태도는 이 시점에서 빠르게 과학적인 것에서 놀라울 정도로 사적인 것으로 바뀌었다. 멀리 외딴 농장에 있는 애클리를 걱정했고, 이제는 기이한 언덕 문제와 명백한 관계를 맺게 된 나 자신에 대해서도 다소 걱정했다. 그 존재는 그렇게 **접근하고 있었다.** 그것이 나를 빨아들이고 삼켜 버릴 것인가? 그의 편지에 답하면서 그에게 도움을 구하라고 간청했고, 아니면 나 스스로 행동을 취할 거라고 암시했다. 그의 요청에 반해서 버몬트로 직접 가서 그가 이 상황을 관계 기관에 보고하는 일을 도와주겠다고 말했다. 하지만 답장으로 나는 벨로스 폴스에서 온 다음과 같은 전보만을 받았다.

입장은 이해하지만 아무것도 알 수 없음. 우리 두 사람에 해가 될 수 있으니 아무 행동도 취하지 말 것. 설명을 기다릴 것. 헨리 애켈리

하지만 상황이 점차 심각해졌다. 전보에 답을 하자마자 나는 애클리의 떨리는 메시지를 받았는데, 그가 전보를 보낸 적이 전혀 없었을 뿐만 아니라 그 전보가 분명 답하는 내 편지도 받지 못했다는 놀라운 소식이 담겨 있었다. 벨로스 폴스에서 그가 급히 조사한 결과에 따르면, 전보는 신기하게 웅웅거리고 두꺼운 목소리를 가진 갈색 머리의 낯선 남자가 보낸 거였다. 하지만 그 이상은 알아낼 수가 없었다. 직원은 발신자가 연필로 휘갈겨 쓴 원본을 보여 주었다. 하지만 손 글씨는 완전히 낯선 것이었다. 서명의 철자가 틀린 점도 주목할 만했다―두 번째 E가 없이 A-K-E-L-Y였다. 몇 가지 필연적인 추측이 가능했지만 심각한 혼돈 속에서 그는 시간을 내어 곰곰이 따져 보지는 않았다.

그는 더 많은 개의 죽음과 새로운 개의 구매에 대해, 달이 없는 밤이면 일상적인 일이 된 총성에 관해 얘기했다. 브라운의

발자국, 그리고 신발을 신은 최소한 한두 명의 인간 형상들이 이제 길과 농장 뒤편의 집게발 자국 사이에서 정기적으로 발견되었다. 모든 일이 매우 안 좋은 상황이고, 그렇기에 머지않아 옛집을 팔든 아니든 아들과 살기 위해 캘리포니아로 떠나야 할지 모르겠다고 인정했다. 하지만 유일하게 집이라고 생각할 수 있는 곳을 떠나기가 쉽지는 않았다. 그는 무조건 좀 더 버티려고 노력해야만 했다. 어쩌면 그가 침입자들에게 겁을 주어 떠나게 할 수 있을지 몰랐다―특히 그가 그들의 비밀을 더 파고들려는 시도를 공개적으로 포기한다면.

곧바로 애클리에게 편지를 쓰면서 나는 도와주겠다는 제안을 다시 했고, 그를 찾아가 관공서에 그의 심각한 위험을 알리는 일을 돕겠다고 했다. 답장에서 그는 이전의 태도로 기대되는 것보다는 이 계획에 덜 반대하는 듯 보였다. 하지만 좀 더 기다려 보고 싶다고 말했다―일을 정리하고 거의 병적으로 아끼는 출생지를 떠난다는 생각에 적응할 때까지. 사람들은 그의 연구와 생각을 미심쩍어했고, 그렇기에 동네를 혼란에 빠뜨리지 않고 그가 제정신인지 의심받지 않게 조용히 떠나는 것이 좋을 것이다. 자신이 충분히 할 만큼 했다고 인정했지만, 그는 할 수 있다면 당당하게 떠나고 싶어 했다.

이 편지는 8월 28일에 내게 도착했다. 그래서 내가 할 수 있는 만큼 격려될 만한 답장을 보냈다. 분명 격려는 효과가 있었다. 내 편지를 받았다면서 애클리는 무서운 일이 줄어들었다고 했기 때문이었다. 하지만 아주 희망적이지는 않았고, 보름

달이 그 생명체들을 몰아냈기 때문일 거라고 믿었다. 구름이 가득 낀 밤이 많지 않기를 바랐고, 달이 기울 때 브래틀버러에 숙소를 구하는 생각을 살짝 내비쳤다. 나는 다시 한번 격려의 편지를 썼다. 하지만 9월 5일에 분명 내 편지가 가는 도중에 그의 편지가 새로 도착했다. 이 편지에 나는 어떤 희망적인 답변도 줄 수가 없었다. 그 중요성을 감안해서 편지를 전부 보여 주는 게 좋겠다고 믿는다―그 떨리는 문장을 내가 기억하는 만큼 최대로 말이다. 편지는 대략 다음과 같았다.

월요일

윌머스 선생님

  지난번 편지에 더해 다소 안 좋은 소식이 있습니다. 어젯밤에 비는 안 왔지만 구름이 잔뜩 끼었고 달빛이 전혀 비치지 않았습니다. 상황이 매우 좋지 않았고, 그래서 저는 우리의 바람에도 불구하고 종말이 가까워졌다고 생각합니다. 자정 이후에 무언가가 지붕에 떨어졌고, 개들이 전부 무슨 일인지 보려고 뛰쳐나갔습니다. 개들이 무언가를 물고 찢는 소리가 들렸고, 그중 한 마리가 낮은 건물에서 지붕으로 뛰어올라갔습니다. 지붕 위에서 끔찍한 싸움이 있었고, 앞으로도 절대 잊지 못할 소름 끼치는 웅웅거리는 소리를 들었습니다. 동시에 총알이 창문을 뚫고 날아와 거의 저를 맞힐 뻔했습니다. 제 생각에는 개들이 지붕의 일 때문에 분산되었을 때 언덕 생명체의 주 부대가 집 근처로 온 것 같습니다. 그 위에 뭐가 있었는지 저는 아직도 모릅니다. 하지만 그 생명체들이 우주 날개를 좀 더 잘 조종할 수 있게 되었을까 걱정됩니다. 저는 불을 끄고 창문을 총구멍으로 삼았습니다. 그러고는 개를 맞히지 않을 정도의 높이로 집 주변에 총을 쏴 댔습니다. 덕분에 상황이 종료된 것 같았지만 아침에 마당에서 커다란 피 웅덩이를 발견했고, 그 옆에는 지금껏 맡았던 냄새 중에서 최악인 녹색의 끈적거리는 것이 웅덩이져 있었습니다. 지붕으로 올라가서 그 끈적거리는 것을 더 발견했습니다. 개다섯 마리가 죽었습니다. 안타깝게도 제가 조준을 너무 낮게한 바람에 한 마리가 등에 총을 맞았습니다. 지금 저는 총알에 부서진 창틀을 고치고 있고, 개를 더 구하기 위해 브래틀버러에 가려고 합니다. 개장수가 저를 미쳤다고 생각하겠죠. 나중에 다시 편지를 보내겠습니다. 한두 주 후면 이사할 준비가 끝날 것 같습니다. 그 생각만 하면 마음이 너무나 아프지만요.

조급한 마음으로,
애클리

하지만 내 편지와 엇갈린 애클리의 편지는 이뿐만이 아니었다. 다음 날 아침에—9월 6일이었다—또 다른 편지가 왔다. 이번에는 미친 듯이 휘갈겨 쓴 것이어서 나는 너무도 불안해 무슨 말이나 행동을 해야 할지 결정할 수가 없었다. 다시 한번 기억이 허락하는 한, 편지를 그대로 인용하는 것 외에는 내가 할 수 있는 게 없다.

화요일

구름이 걷히지 않았고, 그래서 또다시 달이 보이지 않습니다—어차피 기울어 가고 있기는 하지만요. 그들이 전기선을 고치자마자 잘라 버릴 거라는 것을 몰랐다면 집 주위에 전선을 깔아 탐조등을 설치했을 겁니다.

제가 미쳐 가는 것만 같습니다. 선생님께 쓴 모든 내용이 꿈이나 광기였을지도 모르겠네요. 이전에도 좋지 않았지만 이번엔 너무 심합니다. **어젯밤 그들이 제게 말을 걸었습니다.** 제게 그 저주받은 웅웅거리는 소리로 얘기했고, 선생님께 감히 되풀이할 수 없는 것들을 말했습니다. 개 짖는 소리 너머로 그들의 목소리를 똑똑히 들었고, 그들의 목소리가 잠기자마자 인간의 목소리가 그들을 도왔습니다. 윌머스 선생님, 이 일에서 빠지세요. 선생님이나 제가 의심하던 것보다 훨씬 안 좋습니다. 이제 그들은 제가 캘리포니아로 가도록 내버려두지 않을 겁니다 —**산 채로, 그러니까 이론적으로나 정신적으로 살아 있는 상태로 저를 데리고 유고스뿐만 아니라 그 너머로 데려갈 겁니다, 은하계 밖으로 그리고 어쩌면 우주의 마지막 외곽선 너머로.** 그들이 바라는 곳으로, 혹은 그들이 저를 데리고 가겠다며 제시한 그 끔찍한 방식으로 가지 않겠다고 말했습니다. 하지만 아무 소용이 없을 것 같습니다. 제 집은 너무 외진 곳에 있어서, 조만간 그들은 밤이 아니라 낮에도 올 것입니다. 개 여섯 마리가 더 죽었고, 오늘 브래틀버러로 차를 몰고 가면서 길가의 숲속을 따라 무언가 존재한다는 느낌을 받았습니다.

선생님께 구술 녹음기 레코드와 검은 돌을 보낸 건 제 실수였습니다. 너무 늦기 전에 레코드는 부수는 게 좋겠습니다. 내일도 제가 이곳에 남아 있다면 다시 글을 보내겠습니다. 제 책과 물건들을 브래틀버러로 보내고 거기에 숙소를 잡을 수 있으면 좋겠습니다. 할 수만 있다면 다 버리고 도망가려 합니다. 하지만 제 머릿속의 무언가가 저를 붙잡습니다. 안전하게 지낼 수 있는 브래틀버러로 몰래 빠져나갈 수 있습니다. 그러나 집에서와 마찬가지로 그곳에서도 저는 죄수처럼 느껴집니다. 모든 걸 포기하고 도망가려고 해도 그다지 멀리 갈 수 없다는 것을 저는 알고 있습니다. 끔찍합니다. 이 일에 연루되지 마십시오.

친애하는―애클리

이 끔찍한 편지를 받은 후에 나는 밤새 잠을 잘 수 없었고, 애클리가 아직 얼마나 제정신일지 정말 추측할 수 없었다. 편지 내용은 완전히 비정상이었지만 표현 방식은―이전에 있었던 모든 일을 감안한다면―단호하게 확신을 주는 힘이 있었다. 나의 마지막 편지에 애클리가 답장할 시간을 가질 때까지 기다리는 게 좋겠다는 생각에 답을 하지 않았다. 정말로 다음 날 답장이 왔다. 하지만 편지의 새로운 내용은 그것이 명목상 답하는 편지에서 제기된 사안들을 완전히 무색하게 만들었다. 여기 분명히 정신없이 급하게 작성하는 바람에 휘갈겨 쓰고 뭉그러진 내용 중에 내가 기억하는 것을 적는다.

수요일

W—

선생님의 편지가 왔습니다만 무언가를 논의하는 것은 더이상 소용이 없습니다. 저는 완전히 포기했습니다. 제게 그들과 싸울 정도로 의지력이 남아 있는지 의문입니다. 모든 걸 포기하고 달아나려 해도 도망갈 수가 없습니다. 그들이 저를 잡을 겁니다.

어제 그들에게서 편지를 받았습니다—제가 브래틀버러에 있는 동안 R. F. D. 직원이 가져왔습니다. 타자기로 작성되었고 벨로스 폴스 소인이 찍혔습니다. 제게 무엇을 원하는지 전합니다—내용을 반복할 수 없습니다. 선생님도 조심하십시오! 레코드를 부숴 버리세요. 구름 긴 밤이 계속되고, 달이 내내 기울어집니다. 도움을 청할 수 있으면 좋겠습니다—그럼 제 의지가 강해질 겁니다. 하지만 이곳까지 올 정도로 용기가 있는 사람도 아무런 증거가 없다며 저를 미쳤다고 할 겁니다. 아무 이유도 없이 사람들을 오라고 할 수는 없겠죠—사람들과 전혀 연락하지 않습니다. 그런 지 몇 년 됐습니다.

하지만 윌머스 선생님, 선생님께 최악의 일을 얘기 안 했습니다. 마음을 가다듬고 읽으십시오. 충격을 받으실 테니까요. 하지만 저는 진실을 말하는 겁니다. 바로 이겁니다—**제가 그 존재 중 하나를, 혹은 그 하나의 일부를 보고 만졌습니다.** 세상에, 정말 끔찍했습니다. 물론 그건 죽어 있었죠. 개가 죽였고, 오늘 아침 개집 근처에서 발견했습니다. 저는 헛간에 그걸 두고 사람들에게 이 모든 일을 입증하려 했지만, 몇 시간만에 전부 기화되었습니다. 아무것도 남지 않았습니다. 아시다시피, 강에 있던 것들도 홍수가 지나고 첫날 아침에만 발견되었을 뿐이었죠. 그리고 최악은 이겁니다. 선생님을 위해서 사진을 찍었는데, 제가 필름을 인화했을 때 **헛간을 제외하곤 보이는 게 아무것도 없었습니다.** 이 존재가 도대체 무엇으로 만들어진 건가요? 저는 그걸 보고 느꼈고, 그것들은 모두 발자국을 남겼습니다—분명히 물질로 만들어진 것입니다. 하지만 어떤 종류의 물질일까요? 형체는 묘사할 수가 없습니다. 거대한 게에 인간으로 치면 머리가 있어야 할 곳에 피라미드 모양으로 쌓인 수많은 두꺼운 고리들 혹은 촉수 같은 두꺼운 밧줄 매듭으로 덮여 있었습니다. 끈적거리는 녹색 물질은 그것의 피나 체액입니다. 그리고 조만간 지구에 더 많이 올 예정입니다.

월터 브라운이 실종되었습니다—부근 마을의 종종 보이

던 장소에서 돌아다니는 모습을 한동안 보지 못했습니다. 제가 총으로 쏜 것이 분명해 보입니다. 하지만 그 생명체들이 항상 사망자와 부상자를 데리고 가는 것 같습니다.

오늘 오후에는 아무런 문제 없이 마을에 갔습니다. 하지만 저에 대해 확신했기에 미루기 시작하는 것이 아닌지 두렵습니다. 이 편지는 브래틀버러 우체국에서 쓰고 있습니다. 이게 작별 인사일 수도 있습니다. 만일 그렇다면 제 아들 조지 구디너프 애클리에게 캘리포니아 샌디에이고 플래전트 거리 176번지로 연락하십시오. 하지만 여기로 오지는 마세요. 일주일 동안 저한테 연락이 없으면 애한테 연락하고, 신문에 기사가 실렸는지 확인하십시오.

이제 저는 마지막 두 수를 두려고 합니다. 의지력이 남아 있다면 말이죠. 하나는 그것들에게 독가스를 써 보는 것입니다(저는 제대로 된 화학품을 구했고, 저와 개들을 위해 마스크를 만들었습니다). 그리고 그게 실패하면 보안관에게 말하는 것입니다. 그들이 원한다면 저를 정신 병원에 가둬도 됩니다. 그게 **다른 생명체들**이 할 일보다는 나을 것입니다. 어쩌면 집 주변의 발자국이 사람들의 관심을 끌 수 있을지도 모릅니다—발자국은 희미하지만 매일 아침 발견됩니다. 그러나 경찰은 제가 발자국을 위조했다고 할지 모릅니다. 왜냐하면 그들 모두가 저를 이상한 사람이라고 여기니까요.

주(州) 경찰을 밤새 여기 머물게 해서 직접 보게 해야만 하겠죠—하지만 그 생명체들은 그걸 알고서 그날 밤에 오지 않을 것 같습니다. 그들은 밤에 제가 전화를 하려 할 때마다 전화선을 끊습니다. 가선공(架線工)들은 이상하다고 생각합니다. 제가 직접 선을 끊었다고 의심하지 않는다면 그들이 저를 위해 증언해 줄지도 모릅니다. 지금 일주일 넘게 전화선 수리를 요청하지 않았습니다.

저를 위해 공포의 진실에 관해 무지한 사람들이 증언할 수도 있습니다. 하지만 사람들은 그들의 말을 비웃습니다. 어쨌거나 그들은 너무 오랫동안 집에 오지 않아서 이 새로운 사건에 대해 아무것도 모릅니다. 친목이나 돈으로도 가난한 농부들을 우리 집에서 약 1.6킬로미터 이내로 오게 할 수는 없을 겁니다. 우편배달부가 그들의 얘기를 듣고, 제게 거기에 대해 농담합니다―세상에! 그게 얼마나 사실인지 그에게 말할 용기만 있다면! 그에게 발자국을 보여 줄 수 있을 겁니다. 하지만 그는 오후에 오고 그때쯤에는 발자국이 대부분 다 사라집니다. 만일 제가 상자나 프라이팬을 그 위에 올려놓고 보존한다면 그는 분명 그게 거짓이나 장난이라고 생각할 겁니다.

제가 이렇게까지 은둔자가 아니었다면 좋았을 텐데요. 사람들이 예전처럼 찾아오지 않습니다. 저는 무식한 사람들 말고는 그 누구에게도 검은 돌이나 사진을 보여 주고, 레코드를 틀어 줄 생각을 못 합니다. 다른 이들은 이 일을 전부 제가 꾸몄다고 말하면서 비웃기만 할 겁니다. 하지만 그래도 사진을 보여 줘야 할지 모르겠습니다. 사진은 집게발 자국을 잘 보여 줍니다. 비록 발자국을 만든 것들은 사진에 찍히지 않지만요. 오늘 아침에 **그것이** 사라지기 전에 아무도 보지 못한 것이 정말 안타깝습니다!

하지만 저는 상관없습니다. 제가 경험한 것을 생각하면 정신 병원도 괜찮습니다. 제가 이 집에서 도망치도록 의사들이 도와줄 수 있을 겁니다. 그것만이 저를 구할 방법입니다.

조만간 소식이 들리지 않으면 제 아들 조지에게 연락하십시오. 잘 지내시고, 레코드는 부숴 버리고 이 일에 끼지 마십시오.

— 친애하는, 애클리

이 편지로 나는 정말로 가장 어두운 공포에 빠졌다. 무슨 말로 답을 해야 할지 알 수가 없었다. 하지만 앞뒤가 맞지 않는 조언과 격려를 휘갈겨 써서 등기로 보냈다. 구술 녹음기 레코드를 들고 마을로 갈 것이고, 법원에 그가 제정신임을 증언할 거라고 덧붙였다. 또한 사람들에게 자신들 한가운데 있는 이것들에 대해 대충이라도 경고해야 할 때라고 썼던 것 같다. 분명한 점은 이렇게 긴장하면서 내가 애클리의 말과 주장을 사실상 완전히 믿었다는 것이다. 하지만 나는 그가 죽은 괴물의 사진을 찍지 못한 이유가 이상 현상이 아니라 그가 흥분해서 실수했기 때문이라고 생각했다.

5

그러고는 분명히 내 혼란스러운 편지와 엇갈려서 9월 8일 토요일 오후에 의아스러울 정도로 침착한 다른 편지가 도착했다. 새 타자기로 깔끔하게 작성된 것이었다. 그 외딴 언덕의 악몽과 같은 상황에 심각한 전환이 있음을 알려 주는, 확신과 초대가 담긴 낯선 편지였다. 다시 한번 기억나는 대로 옮겨 적는다―할 수 있는 한 필체의 느낌을 최대로 보전할 특별한 이유가 있어서다. 편지는 벨로스 폴스 소인이 찍혔고, 타자 초보가 흔히 그렇듯이 본문과 서명 모두 타자기로 작성되었다. 하지만 본문은 초보자의 작업이라고 하기에는 믿기 힘들 정도로 오타가 없었다. 그래서 나는 애클리가 분명 이전에 타자기를 사용한 적이 있을 거라고 짐작했다―아마 대학에서였을 거다. 그 편지를 받고 내가 안도했다면 맞는 말이다. 하지만 나의 안도감 아래에는 불안의 기층이 존재했다. 만일 애클리가 공포 속에서 제정신이었다면, 지금 해방되었을 때도 제정신일까? 일종의 '개선된 관계'라고 언급했지만 (…) 그게 무엇이지? 이 모든 것은 이전에 비해 애클리의 태도가 정반대로 변했다고 말해 주었다! 아래에 편지의 내용이 있다. 내 기억으로부터 조심스럽게 옮긴 것이고, 나는 내 기억력에 관해 어느 정도 자신한다.

타운센드, 버몬트

1928년 9월 6일 목요일

친애하는 윌머스 선생님

제가 편지에서 얘기하던 그 어리석은 모든 일들에 관해 선생님을 안심시킬 수 있어서 매우 기쁩니다. '어리석은'이라고 말하지만, 그 말로 제가 의미하는 바는 특정한 현상에 대한 제 묘사보다는 저의 두려움에 찬 태도입니다. 그 현상들은 사실이고 충분히 중요합니다. 제 실수는 그것들에 대해 비정상적인 태도를 가졌다는 것입니다.

제 기억에 낯선 방문객들이 저와 소통하기 시작했고, 그래서 소통을 시도했다고 선생님께 말씀드린 것 같습니다. 지난 밤에 이 소통은 현실이 되었습니다. 특정한 신호에 화답해서 저는 집 밖에 있는 존재들이 보낸 전령을 집 안으로 들였습니다—서둘러 말하자면 동족인 인간입니다. 그는 선생님이나 제가 생각지도 못했던 것에 대해 많은 얘기를 했습니다. 그리고 외계의 존재들이 우리의 행성에 그들의 비밀 식민지를 유지하는 목적에 대해 우리가 얼마나 잘못 판단하고 틀리게 해석했는지를 알려 주었습니다.

그들이 인간에게 제안했던 것과, 지구와 관련해서 원하는 것에 대한 사악한 전설들은 전부 우화적 언어를 제대로 이해하지 못한 결과인 것 같습니다—물론 그 언어는 우리가 꿈꾸는 그 어떤 것과도 완전히 다른 문화적 배경과 생각과 관습에 의해 형성된 것이죠. 저 자신의 추측도 무지한 농부와

야만적인 인디언들의 추측만큼이나 진실에 아주 멀리 떨어져 있었음을 기꺼이 인정합니다. 제가 병적이고 수치스럽고 굴욕적이라고 생각했던 것이 실제로는 경이롭고 생각을 확장시키며 심지어는 **영광스러운** 것입니다―제 이전의 추정은 **완전히 다른 것**을 증오하고 두려워하고 피하는 인간의 영원한 본성의 한 측면이었을 뿐이었습니다.

이제 저는 이 놀라운 외계 존재들과 밤마다 싸우면서 해를 입힌 것을 후회합니다. 처음부터 그들과 평화적이고 합리적으로 얘기하는 데 동의했어야 했습니다! 하지만 그들은 제게 불만을 갖지 않습니다. 그들의 감정은 우리와 전혀 다르게 구성되어 있습니다. 그들의 불운은 매우 열등한 인간을 자신들의 버몬트 첩자로 삼았다는 것입니다―가령 죽은 월터 브라운 같은 사람 말입니다. 그 사람으로 인해 저는 그들에 대해 엄청난 편견을 가졌습니다. 실제로 그들은 의도적으로 인간을 해한 적이 절대 없었고, 오히려 종종 인간에 의해 잔인하게 해를 입고 염탐을 당했습니다. 사악한 사람들이 만든 아주 비밀스러운 사교 집단이 있고(선생님처럼 신비로운 것에 박식한 분이라면 제가 그들을 하스터와 옐로 사인과 연결시키려는 의도를 이해하실 겁니다), 이들은 다른 차원들에서 온 괴물과 같은 권력자들을 위해 이 외계 존재들을 추적하여 해치는 일에 헌신합니다. 외계 존재들이 주의하는 대상은 이런 침략자들―보통 인간이 아니죠―입니다. 그나저나 사라진 우리 두 사람의 편지 대부분은 외계 존재가 아닌

이 사악한 사교 집단의 대리인들이 탈취했던 것입니다.

외계 존재들이 인간에게 바라는 것은 평화와 자유와 점증적인 지식의 교환일 뿐입니다. 마지막은 절대적으로 필요합니다. 왜냐하면 발명품과 장비들로 우리의 지식과 움직임이 확장됨에 따라 우리 행성에 외계 존재에게 필요한 초소들이 **비밀리에** 존재하기가 점점 더 불가능해지기 때문입니다. 외계 존재는 인류를 좀 더 많이 알고 싶어 하고, 인류의 철학 및 과학계 지도자들이 자신들에 대해 더 알기를 바랍니다. 그러한 지식의 교류로 모든 위험이 사라지고, 만족스러운 **생활 방식**이 이루어질 것입니다. 인류를 노예로 만들거나 비하할 거라는 생각 자체가 터무니없습니다.

이렇게 개선된 관계의 시작으로 외계 존재들은 자연스럽게 저를—그들에 대한 지식이 이미 상당한 저를—자신들을 위한 지구의 대표 통역가로 택했습니다. 어젯밤에 제게 많은 얘기를 해 주었습니다—최고로 놀랍고 눈을 번쩍 뜨이게 하는 사실들이었고, 이후에 더 많은 것들이 구두로 그리고 글로 제게 전해질 것입니다. 아직은 저를 **외계** 여행에 초대하지는 않습니다. 하지만 아마도 저는 나중에 갈 수 있기를 **바랄** 것입니다—이제껏 인간적 경험으로 익숙했던 모든 것을 뛰어넘는 특별한 방법을 사용하겠죠. 집은 더 이상 포위되어 있지 않습니다. 모든 것이 정상으로 되돌아갔고, 개들은 더 이상 할 일이 없습니다. 저는 공포 대신에 인류가 좀처럼 가져 보지 못한 지식과 지적 경험이라는 풍요로운 선물을 받았습니다.

　외계 존재들은 아마도 시공간 내에서 그리고 그 너머에서 가장 놀라운 생명체일 것입니다—우주 전역에 퍼져 있는 종족의 일원으로, 다른 생명체들은 그저 그들의 퇴화된 변종일 뿐이죠. 그들은 동물이라기보다는 식물입니다. 그런 용어가 그들을 구성하는 물질에 적용될 수 있다면 말이죠. 그리고 일종의 균사체 구조를 가지고 있습니다. 하지만 엽록소와 같은 물질의 존재와 매우 특이한 영양 체계로 그들은 현실의 경엽 식물(莖葉植物) 균사체와는 완전히 다릅니다. 실제로 그 존재는 우리 쪽 우주와는 전혀 다른 물질 형태로 구성되어 있습니다—완전히 다른 진동률을 가진 전자로 구성되어 있는 것입니다. 그 때문에 우리 우주의 일반적인 카메라 필름과 플레이트로 그 존재들의 사진을 찍을 수 없는 것입니다. 비록 우리 눈으로는 볼 수 있지만요. 하지만 적절한 지식을 갖춘 유능한 화학자라면 그들의 모습을 기록할 수 있는 사진용 감광 유제를 만들 수 있을 겁니다.

　그들 종족은 온기와 공기가 없는 행성 간의 진공을 온전한 신체의 형태로 여행할 수 있는 능력이 있다는 점에서 특별합니다. 그들의 일부 변종은 기계적 도움이나 신기한 외과적 보형이 없이는 그렇게 할 수가 없습니다. 단지 몇몇 종만이 버몬트 변종의 특징인 대기에 저항하는 날개가 있습니다. 올드 월드의 외딴 봉우리에 사는 것들은 다른 방식으로 데려왔습니다. 동물 그리고 우리가 물질로 알고 있는 구조와의 외적 유사성은 가까운 친족 관계가 아닌 평행 진화의 결과입니다. 그들의 두뇌 능력은 살아 있는 그 어떤 생명체를 월등히 넘어섭니다. 하지만 우리 언덕 지역에 있는 날개 달린 종류는 결코 가장 발달한 종이 아닙니다. 텔레파시가 그들의 일상적 소통 수단입니다. 그러나 미숙한 발성 기관이 있어서 약간의 수술 후에(왜냐하면 외과 수술은 그들에게는 엄청나게 전문적이면서 일상적인 일이기 때문입니다) 아직도 목소리를 사용하는 생명체를 대충 따라 할 수 있습니다.

그들의 가장 **가까운** 주거지는 여전히 발견되지 않고 거의 빛이 없는, 우리 태양계 끝자락에 있는 행성입니다—해왕성 너머, 태양에서 아홉 번째로 떨어져 있습니다. 우리가 추측했던 것처럼, 그곳은 고대의 금지된 글에서 '유고스'라고 신비롭게 언급되던 곳입니다. 그곳은 곧 정신적인 화합을 이루려는 노력으로 우리 우주에서 새로운 생각들이 집중되는 곳이 될 것입니다. 외계 존재들이 원하는 때에 천문학자들이 이러한 생각의 흐름에 충분히 민감해져서 유고스를 발견한다 해도 저는 놀라지 않을 것입니다. 하지만 유고스는 당연히 디딤돌일 뿐입니다. 이 존재들 대부분은 인간 상상력의 최대치를 완전히 넘는 기이하게 구성된 심연에서 살고 있습니다. 우주의 모든 개체의 총합이라고 우리가 인식하는 시공간 구상체는 그들의 진정한 무한대에 비하면 그저 원자 정도입니다. **그리고 인간의 두뇌가 감당할 수 있는 정도로 무한대의 일부가 마침내 제게 개방되었습니다. 인류가 존재한 이후 50명 정도**

의 사람들에게만 일어난 일이죠.

월머스 선생님, 선생님께서는 아마도 제 얘기를 처음엔 헛소리라고 여기시겠죠. 하지만 시간이 지나면 제가 우연히 갖게 된 이 엄청난 기회를 인정하실 겁니다. 저는 할 수 있는 한 최대로 이 기회를 선생님과 함께하고 싶습니다. 그러려면 종이에 적을 수 없는 수천 가지를 얘기해야 합니다. 과거에 선생님께 저를 보러 오지 말라고 경고했죠. 이제 모든 게 안전하니 기쁜 마음으로 그 경고를 거두고 선생님을 초대합니다.

대학의 학기가 시작되기 전에 이곳에 오실 수 있을까요? 자문 자료로 제가 보내 드렸던 구술 녹음기 레코드와 편지를 모두 가져오십시오―이 엄청난 이야기를 완전히 꿰맞추기 위해선 그것들이 다 필요합니다. 사진도 같이 가져오시면 좋겠습니다. 최근에 제가 흥분하면서 원본이랑 사진을 잃어버린 것 같아서요. 하지만 이 모든 겉도는 불안정한 자료에 제가 더할 사실들이 얼마나 많은지! 그리고 **제 추가본을 더하기 위해 제가 얼마나 놀라운 장치를 가지고 있는지!**

지체하지 마세요―저는 이제 첩자에서 자유롭고, 선생님께서는 비자연적이거나 이상한 것과 마주치지 않을 겁니다. 그냥 오셔서 브래틀버러 역에서 선생님을 기다리는 제 차를 찾으십시오―가능한 한 최대한 머물 준비를 하시고, 인간의 생각을 초월하는 대화의 수많은 밤을 기대하십시오. 물론 이곳에 관해 누구에게도 말하지 마십시오. 이 일은 난잡한 대중에게 알려져서는 안 되니까요.

브래틀버러로 오는 기차편이 나쁘지 않습니다. 보스턴에서 시간표를 얻을 수 있습니다. 그린필드로 가는 보스턴-메인 열차를 타시고, 나머지 짧은 길은 열차를 갈아타고 오십시오. 보스턴에서 편리한 오후 4시 10분 ― 표준 시간으로 말이죠―차를 타시길 권합니다. 그러면 그린필드에 7시 35분에 도착하고, 그곳에서 기차가 9시 19분에 출발해 브래틀버러에 10시 1분에 도착합니다. 주중 일정입니다. 일정을 알려 주시면 제 차로 역에서 기다리겠습니다.

타자로 편지를 쓴 점을 양해해 주십시오. 아시다시피 최근에 제 손이 점점 더 떨려서 긴 글을 쓰는 게 어렵습니다. 어제 브래틀버러에서 새 코로나 타자기를 샀습니다―꽤 잘 작동하는 것 같습니다.

답장을 기다리며, 선생님을 곧 뵙기를 바랍니다. 구술 녹음기 레코드와 제 편지들 그리고 사진과 함께.

기대에 차서 기다리며 존경을 담아,
헨리 W. 애클리

앨버트 N. 윌머스 씨.
미스캐토닉 대학
아캄, 매사추세츠

이 기대치 않은 낯선 편지를 읽고 또 읽고, 깊이 생각하면서 생긴 복잡한 감정을 적절히 묘사할 수가 없다. 내가 안심하면서도 불안했다고 말했었다. 하지만 이 말은 위안과 불안감을 구성한, 다양하고 대부분 잠재의식적인 감정의 함축된 의미를 조잡하게 표현할 뿐이다. 무엇보다도, 편지는 이전의 연속된 모든 공포와 완전히 정반대였다―극심한 공포에서 냉정한 평온함과 심지어 흥분으로의 변화는 너무도 뜻밖이었고, 번개처럼 빨랐고, 완전했다! 나는 수요일에 마지막으로 광기에 찬 보고서를 썼던 사람의 심리적 관점이 단 하루 사이에 어떻게 그처럼 변할 수 있는지 좀처럼 믿을 수가 없었다. 그날의 폭로로 아무리 마음이 편해졌더라도 말이다. 어떤 순간에는 서로 맞지 않은 비현실성을 절감하면서, 나는 환상적인 힘에 관해 멀리서 보고된 이 모든 이야기가 대부분 내 머릿속에서 만들어진 일종의 환상적인 꿈은 아닌가 하는 의문이 들었다. 그 순간 구술 녹음기 레코드를 떠올리고 더욱더 큰 당혹감에 빠졌다.

　편지는 기대했던 그 어떤 것과 달라 보였다! 내가 받은 인상을 분석하면서, 그것이 뚜렷이 두 단계로 구성되어 있음을 깨달았다. 첫째로 애클리가 예전에도 그리고 여전히 제정신이라고 한다면, 그 상황에서 이러한 변화는 너무도 빠르고 예상 밖이었다. 두 번째로 애클리의 매너, 태도, 언어의 변화는 정상 혹은 예측 가능의 범주를 훌쩍 뛰어넘었다. 그의 성격 자체가 음흉한 변화를 겪은 것만 같았다―너무도 심각한 변화라서 그의 양면적 모습이 똑같이 정상적인 정신을 보여 준다고 생각할 수가 없었다. 단어 선택, 철자 등 모든 것이 미세하게 달랐다. 학자로서 문체에 민감하기에, 가장 일반적인 반응과 리듬 반응 사이의 깊은 차이를 감지할 수 있었다. 그처럼 급진적인 전환을 일으킨 감정의 대변화 혹은 발현은 분명 엄청날 것이다! 하지만 다른 한편으로 편지는 애클리의 특징을 매우 잘 보여 주었다. 무한대에 대한 한결같은 열정—여전한 학자적 탐구심. 나는 한순간도—혹은 그 이상도—거짓이나 사악한 대리인을 떠올리지 않았다. 초대—편지의 진실을 내가 직접 확인하도록 하려는 의지—가 진정성을 증명하지 않는가?

토요일 밤에 잠을 자지 않고 앉아서 내가 받았던 편지 이면에 숨겨진 그림자와 놀라움을 곰곰이 생각했다. 내 정신은 지난 4개월 동안 직면할 수밖에 없었던 연이은 끔찍한 생각들로 고통받았다. 이전의 놀라움들을 마주하며 경험했던 대부분의 과정을 반복하는 의심과 수용의 순환 속에서 이 새롭고 놀라운 자료를 살펴봤다. 그러다 새벽이 오기 한참 전에 불타오르는 관심과 궁금증이 원래의 당혹감과 불안감의 폭풍을 대신했다. 미쳤든 제정신이든, 변신했든 아니면 그저 자유로워졌든, 애클리는 자신의 위험한 연구에서 놀라운 관점의 변화를 실제로 겪었을 가능성이 높았다. 그의 위험을—진짜든 아니면 상상이든—줄이고, 우주와 초인적 지식의 새롭고 어지러운 경관을 보여 줄 가능성이었다. 미지의 것에 대한 나 자신의 열정이 그의 열정과 만나며 불타올랐다. 나 자신도 소름 끼치는 경계 파괴 행위에 감염되는 것만 같았다. 시간과 공간과 자연법이라는, 나를 미치고 지치게 만드는 제약들을 떨쳐 내는 일—

광대한 **외계와** 연결되는 일 그리고 무한대와 궁극의 어두운 심연의 비밀에 가까이 다가서는 일—분명 그런 일은 인생과 영혼과 정신을 바칠 만했다. 애클리는 더 이상 위험이 없다고 했다—이전처럼 오지 말라고 경고하는 대신 나를 초대했다. 나는 그가 이제 할 말을 생각하며 몸이 떨렸다—외계에서 온 진짜 사절들과 대화했던 사람과 함께 그 외롭고 최근에 포위당했던 농장에 앉아 있을 생각은 거의 마비가 될 정도로 매력적이었다. 애클리가 이전의 생각들을 정리했던 편지들과 끔찍한 레코드를 갖고 앉아 있는 생각을.

그래서 일요일 아침 늦게 나는 애클리에게 전보를 보내 괜찮다면 오는 수요일—9월 12일—에 브래틀버러에서 그를 만나겠다고 했다. 단 한 가지 점에서 그의 제안을 벗어났다. 기차 선택에 관한 것이었다. 나는 솔직히 그 으스스한 버몬트 지역에 밤늦게 도착하는 게 내키지 않았다. 그래서 그가 선택한 기차를 타는 대신 역에 전화해서 다른 일정을 잡았다. 일찍 일어나 보스턴으로 가는 오전 8시 7분(표준 시간) 차를 타면 그린필드행 9시 25분 열차를 탈 수 있고, 그러면 그곳에 12시 22분에 도착할 수 있었다. 이 기차는 오후 1시 8분에 브래틀버러에 도착하는 기차와 정확히 연결되었다—애클리를 만나 그의 차를 타고 비밀을 지키는 빽빽한 언덕들로 가기에는 10시 1분보다는 훨씬 더 편한 시간이었다.

나는 이 선택을 전보에 적었고, 저녁에 온 답장에서 내 미래의 집주인의 허락을 받았기에 다행이라고 여겼다. 그의 전보는 이랬다.

일정 만족함. 수요일 1시 8분 열차로 만날 것. 구술 녹음기 레코드와 편지와 사진을 잊지 말 것. 목적지를 알리지 말 것. 엄청난 진실을 기대할 것.

애클리

애클리에게 보낸 전보에—필연적으로 타운센드 역에서부터 공식적인 전보나 복구된 전화선으로 그의 집에 분명히 전달된 것에—바로 전보를 받고 이 난감한 편지의 작성자에 대해 조금이라도 가지고 있던 은밀한 의심이 사라졌다. 나는 특별히 안심이 됐다—실상은 내가 설명할 수 있는 것보다 더 그랬다. 그러한 의심이 전부 깊이 묻혀 있었기 때문이었다. 나는 그날 밤 편안하게 잠을 오래 잤다. 그리고 이어지는 이틀 동안 여행을 준비하면서 매우 바빴다.

6

수요일에 나는 계획대로 출발했고, 그 끔찍한 구술 녹음기 레코드와 사진과 애클리의 편지를 포함해 간단한 필수품과 과학 자료로 가득 찬 가방을 들고 갔다. 요청받은 대로 아무에게도 어디 가는지 말하지 않았다. 왜냐하면 가장 긍정적인 변화에도 이 일은 최고의 비밀을 요구한다는 것을 알았기 때문이었다. 외계의, 외부의 개체들과 실제로 정신적 연락을 한다는 생각은 교육받고 어느 정도 준비된 나에게도 충격적이었다. 사정이 이렇다면, 잘 알지도 못하는 수많은 일반인들에게 끼칠 영향에 어떤 생각이 들겠는가? 보스턴에서 기차를 바꿔 타고 나에게 익숙한 지역에서 제대로 잘 모르는 지역을 향해 서쪽으로의 긴 여정을 시작했다. 두려움과 모험에 대한 기대감 중에 무엇이 먼저였는지 잘 모르겠다. 월섬-콩코드-아이어-피치버그-가드너-애솔…….

  기차는 7분 늦게 그린필드에 도착했지만 북쪽으로 가는 급행 연결편이 기다리고 있었다. 급하게 갈아탔고, 내가 항상 읽어 왔음에도 한 번도 방문하지 않았던 지역으로 차량들이 이른 오후 햇살 사이로 이동하자 신기하게 숨이 찼다. 내 평생을 보냈던 기계화되고 도시화된 해변과 남쪽 지역에 비해 완전히 구식이고 좀 더 원시적인 뉴잉글랜드로, 외국인과 공장 매연과 대형 광고판 그리고 콘크리트 길이 없는 때 묻지 않은 고대의 뉴잉글랜드로 들어가고 있음을 깨달았다. 현대성이 건드리지 않은 곳으로 가고 있는 거였다. 그곳에는 명맥이 끊기지 않은 토착의 삶이 드물게 남아 있을 것이다. 깊은 뿌리를 가진 삶은 진정한 지역의 산물이었다—기이한 고대의 기억을 지속적으로 유지하는 토착의 삶, 은밀하고 놀라우면서도 좀처럼 언급되지 않는 믿음을 위한 토양을 비옥하게 하는 삶이었다.

  이따금 나는 푸른색의 코네티컷강이 태양에 반짝이는 것을 보았고, 노스필드를 떠난 후에 강을 건넜다. 앞쪽에 비밀스러운 녹색 언덕이 어렴풋이 보였고, 차장이 다가왔을 때 마침내 내가 버몬트에 있음을 깨달았다. 그는 내 시계를 한 시간 늦게 맞추라고 했다. 왜냐하면 북쪽의 언덕 지역은 새롭게 유행하는 일광 절약 계획을 따르지 않기 때문이었다. 시계를 맞추면서 나는 마찬가지로 달력을 한 세기 뒤로 돌리는 기분이 들었다.

기차는 강을 낀 채 달렸고, 나는 뉴햄프셔 건너편 특이한 옛 전설이 모여 있는 가파른 완타스티켓의 언덕이 가까워지는 것을 보았다. 그때 왼편에 도로가 등장했고, 오른편 강에는 녹색의 섬이 보였다. 사람들이 일어나 문을 향해 줄을 섰고, 나도 그들을 따라나섰다. 기차가 정차했고, 나는 브래틀버러의 긴 열차 차고지 아래로 내렸다.

기다리는 자동차 줄을 보면서 나는 어떤 차가 애클리의 포드인지 확인하기 위해 잠시 멈췄다. 그러나 내가 먼저 알아보기 전에 내 신분이 탄로 났다. 하지만 팔을 쭉 내밀고 나긋한 말씨로 내가 정말 아캄에서 온 앨버트 N. 윌머스 씨인지 물으며 나를 마중 나온 사람이 애클리가 아니라는 점은 분명했다. 남자는 사진에서 본, 수염 나고 반백의 머리를 한 애클리와 닮은 점이 하나도 없었다. 더 젊고 도시적인 사람으로 옷을 잘 입었고, 작고 검은 콧수염만 있을 뿐이었다. 그의 교양 있는 목소리에서 이상하면서 거의 불안할 정도로 모호한 친숙함이 느껴졌다. 하지만 정확히 어디서 들었는지는 기억해 낼 수가 없었다.

내가 쳐다보자, 그는 자신이 내가 만날 집주인의 친구이며 대신 타운센드로 왔다고 설명했다. 애클리는 갑자기 발병한 일종의 천식 증세로 인해 바깥공기를 맞으며 이동할 자신이 없었다고 알려 주었다. 하지만 심한 것은 아니어서 내 방문 계획을 바꿀 필요는 없었다. 나는 그가—그는 자신을 노예스라고 밝혔다—애클리의 연구와 발견에 대해 얼마나 아는지 짐작할 수가 없었다. 그의 편안한 태도 때문에 비교적 잘 모르는 사람이라고 짐작했지만, 애클리가 얼마나 심한 은둔자였지를 떠올리며 그런 친구가 바로 준비되었다는 사실에 다소 놀랐다. 하지만 당황스럽다고 해서 그가 타라고 손짓하는 차에 들어가지 않은 것은 아니었다. 애클리의 묘사로 기대했던 작고 낡은 차가 아니라 최신 유행의 크고 깔끔한 차종이었다—분명 노예스의 차였고, '성스러운 대구' 문구가 있는 매사추세츠 번호판을 달고 있었다. 나는 내 안내자가 분명 타운센드의 여름 뜨내기일 거라고 단정했다.

노예스는 차에 올라 내 옆에 앉더니 곧바로 시동을 걸었다. 그가 얘기를 많이 하지 않아서 좋았다. 왜냐하면 기묘한 대기의 긴장감으로 인해 말을 하고 싶지 않았기 때문이었다. 경사로를 지나 중심가에서 우회전을 하며 보이는 마을은 오후 햇볕 아래서 매우 매력적이었다. 사람들이 소년 시절로부터 기억하는 오래된 뉴잉글랜드 마을들처럼 잠을 자는 듯했고, 지붕과 첨탑과 굴뚝과 벽돌 벽의 배치가 오래된 감정의 깊은 바이올린 줄을 건드리는 형상을 이루었다. 나는 끊기지 않은 시간의 축적들이 쌓인 것을 보고 마법에 걸린 지역의 관문에 있음을 알았다. 한 번도 동요된 적이 없었기에 오래되고 이상한 것들이 자라나서 머물 수 있는 지역이었다.

우리가 브래틀버러에서 나왔을 때 나는 더 긴장하고 걱정했다. 언덕이 많은 시골의 모호한 특성, 그리고 높고 위협적이고 바싹 가까워진 녹색과 대리석 경사면이 인간에 호전적일지도 모르는 은밀한 비밀과 태곳적부터 존재한 무언가를 암시했기 때문이었다. 잠시 동안 북쪽의 알 수 없는 언덕에서 흘러내리는 넓고 얕은 강을 따르는 경로로 갔다. 내 동반자가 웨스트강이라고 알려 주었을 때 나는 몸을 떨었다. 신문 기사에서 내가 기억하듯, 바로 이 강에서 그 섬뜩한 게와 같은 존재들이 홍수 후에 목격되었기 때문이었다.

점차 우리 주변은 더 야생적이고 외진 지역으로 변했다. 지붕이 덮인 오래된 다리들이 언덕 사이의 과거로부터 꽤 많이 남아 있었고, 강과 평행인 거의 버려진 철로가 흐릿하게 보이는 황량함의 공기를 내뱉는 듯했다. 무섭게 펼쳐진 강렬한 계곡 너머로 거대한 절벽이 솟아올라 있었다. 뉴잉글랜드의 때 묻지 않은 대리석은 정상으로 오르는 숲을 따라 회색으로 근엄하게 보였다. 야생의 물줄기가 골짜기들 사이에서 뛰어올랐고, 길이 없는 1천 개의 봉우리들이 상상할 수 없는 비밀들을 담고 강으로 내려왔다. 반쯤 가려진 좁은 길들이 이따금씩 가지치기를 하며 단단하게 무성한 숲 사이를 지나갔고, 숲의 원시림 사이에는 수많은 자연의 정령들이 숨어 있을 것만 같았다. 이런 풍경들을 보면서 나는 애클리가 바로 이 길을 따라 운전하면서 보이지 않는 첩자들에게 괴롭힘을 당했던 것을 떠올렸다. 그리고 그런 일들이 가능했을지 의심하지 않았다.

한 시간도 되지 않아 도착한 뉴페인이라는 예스럽고 작은 마을은 정착과 완전한 점유를 통해 인간이 자신의 것이라고 명확히 말할 수 있는 세상과의 마지막 연결점이었다. 그 이후 우리는 눈앞의, 감지할 수 있는, 시간이 건드린 것들에 대한 믿음을 전부 내던지고, 고요한 비현실성의 환상적 세계로 들어갔다. 그곳에서 좁고 리본과 같은 길은 오르락내리락하다가 사람이 살지 않는 녹색 봉우리와 반쯤 버려진 계곡 사이에서 거의 의식적이고 의도적인 변덕스러움으로 굽었다. 자동차 소리와 불규칙하게 지나친 외딴 농장 몇 곳의 희미한 소리를 제외하고, 내 귀에 유일하게 들리는 것은 어두운 숲속에 숨겨진 수많은 웅덩샘에서 흐르는 은밀한 물소리뿐이었다.

돔 모양의 작은 언덕들의 가까움과 친밀함으로 이제는 정말로 숨이 막힐 정도였다. 언덕들의 가파름과 급작스러움은 말로만 듣고 상상했던 것보다 훨씬 더 심했고, 우리에게 알려진 그 지겹고 객관적인 세상과는 전혀 달랐다. 접근이 불가능한 이 경사면의 아무도 찾지 않는 깊은 숲은 낯설고 믿기 힘든 무언가를 숨기고 있는 듯했다. 그리고 언덕의 윤곽 자체가 무언가 기이하고 오랫동안 잊힌 의미를 내포한 듯 보였다. 마치 드물고, 깊은 꿈속에서만 살아 있다고 소문으로 알려진 거인 종족이 남긴 거대한 상형 문자처럼 보였다. 과거의 모든 전설과 헨리 애클리의 편지와 자료에 담긴 숨 막히는 어두운 암시가 기억에서 솟아올라 긴장과 커져 가는 위협적 분위기를 고조시켰다. 내 방문의 목적, 그리고 그것이 전제하는 비정상적인 두려운 것들이 곧바로 나를 힘겹게 했고, 그 섬뜩한 느낌은 낯선 사실을 향한 나의 열정을 뒤집을 정도였다.

나의 안내자는 분명 나의 불안함을 눈치챈 것 같았다. 길이 점차 더 험해지고 고르지 못하고, 우리의 움직임이 더 느려지고 흔들리자 그가 가끔 가볍게 던지던 말들이 좀 더 긴 대화로 이어졌기 때문이다. 그는 지역의 아름다움과 기묘함에 관해 얘기했고, 나를 초대한 사람의 민속 연구를 어느 정도 알고 있다고 말했다. 그의 정중한 질문에서 내가 과학적인 목적으로 왔으며, 중요한 자료를 가져왔다는 사실을 그가 알고 있는 것이 분명했다. 하지만 애클리가 마침내 얻은 지식의 깊이와 끔찍함을 알고 있다는 티를 내지는 않았다.

그의 태도가 너무도 즐겁고, 정상적이고, 도시적이라 그의 말에 안정을 찾고 안심이 되었어야만 했다. 하지만 이상하게도 우리가 덜컹거리며 알 수 없는 야생의 언덕과 숲으로 방향을 틀자 왠지 더 불안해질 뿐이었다. 가끔 그는 이곳의 엄청난 비밀에 대해 내가 알고 있는 것이 무엇인지 알아보려 하는 것만 같았다. 그리고 말을 할수록 그의 목소리의 그 모호하면서 괴롭고 이해할 수 없는 **친숙함**이 커졌다. 하지만 매우 건전하고 세련된 성격의 목소리였음에도 불구하고 일상적이거나 정상적인 친숙함은 아니었다. 무슨 이유에선지 나는 그 목소리를 잊힌 악몽과 연결시켰고, 만일 누구의 목소리인지 알고 나면 미쳐 버릴 것만 같았다. 적절한 변명만 있었다면 방문을 포기했을 거라 생각한다. 실상은 그럴 수가 없었다 ─ 도착하고 나서 애클리와 냉철하고 과학적인 대화를 나눈다면 정신을 차리는 데 큰 도움이 될 거라고 기대했다.

게다가 우리가 환상적으로 오르락내리락하는 최면적인 풍경의 우주적 아름다움에는 이상하게 마음을 안정시키는 측면이 있었다. 우리 뒤편의 미로에서 시간은 길을 잃었고, 우리 주변에는 꽃이 물결치는 몽환경(夢幻境)과 사라진 수 세기의 사랑스러움이 다시 포착되었다─태곳적의 작은 숲, 화려한 가을꽃으로 에워싸인 때 묻지 않은 평원, 그리고 향기로운 들장미와 왕포아풀이 핀 수직 절벽 아래 거대한 나무 사이에 아주 긴 간극으로 숨어 있는 작은 갈색 농장들. 햇살조차도 천상의 매력을 보여 주었다. 마치 무언가 특별한 공기나 방출물이 지역을 전부 덮고 있는 듯했다. 가끔 이탈리아 원초주의풍 그림의 배경이 되는 마술과 같은 경관을 제외하고는 나는 비슷한 것을 본 적이 없었다. 소도마와 레오나르도가 그런 경관을 상상했지만, 오직 먼 거리에서 그리고 르네상스 양식 회랑의 아치형 천장에서만 상상했다. 우리는 이제 그림 한가운데를 직접 파고들었고, 나는 마법을 통해 내가 선천적으로 알았거나 전해 받은 것을 찾은 듯했다. 내가 항상 찾다가 실패했던 것을.

가파른 고개 꼭대기에서 차는 둔각으로 튼 후에 갑자기 멈추었다. 왼쪽에 잘 정리된 잔디밭이 도로까지 뻗어 있고 백색 도료를 바른 경계석을 뽑냈다. 그 너머에는 그 지역에서는 흔치 않은 규모와 세련미를 보여 주는 2층 반짜리 하얀 집이 있었다. 집 뒤와 오른편에는 광과 헛간과 풍차가 연속해서 혹은 회랑으로 이어져 있었다. 나는 이전에 받은 사진 덕분에 곧바로 집을 알아보았고, 도로 옆의 도금된 양철 우편함에서 헨리 애클리의 이름을 보고서 놀라지 않았다. 집 뒤편 조금 떨어진 곳에는 습지와 나무가 성기게 있는 땅이 평평하게 펼쳐져 있었다. 그 너머로는 가파르고, 촘촘하게 나무가 있는 언덕이 솟아올라 날카로운 잎이 무성한 정상에서 끝났다. 그곳이 다크 마운틴의 꼭대기임을 알았고, 우리가 이미 그 산의 중턱에 이른 것이 분명했다.

차에서 내려 내 가방을 꺼내면서 노예스는 자신이 들어가 애클리에게 내가 도착했다고 알릴 테니 기다리라고 했다. 그는 다른 데 중요한 일이 있어서 잠시 머무를 수밖에 없다고 덧붙여 말했다. 그가 재빨리 집 안으로 들어가는 걸 보며 나는 차에서 내렸다. 앉아서 대화를 하기 전에 잠시라도 다리를 쭉 뻗고 싶었다. 이제 정말 애클리의 편지에서 그처럼 인상 깊게 묘사되었던 섬뜩한 포위 현장에 있었기에 나의 긴장감과 불안감은 다시금 최고조가 되었다. 나는 그 외계의 금지된 세계들과 나를 연결시킬 앞으로의 대화가 진정으로 두려웠다.

완전히 기이한 것과 밀접하게 접촉하는 일은 대체로 영감을 주기보다는 공포를 유발한다. 그래서 달도 뜨지 않은 수많은 두려움과 죽음의 밤에 이 흙먼지 날리는 길이 괴물의 발자국과 악취를 풍기는 녹색 액체가 발견되었던 장소라고 생각하니 기분이 좋지 않았다. 나는 무심코 애클리의 개가 한 마리도 없다는 사실을 깨달았다. 외계 존재와 평화를 이룬 뒤에 애클리가 개들을 내다 판 건가? 아무리 애를 써도, 평화의 깊이와 진실함에 있어서 나는 신기하게 달랐던 애클리의 마지막 편지가 보여 준 것만큼 확신할 수는 없었다. 어쨌거나 그는 매우 단순하고 세상 경험이 아주 적은 사람이었다. 어쩌면 이 새로운 동맹의 표면 아래 무언가 사악한 저류(底流)가 깊이 숨어 있지 않을까?

이런 생각들에 이끌려 내 눈은 매우 흉측한 증언을 하는 도로의 무른 표면을 향해 내려갔다. 지난 며칠 비가 오지 않았기에, 근처에 사람이 잘 오지 않음에도 온갖 종류의 자국이 바퀴 자국이 있는 울퉁불퉁한 간선 도로에 어지럽게 남아 있었다. 특별한 목적 없이 나는 궁금증에 다양한 자국의 윤곽을 일부 살펴보기 시작했다. 그러면서 이 장소와 기억이 제시하는 소름 끼치는 상상력의 나래를 꺾어 버리려고 했다. 장례식 같은 고요함에, 저 멀리 개울의 숨죽여 흐르는 미세한 물줄기에, 그리고 좁은 지평선을 가로막는 빽빽한 녹색 봉우리들과 숲이 검게 우거진 절벽에 위협적이고 불안한 무언가가 있었다.

그때 하나의 이미지가 내 의식 안에 파고들어 이러한 모호한 협박과 상상의 나래를 실제로 가볍고 하찮게 만들었다. 별 생각 없이 궁금함에 이끌려 도로의 다양한 자국을 살펴보고 있다고 했었다. 하지만 갑자기 이 궁금증이 온몸을 마비시키는 급작스러운 진정한 공포의 분출로 사라져 버렸다. 왜냐하면 먼지 낀 발자국들이 대체로 혼재되어 겹쳐 있었고, 그래서 특별히 시선을 끌지 않을 것 같음에도 불구하고, 내 불안한 시야는 집으로 가는 길이 간선 도로를 만나는 곳의 주변에 있는 미세한 무언가에 집중했다. 의심이나 희망할 여지 없이 그것들의 두려운 의미를 파악했다. 안타깝게도, 애클리가 보낸 외계 존재들의 집게발 자국 사진들을 몇 시간이고 살펴봤던 것이 쓸모가 없진 않았다. 그 징그러운 집게발 자국에 대해서, 그리고 지구상의 그 어떤 생명체도 할 수 없는 공포의 낙인을 찍은 그 애매한 방향의 암시에 대해서도 너무나 잘 알았다. 내게 자비로운 착각의 기회는 전혀 없었다. 정말로, 여기, 내 눈앞에 객관적 형태로, 분명히 생긴 지 몇 시간도 되지 않는, 최소 세 개의 발자국이 애클리의 농장으로 오고 가는 놀라울 정도로 많은 난잡한 발자국들 사이에서 음험하게 눈에 띄었다. **그것들은 유고스에서 온, 살아 있는 균류의 끔찍한 발자국이었다.**

나는 제때 정신을 차려 비명을 지르지는 않았다. 어쨌거나 내가 정말로 애클리의 편지를 믿는다면 다른 무엇을 기대할 수 있겠는가? 그는 그것들과 화해했다고 얘기했다. 그렇다면 그들 중 일부가 그의 집을 방문하는 게 뭐 그리 이상한가? 하지만 공포는 확신보다 더 강했다. 저 멀리 외계 우주에서 온, 살아 있는 존재들의 집게발 자국을 처음 보고 놀라지 않을 사람이 있을까? 바로 그때 노예스가 문을 열고 나와서 잰걸음으로 다가오는 것을 보았다. 나 자신을 억제해야 한다고 생각했다. 이 친절한 친구가 금지된 것에 대한 애클리의 심오하고 놀라운 탐구에 대해 아무것도 모를 가능성이 있기 때문이었다.

그는 애클리가 기꺼이 나를 만날 준비가 되었다고 서둘러 알려 주었다. 하지만 급작스러운 천식 증세 때문에 하루나 이틀 동안은 좋은 집주인이 되기 힘들 거라고도 했다. 이런 일이 생기면 그는 매우 힘들어했고, 항상 고열과 전체적인 쇠약증으로 기력 없는 증세가 동반했다. 증세가 지속되는 동안에는 늘 상태가 좋지 않았다. 속삭이듯 얘기해야 하고, 돌아다니기에는 너무도 불편하고 쇠약했다. 발과 발목도 부어올랐다. 그래서 소고기를 먹고 통풍이 걸린 늙은이처럼 붕대를 감아야 했다. 오늘은 상태가 꽤 안 좋았기에 내가 알아서 스스로 필요한 것을 대충 챙겨야 했다. 하지만 그렇다고 대화에 대한 그의 기대가 줄어든 것은 아니었다. 앞쪽 홀 왼편에 있는 서재에서 그를 찾을 수 있을 터였다. 블라인드가 드리워진 방이었다. 그가 아플 때면 눈이 매우 민감해져서 햇볕을 가려야만 했다.

노예스가 작별 인사를 한 뒤 차를 타고 북쪽으로 가자 나는 집을 향해 천천히 걸어갔다. 나를 위해 문이 조금 열려 있었다. 하지만 들어가기 전에 나는 이곳을 전체적으로 탐색했다. 무엇 때문에 내가 이곳에 대해 그처럼 미묘하고 이상한 느낌이 드는지 알아보고자 했다. 광과 헛간은 단정하고 평범해 보였다. 그리고 나는 문이 없는 넓은 헛간에서 애클리의 오래된 포드 자동차를 보았다. 그때 이상함의 이유를 깨달았다. 그건 완벽한 고요함이었다. 보통의 농장이라면 적어도 다양한 종류의 가축으로 어느 정도 소란스럽다. 그러나 이곳은 생명의 표식이 모두 사라진 상태였다. 닭과 돼지는 어떻게 된 거지? 애클리가 키운다던 소 몇 마리는 아마도 목초지에 나가 있었을 수 있고, 개들은 팔았을 수도 있었다. 하지만 탁탁거리거나 꿀꿀대는 소리의 흔적이 부재한 것은 정말 이상했다.

나는 길에 오래 서 있지는 않았다. 굳은 마음으로 열려 있던 문을 닫고 들어갔다. 그렇게 하기에는 특별한 심리적 노력이 필요했다. 그리고 이제 안쪽에 갇히게 되자, 재빨리 돌아가고 싶은 마음이 잠깐 들었다. 그렇다고 집 안의 것들이 조금이라도 사악해 보였다는 말은 아니다. 오히려 우아한 후기 식민지풍의 복도가 매우 멋있고 완벽하다고 생각하며, 이렇게 집을 꾸민 사람은 분명 교육을 잘 받았을 거라고 감탄했다. 나를 도망치고 싶게 만든 것은 무언가 매우 미약하면서 정의할 수 없는 거였다. 어쩌면 내가 느꼈다고 생각한 이상한 냄새 때문일 수도 있었다—하지만 나는 아무리 최고로 훌륭하다고 해도 옛 농장에서 곰팡이 냄새가 나는 게 얼마나 흔한 일인지 잘 알았다.

7

이런 모호한 불안감에 압도당하기를 거부하며, 나는 노예스의 지시를 기억해 왼편에 있는 황동 걸쇠가 달린 여섯 개의 판으로 된 하얀색 문을 밀어 열었다. 그 뒤의 방은 내가 이미 짐작했던 것처럼 캄캄했다. 방에 들어서면서 이상한 냄새가 더 강하다고 느꼈다. 마찬가지로 공기 중에는 무언가 희미하고, 반쯤은 상상인 듯한 박자 혹은 진동이 느껴졌다. 블라인드가 드리워져 있어 나는 잠시 동안 거의 아무것도 볼 수 없었다. 하지만 그때 미안하다는 듯한 헛기침 혹은 속삭이는 소리가 안쪽, 더 어두운 곳에 있는 커다란 안락의자로 내 주의를 끌었다. 어둡고 후미진 곳에 남자의 하얀 얼굴과 손이 흐릿하게 보였다. 불빛이 어두웠음에도 나는 그가 진짜 집주인임을 알아챘다. 사진을 거듭 연구했기에, 짧은 회색 수염이 난 햇볕에 타고 굳은 표정을 한 얼굴을 착각할 일은 없었다.

하지만 다시 쳐다보니 나의 발견에 슬픔과 우려가 흘러들었다. 왜냐하면 매우 아픈 사람의 얼굴임이 분명했기 때문이었다. 움직이지 않고 긴장해서 굳은 표정과 깜박거리지 않는 유리알 같은 눈초리 뒤에 천식 이상의 무언가가 분명히 있음을 느꼈다. 두려운 경험으로 인해 그가 얼마나 끔찍하게 긴장했을지 짐작되었다. 누구라도 무너질 정도가 아니었던가?―심지어는 금지된 것을 탐구하는 일을 겁내지 않는 이 사람보다 더 젊은 사람도 그렇게 되지 않을까? 그 낯설고 급작스러운 위안에도 그가 심신의 완전한 소진에서 벗어나기엔 이미 늦은 것이 아닌지 걱정이 들었다. 그의 메마른 손이 무릎 위에 생기 없이 늘어진 방식에는 약간의 비참함마저 느껴졌다. 그는 축 늘어진 실내복을 입고 있었고, 머리 주위와 목 위쪽은 샛노란 색의 스카프 혹은 두건으로 감쌌다.

그리고 그가 똑같이 헛기침 같은 속삭임으로 내게 인사를 하고 얘기하려는 것임을 깨달았다. 처음에는 알아듣기 힘든 속삭임이었다. 회색 수염이 입의 모든 움직임을 가렸고, 그 음색에는 무언가 나를 매우 불안하게 만드는 면이 있기 때문이었다. 하지만 주의를 기울이자 나는 곧 그 의도를 놀라울 정도로 잘 알아들었다. 억양은 전혀 촌스럽지 않았고, 언어는 편지를 보고 내가 기대했던 것보다 더 세련되었다.

"윌머스 선생님, 맞으시죠? 제가 일어나지 않는 걸 이해해주십시오. 노예스 씨가 선생님께 이미 얘기했겠지만 많이 아픕니다. 그렇지만 선생님을 여기로 모시지 않을 수가 없었죠. 제 마지막 편지에 쓴 걸 기억하시겠죠—내일 제가 좀 나아지면 얘기할 것이 참 많습니다. 그처럼 많은 편지가 오간 후에 이렇게 직접 뵙게 되어 얼마나 기쁜지 말로 표현하기 힘듭니다. 편지는 물론 가지고 계시겠죠? 사진하고 구술 녹음기 레코드도? 노예스가 선생님의 가방을 홀에 두었습니다—아마도 보셨겠지만요. 왜냐하면 오늘 밤엔 많은 것을 선생님이 알아서 챙기셔야 할 것 같기 때문입니다. 선생님 방은 위층입니다—이 방 바로 위죠. 그리고 계단 끝에 화장실 문이 열려 있는 게 보이실 겁니다. 식당에는 선생님을 위한 식사가 준비되어 있습니다. 선생님 오른편에 있는 문으로 나가시면 바로 있습니다. 내키실 때 아무 때나 드시면 됩니다. 내일은 제가 좀 더 나은 집주인이 될 겁니다. 하지만 지금 당장은 힘이 없어 아무것도 할 수가 없군요.

선생님 집처럼 편하게 지내십시오. 가방을 들고 2층에 가시기 전에 편지와 사진과 레코드를 꺼내서 여기 탁자에 올려놔 주십시오. 바로 여기서 그것들에 대해 얘기할 겁니다. 구석의 탁자에 제 축음기가 보이실 겁니다.

감사합니다만 괜찮습니다—저를 위해 해 주실 수 있는 건 없습니다. 제가 잘 아는 오래된 증세입니다. 그냥 밤이 되기 전에 잠깐 조용히 인사하러 다시 오십시오. 그리고 원하실 때 주무시러 가면 됩니다. 저는 바로 여기서 쉬고 있겠습니다—종종 그랬듯이 아마도 여기서 잠을 잘 겁니다. 아침에는 우리가 반드시 다뤄야 할 일들을 다룰 수 있을 겁니다. 물론 우리가 직면한 일이 엄청나게 놀라운 일인 건 알고 계시겠죠. 우리에게, 그리고 지구상의 몇몇 사람들에게, 인간의 과학과 철학의 개념에 속하는 그 어떤 것을 넘어서는 시공간과 지식의 심연이 열릴 것입니다.

아인슈타인이 틀렸다는 것을 아시나요? 어떤 물체들과 작용력은 빛의 속도보다 더 빠르게 움직일 수 있다는 것을 아시나요? 적절한 도움만 있다면 저는 시간의 앞뒤로 갈 수 있을 거라고 기대합니다. 실제로 멀리 떨어진 과거와 미래 시대의 지구를 보고 느낄 수 있을 겁니다. 그 존재들이 과학을 얼마나 발전시켰는지 선생님께서는 상상도 못 하실 겁니다. 생명체와 정신과 몸에 있어서 그들이 할 수 없는 일은 없습니다. 저는 다른 행성 그리고 심지어는 다른 별과 은하계를 방문할 거라 기대합니다. 첫 번째 여행은 그 존재들이 많이 살고 있는 가장 가까운 세계인 유고스로 갈 겁니다. 우리 태양계 제일 끝에 있는 기이한 검은 구체죠. 지구의 천문학자에게는 아직 알려지지 않은 곳입니다. 여기에 대해서는 제가 분명히 편지에 썼죠. 짐 작하시겠지만, 적절한 때가 오면 그곳의 존재들은 생각의 흐 름을 우리 쪽으로 돌려서 그곳이 발견되게 할 것입니다. 혹은 어쩌면 인간 조력자 중 한 명을 시켜 과학자들에게 단서를 줄 겁니다.

유고스에는 거대한 도시들이 있습니다. 제가 선생님께 보내 려고 했던 표본과 같은 검은 돌로 지어진 테라스가 있는 탑이 층층이 엄청나게 많습니다. 그 돌은 유고스에서 온 거였습니 다. 그곳에서 태양은 별보다 더 밝게 빛나지는 않습니다. 하지 만 이 존재들은 빛이 필요 없습니다. 그들은 좀 더 섬세한 다른 감각들이 있기에 자신들의 거대한 집과 사원에 창문을 만들지 않습니다. 심지어 빛은 그들을 아프게 하고 훼방하고 혼란스럽 게 만듭니다. 왜냐하면 그들이 원래 있던 시공간 너머의 검은 우주에는 빛이 존재하지 않기 때문이죠. 유고스를 방문하게 되면 허약한 사람은 미쳐 버릴 겁니다—그럼에도 저는 그곳 에 갈 겁니다. 그 신비로운 키클롭스 다리—이 존재들이 궁극 의 허공에서 유고스로 오기 전에 멸종되고 잊힌 옛 종족이 지 은 것이죠—아래 피치'가 흐르는 검은 강은 어떤 사람이라도 단테나 에드거 앨런 포로 만들 정도입니다. 자신이 봤던 것을 얘기할 정도로 오랫동안 정신을 차리기만 한다면요.

하지만 기억하세요—진균류 정원과 창문 없는 도시가 있는 검은 세계가 실제로 끔찍하지 않습니다. 단지 우리에게만 그렇게 보이는 것뿐입니다. 어쩌면 우리 세상도 그들이 고대에 처음으로 탐색했을 때는 마찬가지로 끔찍하게 보였을 겁니다. 아시다시피 그들은 크툴루의 환상적인 시대가 끝나기 한참 전에 이곳에 왔고, 지금은 가라앉은 르 리에가 바다 위에 있던 시대를 모두 기억합니다. 그들은 지구 속에도 들어가 보았습니다. 인간은 전혀 알지 못하는 구멍들이 있고—일부는 버몬트 언덕에도 있습니다—저 아래 알려지지 않은 거대한 세계들이 있습니다. 파란빛이 나는 크나얀, 붉은빛이 나는 요스, 검고 빛이 없는 엔카이*. 그 무서운 차소구아는 엔카이에서 온 것입니다—아시죠, 그 형태가 없고, 두꺼비 같은 신과 같은 생명체로 프나코틱 원고와 『네크로노미콘』과 아틀란트섬의 제사장 클라카시 톤에 의해 보전되었던 코모리엄 신화에서 언급되었죠.

하지만 이 모든 건 나중에 얘기하시죠. 지금쯤이면 분명 4시나 5시 정도겠죠. 가방에서 짐을 풀고 식사를 한 뒤에 편하게 얘기하러 오십시오."

나는 매우 천천히 몸을 돌려 집주인의 말을 따르기 시작했다. 가방을 들고, 원하는 것들을 꺼내 놓고, 마침내 내게 배정된 방으로 올라갔다. 길가의 집게발 자국 기억 때문에 애클리의 속삭이는 말들이 내게 기이한 영향을 미쳤다. 이 진균류 생명체의 알 수 없는 세계—금지된 유고스—를 알고 있다는 암시를 듣고, 나는 인정하고 싶은 것 이상으로 소름이 돋았다. 나는 애클리의 병환에 심히 걱정됐지만 솔직히 그의 속삭이는 쉰 목소리는 연민이 가는 만큼 싫었다. 그가 유고스와 그곳의 검은 비밀에 대해 그토록 **잘난 체하지** 않았다면 좋았을 텐데!

내 방은 매우 쾌적하고 가구가 잘 배치되어 있었다. 사향 냄새와 불쾌한 진동감은 없었다. 가방을 방에 두고 내려와 애클리에게 인사를 하고 그가 차려 준 늦은 점심을 먹으러 갔다. 식당은 서재를 지나 바로 있었고, 같은 방향으로 L 자 모양의 주방이 이어진 것을 보았다. 식탁 위에는 많은 샌드위치, 케이크, 치즈가 열 지어 나를 기다리고 있었다. 그리고 보온병 옆의 찻잔과 접시는 뜨거운 커피도 잊지 않았음을 알려 주었다. 매우 맛있게 먹은 후에 나는 커피를 한 잔 가득 따랐지만 이 한 가지가 미식의 기준을 맞추지 못했음을 깨달았다. 첫 스푼에 희미하게 불쾌한 산미를 느껴 나는 더 이상 마시지 않았다. 점심을 먹는 내내 나는 어두운 옆방에서 커다란 의자에 조용히 앉아 있는 애클리를 생각했다. 한번은 방으로 가서 같이 식사를 하자고 청했지만 그는 아직은 아무것도 먹을 수가 없다고 속삭였다. 나중에, 잠들기 직전에, 맥아 우유를 마실 거라고 했다. 그게 그날 그가 먹을 수 있는 전부였다.

점심을 먹고 나는 식기를 치우고 부엌 개수대에서 설거지를 하겠다고 고집을 부렸다—그러면서 즐길 수가 없었던 커피를 버렸다. 그리고 어두운 서재로 돌아와 집주인이 있는 구석 근처에 의자를 놓고 그가 원할지도 모르는 대화를 준비했다. 편지와 사진과 레코드는 여전히 중앙의 커다란 탁자에 있었지만 당장은 그것들이 필요하지 않았다. 오래지 않아 나는 기묘한 냄새와 기이한 진동마저도 잊었다.

애클리의 편지 일부는—특히 가장 두꺼운 두 번째 편지에
는—내가 감히 인용을 하거나 심지어 종이에 글로 적기조차
힘든 것들이 있다고 말했었다. 망설임은 그날 밤 흉흉한 외딴
언덕의 어두운 방에서 속삭인 것들에서 훨씬 더 커졌다. 쉰 목
소리로 전달된 우주적 공포의 크기에 대해 나는 암시조차 할
수 없다. 그는 과거에도 끔찍한 것들을 알았지만, 외계의 존재
들과 협약을 맺은 후에 배운 내용은 제정신으로는 담아내기
힘들 정도로 엄청났다. 지금도 나는 그가 암시했던 것들을 절
대 믿지 않는다. 궁극적인 무한성의 구조, 차원들의 병치, 그리
고 곡선과 각도와 물질적이고 반물질적인 전자 구성체 등으로
구성된 근접한 초우주를 만드는 우주 원자들의 끝없는 고리
속에서 우리에게 알려진 시공간 우주의 두려운 위치를 믿을
수가 없다.

정신이 제대로인 사람 중에서 기본 개체의 불가사의에 그처
럼 위험할 정도로 가까이 다가간 이는 없었다—생명체의 두
뇌가 형식과 작용력과 대칭을 초월하는 혼돈 속에서 벌어지
는 완전한 소멸에 이보다 더 가까웠던 적은 없었다. 나는 크툴
루가 **처음에** 언제 왔는지, 왜 거대한 변광성의 절반이 확 타올
랐는지 알게 되었다. 마젤란은하와 구형의 성운 뒤의 비밀, 태
곳적부터 내려온 도교의 우화로 가려진 검은 진실을—내 정
보 제공자조차도 조심스러워 말하기 머뭇거렸던 단서들로부
터—추측했다. 도엘*의 본성이 명백히 드러났고, 나는 틴달로

스의 사냥개의 본질(비록 원천은 아니지만)에 관해 들었다. 큰 뱀의 아버지인 이그의 전설은 더 이상 은유적이지 않았고, 『네크로노미콘』이 자비롭게 아자토스라는 이름으로 감추었던 각진 공간 너머의 원자핵의 엄청난 혼돈에 관해 듣고 혐오감에 소스라쳤다. 비밀 신화의 가장 불쾌한 악몽이 구체적 용어로 밝혀지는 충격이었다. 그 신화의 가혹하고 소름 끼치는 증오는 고대와 중세의 신비론자들이 가장 대담하게 암시했던 것보다 더 강했다. 어쩔 수 없이 나는 이 저주받은 이야기들을 속삭이는 이들이 애클리의 외계 존재와 분명히 대화했을 거라고, 어쩌면 애클리가 이제 방문을 제안하는 것처럼 외계의 우주 공간을 방문했을 거라고 믿게 되었다.

나는 검은 돌과 그것의 의미에 관해 들었고, 그 돌이 내게 도착하지 않았다는 것이 기뻤다. 그 상형 문자에 대한 나의 추측은 너무도 정확했다! 하지만 애클리는 이제 자신이 우연히 발견한 사악한 체제를 모두 수용한 것 같았다. 그 엄청난 심연을 받아들이고 더 파고들려 했다. 나는 마지막 편지 이후에 그가 어떤 존재들과 얘기했을지 궁금했다. 그가 말했던 최초의 사절처럼 그 존재들의 많은 수가 인간과 같은지도 궁금했다. 내 머릿속의 긴장감은 참기 힘들 정도였다. 그래서 나는 어두운 방에서 끊이지 않는 기이한 냄새와 사악한 진동의 암시들에 관해 온갖 종류의 터무니없는 이론을 만들었다.

이제 밤이 오고 있었다. 애클리가 이전의 밤들에 대해 썼던 것을 기억하면서 나는 달이 없을 거라는 생각에 몸을 떨었다.

다크 마운틴의 정상으로 이어지는 숲이 우거진 인적이 드문 거대한 경사면의 바람이 없는 곳에 농장이 자리 잡은 것도 마음에 들지 않았다. 애클리의 허락을 받고 나는 작은 오일 램프에 불을 붙이고, 불길을 낮춘 후에 반대편 책장 위의 유령 같은 밀턴 흉상 옆에 두었다. 하지만 나중에 나는 그렇게 한 것을 후회했다. 왜냐하면 집주인의 지치고 움직이지 않는 얼굴과 힘없는 손을 끔찍하리만큼 비정상적이고 시체처럼 보이게 만들기 때문이었다. 가끔씩 고개를 뻣뻣하게 끄덕이는 것을 보기는 했지만, 그는 움직임이 거의 불가능해 보였다.

그에게 얘기를 들은 이후에, 나는 내일을 위해 그가 어떤 심오한 비밀을 남겨 두고 있는지 상상조차 할 수가 없었다. 하지만 마침내 유고스와 그 너머로의 여행 —**나 자신의 참여 가능성**—이 다음 날의 주제가 될 것임이 밝혀졌다. 우주여행에 나의 동참을 제안하는 것을 듣고 내가 두려움에 깜짝 놀라는 모습이 그에게는 분명 재미있었던 것만 같다. 왜냐하면 내가 두려움을 드러냈을 때 그의 머리가 심하게 흔들렸기 때문이었다. 이후에 그는 어떻게 인간들이 행성 간의 허공에서 보기에 불가능한 비행을 할 수 있는지, 그리고 몇 번 그렇게 했는지 매우 친절하게 알려 주었다. **완전한 인간 육체는 실제로 여행을 할 수 없는 듯했다.** 하지만 외계 존재의 우수한 외과적, 생물학적, 화학적, 기계적 기술은 인간의 뇌를 나머지 신체적 구조물 없이 옮기는 방법을 찾아냈다.

뇌를 안전하게 축출하고, 뇌가 없는 동안 남은 신체의 생명을 유지시키는 방법이 있었다. 이후에 축출된 작은 두뇌는 유고스에서 채굴된 금속으로 만든 밀폐형 실린더 속의 가끔 교체되는 용액에 담겼다. 정교한 장비로 전극들이 자유롭게 넘나들고 연결되면서, 시각, 청각, 대화 등 중요한 기능을 복제할 수 있었다. 날개 달린 진균류 존재에게 두뇌 실린더를 우주에서 안전하게 옮기는 일은 쉬웠다. 그리고 그들의 문명이 있는 행성이면 어디든 간에 실린더에 담긴 두뇌와 연결되는 조절 가능한 기계가 많았다. 그래서 약간의 조절을 거쳐 여행하는 지능들에게 완전히 감각을 느끼고 말을 할 수 있는 삶이─비록 신체가 없는 기계적인 삶이라고 해도─시공간 연속체 사이와 그 너머로의 여행의 단계마다 주어질 수 있었다. 마치 구술 녹음기 레코드를 가지고 다니면서 그에 상응하는 종류의 축음기가 있는 곳이면 어디서든 들을 수 있는 것만큼이나 단순했다. 성공 여부에 관해서는 의문의 여지가 없었다. 애클리는 두렵지 않았다. 그 일이 반복해서 훌륭하게 성취되지 않았던가?

처음으로 그 움직이지 않던 힘없는 손이 올라가 방 반대쪽에 있는 높은 책장을 가리켰다. 그곳에 내가 전혀 본 적이 없는 열두 개가 넘는 금속 실린더가 정렬되어 있었다─30센티미터 높이에 둘레가 그보다 약간 작은 실린더였고, 볼록한 앞 표면 위에 이등변 삼각형 모양으로 세 개의 기묘한 소켓이 있었다. 실린더 하나가 뒤에 있는 특이하게 생긴 한 쌍의 기계와 두 개의 소켓으로 연결되어 있었다. 그 용도가 무엇인지 들을 필요가 없었기에 나는 오한으로 몸이 떨렸다. 그때 나는 그의 손이 좀 더 가까운 곳을 가리키는 것을 보았다. 그곳에는 코드와 플러그가 연결된 복잡한 도구들이, 몇 개는 실린더 뒤 책장 위에 있는 두 개의 장치와 매우 비슷한 장비들이 한데 모여 있었다.

"윌머스 선생님, 여기에는 네 종류의 장비가 있습니다"라고 목소리가 속삭였다. "네 종류는—각각 세 개의 기능이 있어서—모두 열두 개의 조각이 됩니다. 저기 실린더에 네 개의 서로 다른 종류의 존재들이 보이시죠. 인간 세 명, 몸으로 우주를 여행할 수 없는 진균류 여섯, 해왕성에서 온 두 존재(세상에, 이들이 자기 행성에서 가졌던 몸을 볼 수만 있다면!), 그리고 나머지 개체는 은하계 너머 유달리 흥미로운 다크 스타의 중앙 동굴에서 왔습니다. 가끔은 라운드 힐 안의 본부에서 더 많은 실린더와 기계를 볼 수 있습니다—우리가 아는 그 어떤 존재와도 다른 감각을 지닌 초우주적인 두뇌가 있는 실린더죠, 가장 외곽의 아웃사이드에서 온 동지와 탐험가들입니다. 그들과 그리고 다른 형체의 청자들도 이해할 수 있는 여러 가지 방식의 인상과 표현을 가능하게 해 주는 기계들이 있습니다. 다양한 우주 전역에 퍼져 있는 그들의 본부 대부분과 마찬가지로 라운드 힐은 매우 코즈모폴리턴적인 곳이죠! 물론, 제 경험을 위해서는 좀 더 일반적인 형태들만 제공했습니다.

여기, 제가 가리키는 기계 세 개를 탁자 위에 옮겨 놓으세요—앞에 두 개의 유리 렌즈가 있는 큰 것은 맨 앞에, 그리고 진공관과 울림판이 있는 상자를, 그리고 위쪽에 금속 디스크가 있는 것을. 이제 B-67 라벨이 붙어 있는 실린더는 말이죠, 저기 윈저 체어에 올라서서 선반에서 꺼내세요. 무거운가요? 신경 쓰지 마세요. B-67을 확인하세요. 두 개의 검사 기계에 연결된 반짝이는 새 실린더는 놔두세요—제 이름이 쓰여 있는 것 말입니다. 선생님이 기계들을 놓은 탁자 옆의 탁자 위에 B-67을 놓으세요. 그리고 세 개의 기계의 다이얼 스위치가 모두 완전히 왼쪽으로 돌아가 있는지 확인하세요.

이제 렌즈 기계의 코드를 실린더 위의 소켓에 연결하세요—거기요! 진공관 기계는 왼쪽 아래 소켓에 연결하고, 디스크 장비는 바깥 소켓에 연결하시고요. 그리고 기계의 다이얼 스위치를 모두 완전히 왼쪽으로 돌리세요—처음엔 렌즈 기계의 스위치, 그리고 디스크 기계, 그다음엔 진공관 순서로. 네, 맞습니다. 이게 인간이라는 사실을 말씀드리는 게 좋겠네요—우리와 같죠. 내일 다른 것들도 조금 보여 드리죠."

오늘날까지 나는 왜 그 속삭이는 소리에 그처럼 비굴하게 복종했는지 모르겠다. 애클리가 미쳤거나 혹은 제정신이라고 생각했었는지도 모르겠다. 그때까지 벌어진 일을 감안하면 나는 어떤 일에라도 준비되어 있어야만 했다. 하지만 이 기계들의 거창한 의식이 미친 발명가와 과학자들의 전형적인 기행과 너무도 비슷해서 이전의 이야기에도 생기지 않았던 의심이 생겼다. 속삭이는 이가 암시한 것은 인간의 믿음을 뛰어넘는 것이었다—하지만 다른 것들이 여전히 저 멀리 있지 않은가? 그렇게 명백하고 구체적인 증거와 떨어져 있기에 덜 터무니없어 보이는 건 아닌가?

이 혼돈 속에 정신이 혼미한 가운데 나는 실린더에 방금 연결된 세 개의 기계 모두에서 귀에 거슬리는 웅웅거리는 소리가 나오는 것을 깨달았다—귀에 거슬리는 웅웅거리는 소리는 곧바로 거의 완전히 무음으로 줄어들었다. 무슨 일이 일어날까? 목소리를 듣게 될까? 만일 그렇다면 그것이 정교하게 만든 라디오 장치이고, 가까이 숨어서 지켜보는 화자가 거기에 대고 말하는 게 아니라는 증거가 있을까? 지금까지도 나는 내가 들었던 것이나 내 앞에서 실제로 벌어진 현상이 무엇인지 공언하지 않는다. 하지만 무슨 일이 일어나는 것처럼 보였다.

간단히 말하자면 진공관과 소리 상자가 연결된 기계가 말을 하기 시작했고, 화자가 실제로 존재하며 우리를 관찰하고 있음을 의심할 수 없을 정도로 예리한 지능을 보였다. 목소리는 컸고, 쇳소리가 났으며, 생기가 없었다. 그리고 모든 생산 방식이 명백히 기계적이었다. 억양과 표현력을 갖지 못했고, 날카로운 정확성과 신중함을 보이는 긁는 소리를 냈다.

"월머스 씨……." 기계가 말했다. "놀라지 않으시기를 바랍니다. 저도 당신처럼 인간입니다. 다만 제 신체는 지금 이곳에서 약 2.4킬로미터 정도 떨어진 라운드 힐 내에서 안전하고 적절한 생체 관리를 받고 있습니다. 저 자신은 여기 당신과 있습니다—제 두뇌는 실린더 안에 있고, 저는 이 전자 진동기들을 통해 듣고 보고 말할 수 있습니다. 일주일 후에 저는 과거에 여러 번 그랬던 것처럼 허공을 넘어갈 것입니다. 그리고 애클리

씨와 동행하는 기쁨을 기대합니다. 당신의 동행도 마찬가지로 기대합니다. 왜냐하면 저는 당신에 관해 보고 들어서 알고 있고, 당신과 제 친구의 서신을 꼼꼼하게 읽었기 때문입니다. 물론 저는 우리 행성을 방문한 외계 존재와 동맹을 맺은 사람 중 한 명입니다. 저는 그들을 히말라야에서 처음 만났고, 다양한 방식으로 그들에게 도움을 주었습니다. 그에 대한 보답으로 그들은 제게 거의 모든 사람들이 가지지 못했던 경험을 제공했습니다.

제가 37개의 다른 천체—행성, 암흑성 그리고 그보다 덜 명확한 물체들—에 다녀왔고, 이 중에는 우리 은하계 밖의 여덟 곳과 시공간의 굴곡진 우주 밖의 두 곳을 포함했다고 하면 그게 어떤 의미인지 아십니까? 이 모든 것이 제게 전혀 해를 끼치지 않았습니다. 제 두뇌는 너무도 교묘한 핵분열을 통해 신체에서 제거되었고, 너무도 교묘한 방식이라 외과 수술이라고 하기가 민망합니다. 방문자들은 이와 같은 축출을 손쉽고 거의 정상적으로 만드는 방법이 있습니다. 덧붙이자면, 두뇌는 기계적 장치와 가끔씩 갈아 주는 보존액으로 제공되는 작은 영양분만 있으면 사실상 불멸입니다.

어쨌거나 당신이 애클리와 저와 동행하는 결정을 하시길 진심으로 바랍니다. 방문객들은 당신과 같은 지식인들을 정말 알고 싶어 하고, 대부분의 사람들은 터무니없는 무지 속에 꿈꾸기만 했던 거대한 심연을 그 지식인들에게 보여 주고 싶어 합니다. 처음에는 그들을 만나는 게 이상하게 보일 겁니다. 하지만 당신이 그런 일을 신경 쓰지 않을 거라는 걸 압니다. 노예스 씨도 따라갈 거라고 저는 생각합니다—당신을 차로 모시고 온 사람 말이죠. 그는 몇 년간 우리 중 하나였습니다—애클리 씨가 당신께 보낸 레코드에서 그의 목소리를 들었을 거라 생각합니다."

내가 갑자기 놀라자 화자는 마무리하기 전에 잠시 멈추었다.

"그래서, 윌머스 씨, 당신께 결정을 맡기겠습니다. 다만 덧붙이자면 기이함과 민간 설화를 당신처럼 사랑하는 사람이라면 이런 기회를 절대로 놓치지 마십시오. 두려워할 일은 전혀 없습니다. 모든 전환은 고통이 없고, 완전히 기계화된 감각 상태에서 즐길 일이 정말 많습니다. 전극이 분리되면 그냥 특별히 생생하고 환상적인 꿈을 꾸는 잠에 빠져듭니다.

이제 당신만 괜찮다면, 내일까지 우리의 대화를 멈추었으면 합니다. 편히 주무십시오. 그냥 스위치를 왼쪽으로 돌리십시오. 정확한 순서는 상관없지만 렌즈 기계를 마지막으로 해 주십시오. 주무세요, 애클리 씨? 손님을 잘 모시기 바랍니다. 스위치 돌릴 준비가 되셨나요?"

그게 전부였다. 나는 지시에 따라 기계적으로 세 개의 스위치 모두를 껐지만, 방금 일어난 모든 것에 관한 의심으로 정신이 혼미했다. 여전히 정신이 어지러운 상태에서 나는 애클리의 속삭이는 목소리가 모든 장치를 그냥 그대로 탁자 위에 두라고 말하는 것을 들었다. 그는 일어났던 일에 대해 덧붙이려고 애쓰지 않았고, 사실 나의 무거운 생각에 도움이 될 수 있는 말은 많지 않았다. 나는 램프를 내 방에 가져가라고 그가 얘기하는 것을 들었다. 그래서 그가 어둠 속에서 홀로 쉬고 싶어 한다고 추측했다. 분명 그가 쉬어야 할 때였다. 왜냐하면 오후와 저녁의 대화는 힘이 넘치는 사람도 지치게 할 정도였기 때문이었다. 나는 멍하니 그에게 밤 인사를 하고 매우 뛰어난 손전등을 가지고 있었음에도 램프를 들고 위층으로 올라갔다.

나는 기이한 냄새와 미세한 진동이 느껴지는 아래층 서재를 나와서 기뻤다. 하지만 내가 있는 장소와 내가 만날 세력들을 생각하면 두려움과 위험과 우주적 비정상성에 대한 끔찍한 느낌을 물론 벗어날 수가 없었다. 야생의 외딴 지역, 검고 신비롭게 숲이 우거진 경사면, 병약하고 움직이지 않으며 어둠 속에서 속삭이는 자, 기괴한 실린더와 기계, 그리고 무엇보다도 기이한 수술과 더 기이한 여행으로의 초대……. 이 모든 일이 너무도 새롭게, 너무도 갑자기 연이어 밀려왔기에, 그 축적된 힘에 나의 의지력은 약해졌고 몸의 기력은 거의 소진되었다.

나의 안내자 노예스가 구술 녹음기 레코드에 담긴 소름 끼치는 옛 안식일 의식의 찬양자라는 사실을 알게 된 것은 특히 충격이었다. 이전에 그의 목소리에서 희미하고 혐오스러운 유사함을 감지했음에도 그랬다. 또 다른 특별한 충격은 나를 초청한 사람에 대한 나 자신의 태도에서 기인했다. 나의 태도를 찬찬히 분석하려고 할 때마다 충격이 왔다. 왜냐하면 내가 편지에서 느꼈던 애클리를 본능적으로 좋아했던 것만큼이나, 이제는 그에 대해 특별한 혐오감에 차 있었기 때문이었다. 그의 병

증은 나의 연민을 자극했어야만 했다. 하지만 대신 몸서리치게 만들었다. 그는 너무도 경직되고 움직임이 없는 시체 같았다. 그리고 끝도 없는 속삭임은 너무도 싫었고 비인간스러웠다!

그 속삭임이 내가 지금껏 들었던 어떤 종류의 속삭임과도 다르다는 생각이 들었다. 콧수염으로 가려진 화자의 입술이 신기하게 움직이지 않음에도, 그 속삭임에는 천식 환자의 쌕쌕거림이라고 하기엔 너무도 놀라운 잠재력과 전달력이 있었다. 나는 방 반대편에 있었는데도 화자를 이해할 수 있었고, 한두 번은 희미하지만 꿰뚫는 소리가 허약함보다는 의도된 억제를 보여 주는 것만 같았다ㅡ무슨 이유에서인지, 난 알지 못한다. 처음부터 나는 그 음색에서 불안한 특징을 감지했다. 이제 나는 이 일에 대해 깊이 생각하면서 그 느낌을 잠재의식에 숨어 있는 익숙한 무언가와 연결시킬 수 있었다. 그건 노예스의 목소리를 그처럼 막연히 불안하게 만들었던 무언가와 같았다. 하지만 그것이 암시하는 바를 내가 언제 혹은 어디서 마주했는지는 알 수가 없었다.

한 가지는 분명했다. 이곳에선 하룻밤도 더 지내지 않을 것이다. 나의 과학적 열정은 두려움과 역겨움 속에서 사라졌다. 나는 음울함과 비정상적인 계시의 거미줄에서 벗어나겠다는 바람 외에는 아무것도 느끼지 못했다. 이제 충분히 알았다. 우주적 연결체들이 존재한다는 것은 틀림없이 진실이다ㅡ하지만 그런 것들은 분명 보통의 인간들이 관여할 일이 아니었다.

불경스러운 영향력들이 나를 둘러싸고 내 감각들을 숨 막히게 짓누르는 것만 같았다. 잠은 불가능하다고 생각했다. 그래서 나는 그냥 램프를 끄고 옷을 다 입은 채 침대 위로 몸을 던졌다. 분명 터무니없는 일이었지만 나는 무언가 알 수 없는 위급 상황에 대비했다. 오른손에는 내가 가져온 권총을 꽉 쥐고, 왼손에는 손전등을 쥐었다. 아래층에서 아무런 소리도 나지 않았기에 나는 내 초청자가 시체와 같이 경직된 상태로 어둠 속에 어떻게 앉아 있을지 상상할 수 있었다.

어디로부턴가 시계 소리가 났고, 그 소리의 정상적인 상태에 막연히 감사했다. 하지만 그 소리는 나를 불안하게 만든 집 주변의 또 다른 특징을 떠올리게 했다—동물의 완전한 부재였다. 분명히 농장 짐승은 주변에 없었다. 그리고 이제 나는 심지어 야생의 생명체의 익숙한 밤 소음조차도 부재한다는 사실을 깨달았다. 멀리 보이지 않는 개울이 흐르는 음산한 소리를 제외하고는 이 고요함은 비정상적이었다 — 행성 간의 적막이었다. 나는 별에서 발생한 어떤 감지할 수 없는 마름병이 이곳을 덮친 것은 아닌지 의문이 들었다. 오래된 전설에서 개와 다른 짐승들이 항상 외계의 존재를 싫어한다는 사실을 떠올렸다. 그래서 길의 발자국들이 무슨 의미인지 고민했다.

8

나도 모르게 잠이 들고 나서 시간이 얼마나 지났는지, 이후 벌어진 일이 얼마나 그저 꿈이었는지 내게 묻지 마라. 내가 특정한 시간에 깨어나, 특정한 것들을 보았다고 말한다면 당신은 그저 내가 그때 깨지 않았다고 말할 것이다. 내가 집에서 뛰쳐나온 순간까지 모든 것이 꿈이었다고. 오래된 포드 자동차를 봤던 헛간으로 비틀거리며 가서, 그 낡은 자동차를 타고 음산한 언덕을 넘어 미친 듯이 방향 없이 달려—숲이 우거진 미로 사이를 몇 시간 동안 덜컹거리며 돌아다닌 후에—마침내 나중에 타운센드임을 깨달은 마을에 도달할 때까지가 모두 꿈이었다고 말이다.

물론 당신은 또한 다른 내 모든 기록을 부정할 것이다. 사진과 레코드 소리와 실린더와 기계 소리와 유사한 증거들이 전부 실종된 헨리 애클리의 속임수였다고, 당신은 심지어 그가 다른 괴짜들과 공모하여 유치하면서도 정교한 속임수를 쓴 거라고 추정할 것이다. 그가 킨에서 급행 소포를 빼냈고, 노예스에게 그 끔찍한 레코드를 만들게 했다고. 하지만 노예스가 누구인지 아직도 알려지지 않은 것은 이상한 일이다. 애클리의 집 주변 마을에서 그를 아는 이가 없다는 것도. 그가 그 지역에 자주 들렀음에도 불구하고. 시간을 내서 그의 차 번호를 기억했으면 좋았을 텐데—아니, 어쩌면 결과적으로 내가 기억하지 않은 것이 더 좋을지도. 왜냐하면 당신이 할 수 있는 모든 말에도 불구하고, 그리고 가끔 내가 나 스스로에게 하는 모든 말에도 불구하고, 나는 그 혐오스러운 외계의 세력이 잘 알려져 있지 않은 언덕에 숨어 있다는 것을 확실히 알기 때문이다.

그리고 이 세력이 인간 세계에 첩자와 사절을 두고 있다는 것도 알기 때문이다. 내가 앞으로의 삶에서 바라는 것은 그 세력과 사절로부터 가능한 한 최대로 멀리 떨어져 사는 것이다.

나의 정신없는 이야기를 듣고 보안관의 부하들이 농장에 갔을 때 애클리는 흔적도 없이 사라졌다. 그의 큰 드레싱 가운과 노란 스카프, 다리용 붕대는 서재 구석의 안락의자 주변에 놓여 있었고, 그의 다른 옷들이 함께 사라졌는지 알 수가 없었다. 개들과 가축은 정말 사라졌고, 집의 외벽과 안쪽 벽에 의심 가는 총알 자국들이 있었다. 하지만 그 외에는 특이한 점을 발견할 수 없었다. 실린더나 기계는 없었고, 내가 가방에 넣어 온 증거들도 없었고, 기이한 냄새나 진동도 없었고, 길의 발자국도 없었고, 마지막에 내가 잠깐 봤던 문제도 없었다.

나는 그곳에서 도망친 후 일주일간 브래틀버러에 머무르며 애클리를 알았던 온갖 계층의 사람들을 탐문했다. 그 결과, 이 일이 꿈이나 환상이 아니었음을 확신했다. 개들과 총알과 화약 약품을 애클리가 이상하게 구매한 일과 그의 전화선이 끊어진 일은 기록에 남아 있었다. 동시에 그를 아는 이들—캘리포니아에 사는 그의 아들도 마찬가지였다—은 그가 이상한 연구에 관해 가끔 얘기한 내용에 일관성이 있었다고 인정한다. 분별 있는 시민들은 그가 미쳤다고 생각해, 보고된 모든 증거들이 비상식적인 교묘함으로 만들어진 속임수이고, 아마도 괴짜 공모자들이 도운 것이라고 주저 없이 선언했다. 하지만 좀 더 어리석은 시골 사람들은 그의 말을 다 믿는다. 그는 시골 사람들 일부에게 자신의 사진과 검은 돌을 보여 주었고, 그들에게 그 소름 끼치는 레코드를 들려주었다. 그리고 그들은 모두 발자국과 웅웅거리는 소리가 고대의 전설에서 묘사된 것과 같다고 말했다.

그들은 또한 애클리가 검은 돌을 찾은 후에 집 주변에서 의심스러운 광경과 소리가 점점 더 늘었다고 말했다. 우편배달부와 가끔 겁이 없는 사람들을 제외하곤 모두가 그의 집을 피했다고도 했다. 다크 마운틴과 라운드 힐은 둘 다 악명 높은 으스스한 장소였고, 나는 둘 중 하나라도 꼼꼼하게 둘러본 사람을 전혀 찾지 못했다. 지역의 역사에는 토착민이 종종 사라졌던 사례가 잘 기록되었고, 이제 여기에는 애클리의 편지에서 언급한 부랑자와 같은 월터 브라운도 포함되었다. 심지어 홍수 기간에 불어난 웨스트강에서 기이한 사체를 직접 보았다고 생각하는 농부를 만나기도 했다. 하지만 그의 이야기는 실제로 가치가 있기에는 너무 심하게 혼란스러웠다.

브래틀버러를 떠나면서 나는 다시는 버몬트에 돌아오지 않겠노라 결심했고, 내 결심을 지킬 거라고 꽤 자신했다. 그 야생의 언덕은 분명 소름 끼치는 우주 종족의 초소였다—그 세력들이 말했던 것처럼 새로운 아홉 번째 행성이 해왕성 너머에서 보인다는 기사를 읽은 이후에는 의심이 훨씬 더 줄어들었다. 천문학자들은 자신도 모르게 끔찍할 정도로 적절하게 그것을 '플루토'라고 불렀다. 나는 그것이 의심의 여지 없이 어두운 유고스가 분명하다고 생각했다—그리고 그 행성의 끔찍한 주민들이 왜 이 특별한 때에 이런 방식으로 행성이 알려지기를 원했는지 진짜 이유를 따져 보려고 하면서 몸이 떨렸다. 나는 이 악마 같은 생명체들이 점차 지구와 지구의 정상적인 거주자들에게 해가 되는 새로운 정책으로 향하는 것이 아닐 거라고 믿으려 애썼지만 소용이 없었다.

하지만 나는 농장에서의 끔찍한 밤의 결말에 관해 여전히 얘기해야만 한다. 앞서 말했듯이 나는 뒤숭숭해하다 마침내 살짝 졸았다. 끔찍한 경치가 보이는 꿈으로 가득한 졸음이었다. 정말 무엇이 나를 깨웠는지 아직도 알지 못한다. 하지만 바로 이 시점에 깨어 있었다고 확신한다. 처음으로 받은 혼란스러운 인상은 문밖 복도 마룻바닥에서 나는 은밀하게 끽끽거리는 소리와 조용하지만 서툴게 자물쇠를 다루는 소리였다. 하지만 소리는 거의 곧바로 멈추었다. 그래서 진짜로 확실한 인상의 시작은 아래 서재에서 들리는 목소리들이었다. 여러 명이 얘기하는 것 같았고, 나는 그들이 논쟁하고 있다고 판단했다.

몇 초간 듣고 나서 나는 완전히 잠에서 깼다. 왜냐하면 목소리들은 잠을 자려는 생각을 전부 우습게 만드는 특징이 있었기 때문이었다. 음색들은 신기할 정도로 다양했고, 그 저주스러운 구술 녹음기 레코드를 들었던 사람이라면 적어도 두 개의 음색에 대해서는 그 어떤 의심도 품을 수 없었을 것이다. 끔찍한 생각이긴 했지만, 나는 내가 심연의 우주에서 온 이름 없는 것들과 한 지붕 아래 있다는 것을 깨달았다. 왜냐하면 그 두 목소리는 의심할 여지 없이 외계의 존재가 인간과 소통하면서

사용했던 불경스러운 웅웅거림이었기 때문이었다. 두 목소리
는 서로 달랐지만—음색, 억양, 속도에서 다른 소리였다—둘
다 똑같이 저주스러운 종류였다.

세 번째 목소리는 분명히 실린더 안의 분리된 두뇌와 연결
된 발화 기계에서 나는 기계적 소리였다. 이 점에 대해서는 웅
웅거리는 소리만큼이나 거의 의심할 여지가 없었다. 왜냐하면
어젯밤의 목소리는, 즉 억양과 표현력이 없는 달가닥거리고
긁어 대는 듯하면서 비인간적인 정확함과 신중함을 보인 그
금속성의 생기 없는 큰 소리는, 결코 잊을 수 없기 때문이었다.
처음에는 긁어 대는 소리를 내는 두뇌가 간밤에 내게 얘기했
던 것인지 질문할 여유가 없었다. 하지만 이후에 곧바로 어떤
두뇌라도 똑같은 기계적 음성 발생기에 연결되었다면 같은 종
류의 음성을 낼 것임을 깨달았다. 유일하게 가능한 차이는 언
어, 리듬, 속도, 발음이었다. 그 섬뜩한 대화는 두 개의 진짜 인
간 목소리로 채워졌다—하나는 알 수 없지만 분명 시골 사람
의 촌스러운 말소리였고, 다른 것은 이전에 나를 안내했던 노
예스의 유려한 보스턴 억양이었다.

튼튼하게 만들어진 바닥에 가로막혀 소리가 줄어든 단어를
들으려고 애쓰면서, 나는 동시에 아랫방에서 몸을 일으키고
긁어 대고 발을 끄는 소리가 많이 난다는 점을 확인했다. 그래
서 방이 생명체로 가득하다는 느낌을 피할 수 없었다—말소
리로 내가 구분할 수 있었던 몇 명보다 훨씬 많았다. 몸을 일으
키는 소리의 정확한 성격을 묘사하기가 매우 힘들다. 왜냐하

면 비교에 적합한 기준이 거의 존재하지 않기 때문이다. 물체들이 이따금 의식 있는 존재처럼 방을 돌아다니는 것 같았다. 그것들의 발소리는 느슨하면서, 딱딱한 표면이 달가닥거리는 것만 같았다—잘못 맞춰진 뿔이나 단단한 고무 표면이 닿는 것만 같았다. 좀 더 구체적이지만 덜 정확한 비유를 하자면, 마치 헐겁고 깔쭉깔쭉한 나무 신발을 신은 사람들이 광을 낸 마룻바닥 위에서 덜거덕거리며 발을 질질 끄는 것만 같았다. 그 소리를 내는 이들의 정체와 모양에 대해 나는 상상하고 싶지도 않았다.

오래지 않아 대화를 연결해서 듣기가 불가능하다는 것을 깨달았다. 개별 단어—애클리와 내 이름을 포함해—들이 이따금씩 떠올랐다. 특히 발화 기계를 통해 발음될 때 그랬다. 하지만 단어들의 진정한 의미는 연결된 맥락이 없어서 알 수가 없었다. 오늘날 나는 그 단어들로부터 명확한 추론을 하지 않으려고 한다. 그리고 단어들이 내게 미친 두려운 효과는 **계시**라기보다는 **암시**였다. 내가 있는 곳 아래서 끔찍하면서 비정상적인 회동이 이루어지고 있음이 분명했다. 하지만 어떤 충격적인 결정을 내리기 위한 것인지는 알 수 없었다. 외계인들의 호의를 애클리가 확인해 주었음에도, 분명히 사악하고 불경한 감정이 나를 덮쳤다는 게 의아했다.

참을성 있게 들으면서 나는 목소리들을 확실히 구분하기 시작했다. 하지만 목소리들이 하는 말을 대부분 이해할 수는 없었다. 가령 웅웅거리는 소리 중 하나는 분명한 권위가 있었다.

반면에 기계 소리는 인공적으로 크고 규칙적임에도 불구하고 종속과 애원하는 위치에 있는 듯했다. 노예스의 음색은 회유의 느낌이 났다. 다른 목소리들은 해석하려 하지 않았다. 애클리의 친숙한 속삭임은 듣지 못했지만, 그의 목소리가 단단한 방바닥을 절대로 뚫지 못할 거라는 것을 잘 알았다.

내가 들은 분절된 단어들 몇 개와 다른 소리를 일부 적어 본다. 할 수 있는 한 단어의 화자들에 이름을 붙였다. 내가 처음으로 알아들은 문구들 몇 개는 발화 기계에서 나왔다.

(발화 기계)

"(…) 제가 자초한 일이었습니다. (…) 편지와 레코드는 되돌려 보냈습니다. (…) 끝을 내고 (…) 받아들였고 (…) 보고 듣고 (…) 웃지 마세요. (…) 어쨌거나 비인간적인 힘인 걸 (…) 반짝이는 새 실린더 (…) 세상에…….

(첫 번째 웅웅거리는 목소리)

"(…) 우리가 멈춰야 할 때 (…) 작고 인간의 (…) 애클리 (…) 두뇌 (…) 말하는……."

(두 번째 웅웅거리는 목소리)

"(…) 니알라토텝 (…) 윌머스 (…) 레코드와 편지 (…) 보잘 것없는 사기꾼……."

(노예스)

"(…) (발음할 수 없는 단어 혹은 이름, 아마도 엔가-크툰) (…) 무해한 (…) 평화 (…) 두 주 (…) 극적 (…) 이전에 당신에게 말했고……."

(첫 번째 웅웅거리는 목소리)

"(…) 이유 없다. (…) 원래 계획 (…) 효과 (…) 노예가 감시할 수 있다. (…) 라운드 힐 (…) 새로운 실린더 (…) 노예스의 차……."

(노예스)

"(…) 글쎄 (…) 모두 당신들 것 (…) 여기 아래 (…) 쉼 (…) 장소……."

(몇 개의 목소리가 알아들을 수 없는 말을 동시에 말함)

(많은 발소리, 특이한 느슨하게 몸을 움직이거나 달그락대는 소리)

(신기한 날갯짓 소리)

(자동차가 시동이 걸리고 후진하는 소리)

(침묵)

　이상이 내가 그 사악한 언덕에 있는 흉흉한 농장의 이상한 2층 침대에서 뻣뻣하게 누워서 들었던 소리의 전부다. 옷을 다입은 채 그곳에 누워 오른손으로는 권총을 꽉 쥐고 왼손으로는 손전등을 붙잡았다. 얘기했듯이 잠에서 완전히 깨어났다. 하지만 그럼에도 알 수 없는 마비로 인해 목소리들의 마지막 울림이 사라질 때까지 움직일 수가 없었다. 나는 아래쪽 어딘가에 있는 오래된 코네티컷 시계의 딱딱하고 느린 초침 소리를 들었고, 마침내 잠자는 사람의 불규칙한 코골이 소리를 들었다. 애클리가 그 기이한 모임 이후에 잠든 것이 분명했고, 나는 그가 그럴 수밖에 없을 거라고 생각했다.

　무슨 생각을 할지 혹은 무엇을 할지 나는 정할 수가 없었다. 어쨌거나 내가 들었던 내용이 이전의 정보로 내가 기대하게 된 것보다 새로운가? 그 이름 없는 외계인들이 이제는 자유롭게 농장에 드나들 수 있다는 걸 내가 몰랐던가? 그들의 갑작스러운 방문으로 애클리가 놀랐던 것은 분명했다. 하지만 그 파편화된 대화의 무언가로 인해 나는 하릴없이 오싹해졌고, 가장 기이하고 끔찍한 의심이 들었고, 잠에서 깨어 이 모든 것이 꿈이었음을 증명해 주기를 강렬히 바랐다. 내가 생각하기에, 나의 잠재의식이 의식이 아직 깨닫지 못한 무언가를 감지했던 것이 분명했다. 하지만 애클리는? 내 친구가 아니었나? 만일 내게 해가 되는 일이었다면 그가 반항하지 않았을까? 아래층

200

의 평화로운 코 고는 소리는 급작스럽게 강해진 나의 두려움을 비웃는 것만 같았다.

편지와 사진과 구술 녹음기 레코드가 있는 나를 언덕으로 끌어들이기 위해 애클리를 속여서 미끼로 사용한 것일까? 우리가 너무 많은 것을 알게 되었기에, 그 존재들은 우리 두 사람 모두를 공동의 파멸로 이끈 것일까? 나는 다시 한번 애클리의 마지막 편지와 그 이전의 편지 사이에 분명히 발생했던 변화의 급작스러움과 부자연스러움을 떠올렸다. 본능적으로 무언가 굉장히 잘못되었음을 느꼈다. 모든 것이 보기와 달랐다. 내가 거절했던 그 산미가 강한 커피—알 수 없는 숨겨진 존재가 거기에 약을 타려고 하지 않았을까? 무조건 애클리와 애기해서 그의 균형 감각을 되살려야 했다. 그들이 우주의 진실을 약속하며 그에게 최면을 걸었지만, 이제 그는 반드시 이성을 따라야 한다. 너무 늦기 전에 우리는 여기서 나가야 한다. 만일 그가 자유를 위한 탈출 의지가 없다면 내가 그걸 제공할 것이다. 혹은 도망가라고 그를 설득할 수 없다면 최소한 나 혼자라도 갈 것이다. 분명히 그는 내게 포드 자동차를 몰고 가서 브래틀버러의 차고에 두라고 할 것이다. 나는 차를 헛간에서 보았다—이제 위험이 지나갔다고 여겼기에 헛간 문은 잠겨 있지 않았고 열려 있었다—그래서 차는 바로 쓸 준비가 되어 있을 가능성이 높다고 믿었다. 저녁에 대화하면서, 그리고 그 이후에 잠시 동안 애클리를 싫어했던 감정은 이제 다 사라졌다. 그는 나와 같은 상황에 있었기에, 우리는 반드시 힘을 합쳐야 했다. 그의 병약한 상태를 알기에 나는 이 시점에 그를 깨우기가 싫었지만 반드시 그래야만 한다는 것을 알았다. 이런 상황에서 아침까지 여기 머물 수는 없었다.

마침내 움직일 수 있을 것 같아서 나는 근육을 다시 사용하기 위해 필사적으로 몸을 뻗었다. 신중해서라기보다는 충동적으로 조심조심 일어나 모자를 찾아 쓰고, 가방을 들고, 손전등의 도움을 받아 아래층으로 내려갔다. 불안감에 오른손으로 권총을 꽉 쥐었다. 가방과 손전등은 왼손으로 모두 들 수 있었다. 왜 이렇게 경계를 했었는지 지금도 정말 모른다. 왜냐하면 그때 나는 집 안의 단 한 명뿐인 거주자를 깨우러 가는 중이었기 때문이다.

조심스럽게 아래층 홀로 삐걱거리는 계단을 내려가면서, 나는 잠든 사람을 좀 더 잘 들을 수 있었다. 왼쪽 방에 있는 게 틀림없었다―내가 들어간 적이 없는 거실이었다. 오른편에는 이전에 내가 목소리들을 들었던 서재의 어둠이 입을 벌리고 있었다. 자물쇠가 열린 거실 문을 밀어 열고, 코골이 소리의 근원지로 가는 길을 손전등으로 밝혔다. 그러다 마침내 자는 사람의 얼굴에 조명을 비추었다. 하지만 곧바로 나는 서둘러 조명을 거두고 고양이처럼 걸어서 홀로 뒤돌아 갔다. 이번에 나의 경계는 본능뿐만 아니라 이성에 근거했다. 왜냐하면 소파에서 자는 사람은 애클리가 아니라, 이전의 내 안내자인 노예스였기 때문이었다.

진정으로 무슨 상황이었는지 추측할 수도 없었다. 하지만 상식적으로 생각하기에 가장 안전한 방법은 누군가를 깨우기 전에 최대한 알아보는 것이었다. 다시 홀로 나와서 조용히 거실 문을 닫고 자물쇠를 채웠다. 그리고 조심스럽게 어두운 서재로 들어갔다. 거기서 자고 있든 아니든 분명 자신이 가장 좋아하는 쉼터인 커다란 안락의자에서 애클리를 발견하리라 기대했다. 앞으로 가는 도중에 손전등 불빛이 거대한 중앙 탁자를 비추면서 시각과 청각 기계가 연결된 끔찍한 실린더를 보여주었다. 그리고 바로 옆에는 발화 기계가 곧바로 연결될 준비가 된 채 있었다. 이게 바로 그 무서운 대화에서 말하는 걸 들었던 상자 속의 두뇌임이 틀림없었다. 잠시 동안 나는 발화 기계를 연결해서 무슨 얘기를 할지 확인하고 싶은 사악한 충동이 들었다.

두뇌는 그 순간에도 내 존재를 의식하는 것이 분명했다. 왜냐하면 시각과 청각 부착물이 나의 손전등 불빛과 희미하게 삐걱거리는 발밑 바닥의 소리를 알아채지 않을 수가 없었기 때문이었다. 하지만 결국 나는 그것을 건드릴 수가 없었다. 별 생각 없이 나는 그것이 애클리의 이름이 표시된 새롭고 반짝이는 실린더임을 보았다. 전날 저녁에 선반 위에서 봤던 것이었고, 내 초청자는 신경 쓰지 말라고 했었다. 그 순간을 되돌려 보면 장치가 말하도록 과감하게 행동하지 않았던 나의 소심함이 후회된다. 어떤 신비와 끔찍한 의심과 정체성에 관한 질문들을 그것이 답할 수 있었을지! 하지만 그럼에도 그걸 건드리지 않은 것이 다행이었을지 모른다.

나는 탁자 근처에서 애클리가 있을 거라고 생각한 구석을 향해 손전등을 비췄다. 그러나 당혹스럽게도 커다란 안락의자에는 자고 있든 아니면 깨어 있든, 그 어떤 인간 점유자도 없다는 사실을 깨달았다. 의자에서부터 바닥까지 품이 넉넉한 낯익은 낡은 드레싱 가운이 걸쳐 있었고, 바닥의 가운 옆에는 노란색 스카프와 내가 이상하다고 생각했던 커다란 다리 붕대가 놓여 있었다. 애클리가 어디 있는지, 그리고 왜 갑자기 꼭 필요한 환자복을 벗었는지 알아내려고 머뭇거리는 동안에 나는 방 안에 더 이상 기이한 냄새와 진동감이 없다는 것을 깨달았다. 그 것들의 원인은 무엇이었을까? 특이하게도 애클리 근처에서만 그것들을 느꼈다는 사실이 떠올랐다. 그가 앉아 있던 곳에서 가장 강했고, 그가 있는 방이나 그 방의 문밖을 제외하고는 전혀 없었다. 나는 멈춰 서서 어두운 서재 이곳저곳에 손전등을 비추며 상황 변화에 대한 설명을 찾고자 고민했다.

손전등이 다시 그 텅 빈 의자를 비추기 전에 자리를 조용히 나왔다면 얼마나 좋았을까! 하지만 나는 조용히 떠나지 않았다. 홀 너머에서 자고 있는 보초를 비록 완전히 깨우지는 않았지만 분명히 뒤척이게 한 숨죽인 비명을 질렀다. 그 비명, 그리고 노예스의 여전히 끊이지 않는 코골이가 흉흉한 산의 검은 숲 봉우리 아래 음울함으로 숨이 막히는 농장에서 내가 마지막으로 들은 소리였다―귀신 같은 시골에서 저주를 주절대는 개울과 녹색의 외딴 언덕 사이에 있는 전 우주적 공포의 중심에서 마지막으로 들은 소리였다.

정신없이 뛰쳐나가면서도 내가 손전등과 가방과 권총을 떨어뜨리지 않았던 것은 놀라운 일이다. 어쩐 일인지 나는 아무것도 잃어버리지 않았다. 정말로 방에서 그리고 집에서 더 이상 소음을 내지 않고 나오는 데 성공했고, 나의 몸과 짐을 안전하게 헛간의 포드 자동차까지 끌고 갔고, 차의 시동을 걸고 달이 없는 칠흑의 밤에 알지도 못하는 안전지대를 향해 갔다. 이후의 운전은 포나 랭보 혹은 도레*의 그림에서 나올 법한 망상의 작품 같았다. 하지만 마침내 나는 타운센드에 도착했다. 그게 전부다. 아직도 제정신을 차리고 있다면 나는 운이 좋은 것이다. 가끔 나는 앞으로 무슨 일이 벌어질지 두렵다. 특히 새로운 행성인 명왕성이 그처럼 신기하게 발견되었기 때문이다.

내가 암시했듯이 나는 방을 비춘 후에 손전등을 다시 안락의자로 돌렸다. 그때 처음으로 의자에 어떤 물체들이 있는 것을 발견했다. 주인 없는 드레싱 가운이 주변에 느슨하게 접혀 있어 잘 보이지 않았던 물체들이었다. 세 개의 물체였는데, 나중에 조사관들이 왔을 때는 발견되지 않았다. 처음에 말했듯이 그 물체는 사실 시각적으로는 무섭지 않았다. 문제는 그것들로 인해 추측되는 것이었다. 지금까지도 내가 다소 의심하는 순간이 있다―내 모든 경험이 꿈이고 신경증이고 착란이라고 말하는 이들의 의심을 반쯤 받아들이는 순간이다.

그 세 개의 물체는 엄청나게 정교한 구성물이었고, 내가 감히 추측할 수도 없을 정도로 발달된 생명체에 그것들을 연결하는 정교한 금속 집게와 함께 있었다. 마음속의 가장 깊은 공포가 알려 주는 것에도 불구하고, 나는 그것들이 최고의 예술가가 만든 밀랍 작품이기를 바란다―진심으로 바란다. 세상에! 그 병적인 냄새와 진동이 있는 어둠 속에서 속삭이는 자! 마법사, 밀사, 바꿔친 아이, 외계인 (…) 그 끔찍한 윙윙거리는 저음 (…) 그리고 내내 선반 위에서 반짝이는 새 실린더 (…) 불쌍한 놈 (…) "외과적, 생물학적, 화학적, 기계적인 엄청난 기술"(…).

왜냐하면 의자의 물체들은 세밀한 유사함 ― 혹은 동일함 ―으로 아주 미세한 부분까지 완벽한 헨리 웬트워스 애클리의 얼굴과 양손이었기 때문이다.

우주로부터의 색

아캄 서쪽에는 언덕이 가파르고 한 번도 도끼질을 한 적이 없는 깊은 숲이 있는 계곡이 있다. 어둡고 좁은 협곡에는 나무들이 환상적으로 기울어져 있고, 가느다란 개울은 햇살의 반짝임을 단 한 번도 받지 않고 흐른다. 좀 더 완만한 경사면에는 돌이 많은 오래된 농장들이 있고, 그곳의 납작한 이끼로 덮인 오두막은 절벽에서 튀어나온 거대한 바위 아래 바람 불지 않는 곳에 숨겨진 뉴잉글랜드의 오래된 비밀을 영원히 고민한다. 하지만 오두막은 이제 모두 비어 있고, 넓은 굴뚝은 무너졌고, 나지막한 꺾인지붕 아래 지붕널 가장자리가 위험하게 튀어나와 있다.

옛 주민들은 사라졌고, 외국인들도 그곳에 살고 싶지 않아 한다. 프랑스계 캐나다인들이 시도했고, 이탈리아인들도 시도했고, 폴란드인도 왔다가 떠났다. 보거나 듣거나 만질 수 있는 어떤 것 때문이 아니다. 상상 속의 무언가 때문이다. 그곳은 상상력에 좋은 곳이 아니고, 밤에 편안한 꿈을 약속하지 않는다. 바로 그게 분명 외국인들을 내쫓는 이유였다. 왜냐하면 고령의 아미 피어스가 그 기이한 날들에 관해 자신이 기억하는 그 어떤 것도 그들에게 말한 적이 없었기 때문이다. 오랫동안 정신이 약간 이상했던 아미는 아직 유일하게 그곳에 살면서 그 기이한 날들에 대해 얘기하는 사람이다. 그가 감히 그럴 수 있는 이유는 그의 집이 아캄 주변의 공터와 사람들이 다니는 길에 아주 가까이 있기 때문이다.

한때 언덕을 넘어 계곡을 가로지르는 길이 있었다. 지금은 말라 죽은 관목이 있는 곳을 곧바로 가로지르는 길이었다. 하지만 사람들은 그 길로 다니는 것을 피했고, 먼 남쪽으로 길게 굽은 새 길이 놓였다. 옛길의 흔적은 되돌아오는 야생의 잡초 사이에서 여전히 보이고, 그 일부는 새 저수지로 골짜기 절반에 물이 찬다 하더라도 분명히 남을 것이다. 검은 숲이 베어질 것이고, 말라 죽은 관목은 푸른색 호수 아래에서 잠들 것이다. 호수의 표면은 하늘을 비추고, 태양 아래서 출렁일 것이다. 그렇게 기이한 날들의 비밀은 심해의 비밀과 하나가 될 것이다. 오래된 바다의 숨은 이야기, 그리고 태초의 지구의 모든 신비와 하나가 될 것이다.

내가 새 저수지를 조사하러 언덕과 계곡으로 갔을 때, 사람들은 그곳이 사악하다고 했다. 아캄에서 그들이 그렇게 말했고, 마녀의 전설로 가득한 매우 오래된 동네였기에 나는 그 사악함이 수 세기 동안 할머니들이 아이들에게 속삭여 왔던 것임이 틀림없다고 생각했다. '말라 죽은 관목'이라는 이름은 내게 매우 이상하고 극적으로 들렸고, 나는 청교도인들의 민속에 그 이름이 어떻게 들어왔는지 궁금했다. 이후 나는 서쪽으로 뻗은 골짜기와 경사면들이 검게 엉켜 있는 모습을 직접 보았고, 그곳의 옛 신비로움을 제외하고는 그 어떤 것도 의심하지 않게 되었다. 아침에 봐도 항상 그림자가 도사리고 있었다. 나무가 너무도 빽빽하게 자랐고, 몸통은 건강한 뉴잉글랜드 나무라고 하기에도 너무 두꺼웠다. 나무 사이의 어두운 길은 아주 고요했고, 바닥은 축축한 이끼와 셀 수 없는 세월 동안 부패한 매트처럼 너무 부드러웠다.

옛길을 따라 개방된 공간 대부분에는 작은 산비탈 농장들이 있었다. 때로는 건물들이 그대로, 때로는 그저 한두 개, 그리고 때로는 긴 굴뚝이나 빠르게 잡초로 채워진 지하실이 있었다. 잡초와 가시나무가 자리 잡았고, 야생 동물들이 은밀하게 덤불에서 바스락거렸다. 불안함과 압박감이 이 모든 것에 연무처럼 내려앉았다. 마치 원근법이나 명암의 어떤 중요한 요소가 잘못된 것처럼, 비현실적이고 기괴해 보였다. 잠을 잘 곳이 아니었기에, 나는 외국인들이 왜 이곳에 머물지 않았는지 궁금하지 않았다. 살바토르 로사의 풍경화와 너무도 비슷했다. 공포스러운 이야기 속 금지된 목판화와 너무도 비슷했다.

하지만 이 모든 것도 말라 죽은 관목만큼 나쁘지 않았다. 거대한 계곡 바닥에서 그곳을 마주한 순간, 나는 그 사실을 깨달았다. 왜냐하면 다른 어떤 이름도 그곳에 적합할 수가 없었고,

다른 어떤 곳도 그 이름에 맞을 수 없었기 때문이었다. 마치 시인이 이 특별한 지역을 본 후에 그 구절을 만든 것만 같았다. 그곳을 바라보며 나는 화재로 생긴 곳이라고 생각했다. 하지만 이 2만 제곱미터의 잿빛 폐허, 숲과 들판이 산성 물질에 녹아내린 듯한 거대한 공터가 되어 하늘에 노출된 채 펼쳐진 그곳에 왜 새로운 것이 지금껏 자라지 않았을까? 그곳은 대부분 오래된 길 북쪽에 있었지만 반대편도 조금 잠식했다. 나는 그곳에 다가가면서 기이하게 내키지 않은 기분이 들었다. 그저 업무상 그곳을 지나가야 하기 때문에 결국 다가갔다. 넓은 공간에는 그 어떤 종류의 식물도 없었고, 그저 미세한 회색 먼지나 재가 마치 바람에 한 번도 날리지 않은 듯 있었다. 근처의 나무는 병이 들어서 성장을 멈추었고, 수많은 죽은 나무줄기들이 주변부에서 썩어 가며 서 있거나 넘어져 있었다. 재빠르게 걸어가면서 오른쪽에 오래된 굴뚝과 지하실의 벽돌과 석재가 굴러떨어져 있는 것을 보았고, 버려진 우물의 검게 벌린 입에서 나오는 썩은 거품이 햇살의 색깔에 이상한 장난을 친 것 같았다. 그 너머의 검고 긴 숲 비탈조차도 이곳에 비하면 호의적으로 보였고, 나는 아캄 사람들의 겁에 질린 속삭임에 더 이상 의아해하지 않았다. 근처에는 집이나 폐가가 없었다. 예전에도 이곳은 분명 외롭고 외딴 곳이었을 것이다. 해가 질 때 이 흉측한 곳을 다시 지나가기가 두려워서 나는 남쪽의 굽은 도로를 따라 길게 돌아서 마을로 돌아갔다. 나는 막연히 구름이 조금 있기를 바랐다. 하늘 위 드높은 허공에 대한 기이한 두려움이 내 영혼을 파고들었기 때문이었다.

저녁에 나는 아캄의 노인들에게 말라 죽은 관목과 그처럼 많은 사람들이 얼버무리며 뱉어 내던 '기이한 날들'이라는 구절이 무슨 의미인지 물었다. 하지만 이 모든 신비로움이 내가 상상했던 것보다 훨씬 최근의 일이라는 것만 빼고는 만족스러운 대답을 얻을 수가 없었다. 그건 오래된 전설이 전혀 아니었고, 대답하는 사람들의 일생에서 벌어진 일이었다. 1880년대에 벌어진 일이었고, 한 가족이 사라졌거나 혹은 죽임을 당했다. 화자들은 정확히 얘기하지 않았다. 그들 모두가 아미 피어스의 정신 나간 이야기에 신경 쓰지 말라고 말했기 때문에, 나는 다음 날 아침 그를 찾아 나섰다. 나무가 처음으로 촘촘해지기 시작하는 곳에서 무너져 가는 오래된 오두막에 혼자 살고 있다고 들었다. 끔찍할 정도로 오래된 곳이었고, 희미한 독성의 냄새가 풍겼는데, 그 냄새는 너무도 오랫동안 서 있던 집들에 들러붙었다. 끈질기게 문을 두드린 후에야 나는 노령의 남자를 깨웠고, 그가 겁먹은 듯 발을 질질 끌며 문으로 왔을 때, 나를 만나고 싶지 않아 한다는 것을 알 수 있었다. 그는 내가 예상했던 것만큼 허약해 보이지 않았지만 두 눈은 신기한 방식으로 늘어졌고, 흐트러진 옷과 흰 수염 때문에 무척 피곤하고 암울해 보였다. 그가 얘기를 시작하도록 할 최선의 방법을 알지 못했기에 나는 업무가 있는 것처럼 행동했다. 내 측량 업무를 설명하며, 지역에 관해 모호한 질문을 던졌다. 그는 내가 생각했던 것보다 훨씬 더 총명하고 아는 게 많았는데, 실제로 지금까지 아캄에서 내가 얘기했던 그 누구보다도 이 주제에 관해 더 많이 알고 있었다. 그는 저수지가 생길 지역에서 내가 만났던 시골 사람들과는 달랐다. 사라져 버릴 몇 킬로미터의 오래된 숲과 농장 때문에 반대하지 않았다. 하지만 미래의 호수 경계 밖에 그의 집이 있지 않았다면 반대했을지도 몰랐다. 대신 그는 안도감만을 보였다. 자신이 평생 동안 돌아다녔던 오래된 검은 계곡의 운명에 대한 안도감이었다. 이제 계곡은 수면 아래 있는 것이 나았다―그 기이한 날들 이래로 수면 아래 있는 것이 나았다. 이 말을 하면서 그의 쉰 목소리가 낮게 가라앉았다. 동시에 몸을 앞으로 숙이고, 오른쪽 검지를 떨면서 인상 깊게 무언가를 가리켰다.

이때 나는 그 이야기를 들었다. 그의 두서없는 목소리가 긁어 대며 속삭이자 여름날임에도 불구하고 나는 몸을 떨고 또 떨었다. 나는 종종 두서없는 이야기에서 화자의 주의를 되돌리거나, 교수들의 이야기를 앵무새처럼 희미하게 반복하는 정도로만 그가 알고 있는 과학적 사실을 보완하거나 혹은 그의 논리 감각과 연속성이 무너진 간극을 연결시켜야 했다. 그가 이야기를 마쳤을 때 나는 그의 정신이 조금 이상해졌다거나 혹은 아캄 사람들이 말라 죽은 관목에 대해 많이 얘기하지 않는다는 것을 의아해하지 않았다. 나는 해가 지기 전에 서둘러 호텔로 돌아왔다. 평원에서 머리 위로 별들이 나오는 것을 원하지 않아서였다. 그리고 다음 날 보스턴으로 돌아가 일을 그만두었다. 나는 그 오래된 숲과 경사면의 어두운 혼란 속으로 다시 돌아갈 수 없었다. 무너진 벽돌과 석재 옆에 검은 우물이 입을 깊게 벌리고 있는 그 잿빛의 말라 죽은 관목을 또다시 마주할 수 없었다. 저수지는 이제 곧 건설될 것이고, 오래된 비밀은 모두 깊은 물속에서 영원히 안전할 것이다. 하지만 그때가 되더라도 나는 그 지역을 밤에 찾아가고 싶지 않을 것이다—적어도 사악한 별들이 나왔을 때는 말이다. 그리고 그 무엇으로도 내가 아캄의 새 식수를 마시게 할 수는 없을 것이다.

모든 일은 운석에서 시작됐다고, 노령의 아미가 말했다. 마녀재판 이후부터 그때까지 터무니없는 전설은 없었다. 그리고 그때조차도 서쪽 숲은 인디언들보다 더 오래된 신기한 돌 제단 옆에서 악마가 재판을 열었던 미스캐토닉의 작은 섬에 비해 절반만큼도 두렵지 않았다. 이곳은 흉흉한 숲이 아니었고, 환상적인 땅거미는 그 기이한 나날 전에는 전혀 끔찍하지 않았다. 그때 하얀 정오의 구름과 대기 중의 연속된 폭발 그리고 깊은 숲속의 계곡으로부터 연기 기둥이 나타났다. 밤이 되자 아캄 사람들 모두가 네이엄 가드너의 집 우물 주변에 하늘에서 떨어져 박힌 거대한 돌덩이에 관해 들었다. 그 집이 바로 말라 죽은 관목이 생긴 곳이었다—비옥한 정원과 과수원 한가운데 하얗고 단정한 네이엄 가드너의 집이 서 있었다.

네이엄은 사람들에게 돌 이야기를 하러 마을로 왔고, 오는 중에 아미 피어스 집에 들렀다. 당시 아미는 마흔 살이었고, 이 모든 기이한 일들이 그의 머릿속에 매우 단단히 박혔다. 그와 그의 아내는 미스캐토닉 대학에서 온 세 명의 교수와 같이 갔다. 이들은 다음 날 아침 미지의 별들의 우주에서 온 기이한 방문자를 찾아 서둘러 왔고, 전날 네이엄이 왜 그렇게 돌이 크다고 했는지 의아해했다. 돌이 줄어든 겁니다. 네이엄이 자기 집 앞마당의 오래된 방아두레박 근처의 헤쳐진 땅과 불에 탄 잔디 위의 커다란 갈색 흙무더기를 가리키며 말했다. 하지만 학자들은, 돌은 줄어들지 않는다고 답했다. 돌의 열기는 여전히 남아 있었고, 네이엄은 밤에 희미하게 빛이 난다고 주장했다. 교수들이 지질학용 망치로 돌을 두드렸고, 신기하게 부드럽다는 것을 깨달았다. 정말로 너무도 부드러워 유연하다고 할 정도였다. 그래서 그들은 대학으로 가져갈 검사용 표본을 깎기보다는 파냈다. 그들은 네이엄의 부엌에서 빌려 온 오래된 양동이에 표본을 담았다. 왜냐하면 작은 조각조차도 차가워지지 않았기 때문이었다. 돌아가는 길에 그들은 아미의 집에서 쉬었다. 조각이 양동이 바닥에서 점점 더 줄어들며 타고 있다고 피어스 부인이 말했을 때 그들은 생각에 잠긴 듯 보였다. 진실로 표본은 크지 않았지만 어쩌면 생각했던 것보다 조금 가져온 것일 수도 있었다.

다음 날—이 모두가 1882년 여름에 일어난 일이었다—교수들은 엄청나게 흥분해서 다시 몰려왔다. 아미의 집을 지나면서 그들은 그 표본에 무슨 기이한 일이 일어났는지, 실험실의 비커에 넣었을 때 표본이 어떻게 완전히 희미해졌는지 얘기했다. 비커 역시 사라졌고, 학자들은 신기한 돌과 실리콘의 유사성에 관해 얘기했다. 돌은 잘 정리된 실험실에서 정말 믿을 수 없는 식으로 작동했다. 석탄으로 가열했을 때 아무런 변화도 없었고, 붕사구(硼沙球)에서 완전히 음성인 것처럼 폐색 가스도 보이지 않았다. 산수소 취관(酸水素吹管)의 온도를 포함해서 만들어 낼 수 있는 모든 온도에서도 완전히 비휘발성임을 바로 증명했다. 모루에서 매우 유연한 것처럼 보였고, 어둠 속에서 매우 두드러지게 빛을 냈다. 좀처럼 차가워지지 않았기에, 얼마 지나지 않아 대학 전체가 매우 흥분했다. 분광기 앞에서 가열하자 일반적 스펙트럼으로 알려진 색채들과 다른 빛의 띠를 보여 주었을 때, 새로운 원소, 기이한 광학 속성, 기타 다른 것들에 관한 숨가쁜 대화가 이어졌다. 미지의 것을 마주해서 당혹해진 과학자들이 보통 말하지 않는 내용들이었다.

고열이었기에 그들은 표본을 도가니에 넣고 적절한 시약들로 시험했다. 물에는 아무 반응이 없었다. 염화 수소산도 마찬가지였다. 질산과 심지어는 왕수도 견고한 고온에 그저 칙 소리를 내고 튈 뿐이었다. 아미는 이 모든 것을 기억하지 못했지만, 내가 보통의 사용 순서 부호에 따라 언급하자 일부 용제들을 알아보았다. 암모니아와 가성 소다, 알코올과 에테르, 메스꺼운 이황화 탄소 그리고 다른 열두어 개의 용제가 있었다. 그러나 시간이 지나면서 무게가 꾸준히 줄어들고, 조각은 조금 차가워지는 듯 보였다. 하지만 용제가 그 물질에 침투했다는 것을 보여 줄 만한 변화는 없었다. 의심할 여지 없이 그 물질은 금속이었다. 한 예로 자성이 있었다. 산성 용제에 담근 후에는 운석 철에서 발견되는 희미한 비트만슈테텐 구조˙ 흔적이 보이는 듯했다. 냉각이 꽤 진행되자 실험은 비커 안에서 진행되었다. 그들은 비커 안에 원래 조각에서 실험으로 생긴 파편을 다 넣었다. 다음 날 아침에 보니 조각과 비커가 흔적도 없이 전부 사라졌고, 그것들이 있었던 나무 선반 위에는 불탄 자국만 남아 있었다.

교수들은 아미의 집 앞에서 이 모든 상황을 그에게 얘기했고, 그는 다시 한번 그들과 함께 우주에서 온 돌로 된 전령을 보러 같이 갔다. 하지만 이번에는 아내가 동행하지 않았다. 그것은 이제 매우 눈에 띄게 줄어들었고, 냉철한 학자들조차도 자신들이 본 것이 진실임을 의심치 않았다. 우물 옆에서 줄어드는 갈색 덩어리 주위는 땅이 무너진 곳을 제외하고는 텅 빈 공간이 되었다. 전날에는 그것이 족히 210센티미터 크기였지만 이제는 150센티미터도 될까 말까 했다. 여전히 뜨거웠고, 그래서 현자들은 망치와 정으로 좀 더 큰 조각을 하나 더 떼어 내고, 그 표면을 신기해하며 조사했다. 이번에는 매우 깊게 팠고, 작은 덩어리를 떼어 내면서 물체의 중심이 결코 동일하지 않다는 것을 깨달았다.

그들은 물체 속에 박혀 있는 거대한 유채색 포자의 측면처럼 보이는 것을 발견했다. 그 색은 운석의 기묘한 스펙트럼 띠와 일부 유사했고, 묘사하기는 거의 불가능했다. 그저 비유적으로 그것을 색이라고 부를 수 있었다. 질감은 반들반들했고, 두드렸을 때 잘 부서지고 내부가 비어 있는 것처럼 보였다. 교수 한 명이 망치로 강하게 때리자 약하게 작은 펑 소리를 내며 터졌다. 아무것도 발산되지 않았고, 물체는 구멍과 함께 흔적도 없이 사라졌다. 약 7.6센티미터 길이의 텅 빈 구형(球形)의 공간을 남겼고, 둘러싼 물질이 사라지면서 다른 포자들이 발견될 거라고 다들 생각했다.

추측은 쓸모가 없었다. 그래서 또 다른 포자를 찾기 위해 구멍을 뚫으며 몇 번 헛된 시도를 한 후에야 발견자들은 새로운 표본을 다시 얻었다―하지만 이것도 이전의 것과 마찬가지로 실험실에서 난감한 결과를 냈다. 거의 유연하다는 점, 열기와 자성과 약간의 발광이 생긴다는 점, 강력한 산성 물질에서 살짝 냉각한다는 점, 알 수 없는 스펙트럼을 보이는 점, 공기 중에서 사라지는 점, 실리콘 화합물을 공격해 결과적으로 둘 다 파괴하는 점 등을 제외하고는 표본은 알아볼 수 있는 그 어떤 특성을 보여 주지 않았다. 실험을 마친 후에 대학의 과학자들은 그것이 무엇인지 알지 못한다는 사실을 인정할 수밖에 없었다. 지구의 것이 아니라 거대한 외계에서 온 조각이었다. 그렇기에 외계의 특성들로 가득하고, 외계의 법칙을 따랐다.

그날 밤 폭풍우가 있었고, 다음 날 교수들은 네이엄의 집에 가서 크게 실망했다. 돌은 자성이 있었지만 매우 특이한 전자적 특성을 가졌던 것이 분명했다. 네이엄에 따르면, 매우 지속적으로 "번개를 끌어들였기" 때문이었다. 농부는 한 시간에 번개가 앞마당 고랑에 여섯 번 치는 것을 보았고, 폭풍이 지나가자 오래된 방아두레막 옆에는 무너진 흙으로 반쯤 덮인 너덜너덜한 구덩이를 제외하고는 아무것도 없었다. 땅을 파도 아무엇도 나오지 않았기에 과학자들은 완전히 소멸했다는 사실을 확인했다. 완전한 실패였다. 그래서 실험실로 돌아가 납 통에 조심스럽게 남겨 둔 사라져 가는 조각을 다시 실험하는 것 외에는 할 수 있는 일이 없었다. 그 조각은 일주일을 버텼으나, 쓸 만한 것은 결국 아무것도 얻어 내지 못했다. 조각이 사라졌을 때 아무런 흔적도 남지 않았고, 시간이 지나자 교수들은 자신들이 뜬눈으로 외계의 바닥 없는 소용돌이의 신비로운 흔적을 정말 보았는지 확신할 수가 없었다. 다른 우주들과 물질, 물리력, 개체들이 다른 세계들에서 온 그 외롭고 기이한 전령을 봤는지 확신할 수가 없었다.

당연히 아캄의 신문들은 대학의 공증을 받아 이 일을 크게 다루었고, 기자들을 보내 네이엄 가드너와 그의 가족들을 취재했다. 최소한 하나의 보스턴 일간 신문도 기자를 보냈고, 네이엄은 빠르게 지역의 명사가 되었다. 그는 마르고, 쉰 살 정도 된 친절한 사람으로 계곡의 경치 좋은 농장에서 아내와 세 명의 아들과 살았다. 그와 아미는 종종 서로 방문했고, 그들의 아내들도 그랬다. 그리고 아미는 기나긴 세월이 지난 지금도 그를 칭찬했다. 그는 자신의 집이 받은 관심을 약간 자랑스러워하는 듯했고, 이후 몇 주간 운석에 관해 종종 얘기했다. 그해 7월과 8월은 뜨거웠고, 네이엄은 채프먼 브룩 너머 4만 제곱미터 크기의 녹초지에서 꼴을 베었다. 그의 삐걱거리는 짐마차는 중간의 그림자 진 길에 깊은 바퀴 자국을 냈다. 그해는 일이 다른 때보다 더 힘들었고, 그는 나이를 먹기 시작한 거라고 생각했다.

그러고는 과일과 추수의 시간이 왔다. 배와 사과는 천천히 익었고, 네이엄은 자신의 과수원이 전례 없이 잘됐다고 자신했다. 과일은 보기 드문 윤기로 놀랄 만한 크기로 자랐고, 너무 많이 자라서 다가오는 추수를 위해 추가로 통을 주문했다. 하지만 과일이 익으면서 가슴 아픈 실망을 겪었다. 멋지게 줄선 허울 좋은 감미로움에도 불구하고 단 하나도 먹을 수가 없었기 때문이다. 배와 사과의 훌륭한 맛에 은밀한 쓴맛과 구역질 나는 맛이 스며들었고, 아주 조금 깨물어 먹어도 한참 동안 역겨웠다. 멜론과 토마토도 마찬가지였고, 네이엄은 농작물이 전부 그렇게 망가지는 것을 슬프게 지켜보았다. 재빠르게 사건들을 연결시켜 그는 운석으로 땅에 독이 스며들었다고 주장했고, 다른 농작물 대부분이 길을 따라 위쪽 지대에 있다는 것에 감사했다.

겨울은 이르게 왔고 몹시 추웠다. 아미는 네이엄을 평소보다 덜 만났고, 그가 근심에 차 보이기 시작한다고 느꼈다. 그의 가족들도 무뚝뚝해지는 것 같았고, 교회나 지역의 다양한 사교 행사에도 자주 참석하지 않았다. 비록 어느 집이나 이따금씩 건강이 안 좋거나 알 수 없는 불안감을 경험했지만. 그들의 침묵 혹은 우울함의 이유는 전혀 알 수가 없었다. 네이엄 자신은 눈 위의 특정한 발자국 때문에 불안하다고 말하면서 누구보다 더 티를 냈다. 청설모, 흰토끼, 여우 등의 흔한 겨울 발자국이었지만, 우울한 농부는 발자국의 특징과 배치에 무언가 이상한 점이 있다고 주장했다. 구체적으로 말하지는 않았으나, 그 발자국이 청설모와 토끼와 여우가 마땅히 갖춰야 할 특징적인 구조와 습관을 보이지 않는다고 여기는 듯했다. 아미는 어느 날 밤 클락스 코너에서 썰매를 타고 돌아오는 길에 네이엄의 집을 지나기 전까지는 그 얘기를 별 관심 없이 들었다. 달이 떠 있었고, 토끼 한 마리가 길을 가로질러 달렸고, 토끼의 도약은 아미나 그의 말이 불편해할 정도로 길었다. 실제로 말이 거의 도망칠 뻔해서 단단히 고삐를 당겨 멈춰야 했다. 그다음부터 아미는 네이엄의 이야기를 좀 더 신뢰했고, 아침마다 가드너의 개들이 왜 그렇게 웅크린 채 두려움에 떠는지 궁금했다. 점차적으로 개들은 짖을 용기조차 거의 잃어버렸다.

2월에 메도 힐에서 온 맥그레거 아이들이 마멋을 사냥했고, 가드너 집에서 멀지 않은 곳에서 매우 특이한 표본을 잡았다. 신체 비율이 설명하기 힘든 기이한 방식으로 다소 변한 듯이 보였다. 반면 얼굴은 그 누구도 마멋에서 보지 못했던 표정을 하고 있었다. 아이들은 심하게 겁을 먹고 곧바로 그것을 버렸고, 그래서 그것에 관한 기괴한 이야기만 지역 사람들에게 전해졌다. 하지만 네이엄의 집 근처에서 말들이 놀랐던 일은 이제 모두가 인정하는 일이 되었고, 은밀한 전설이 퍼질 기초가 모두 빠르게 자리 잡았다.

사람들은 네이엄의 집 주변의 눈이 다른 곳보다 더 빠르게 녹는다고 맹세했고, 3월 초 클락스 코너에 있는 포터의 잡화점에서 겁에 질린 대화가 이어졌다. 스티븐 라이스는 아침에 가드너의 집을 지나면서 길 건너 숲에서 앉은부채가 진흙을 뚫고 올라오는 것을 보았다. 이제까지 그런 크기를 본 적이 없었고, 그 어떤 말로도 표현할 수 없는 이상한 색을 띠고 있었다. 모양은 기괴했고, 스티브가 한 번도 맡아 본 적이 없다고 생각한 냄새에 말이 콧바람을 불었다. 그날 오후 사람들 몇몇이 그 비정상적인 식물을 보기 위해 지나갔고, 모두가 그런 식물은 건강한 세상에 절대 나와서는 안 된다는 데 동의했다. 이전 가을의 상한 열매가 자연스레 언급되었고, 입에서 입으로 네이엄의 땅에 독이 있다고 전해졌다. 물론 이유는 운석이었다. 그리고 대학에서 온 사람들이 그 돌이 얼마나 이상한지 생각했는지를 기억하고 몇 명의 농부들이 이 일에 대해 그들에게 얘기했다.

어느 날 그들이 네이엄을 찾아왔다. 하지만 터무니없는 이야기와 민담에 관심이 없었기에 매우 보수적으로 추측했다. 식물은 분명 이상했지만, 앉은부채 대부분이 이상한 모양과 냄새와 색을 갖고 있다. 운석에서 나온 어떤 광물이 토양에 스며들었는지 모르겠지만 얼마 가지 않아 씻겨 내려갈 것이다. 그리고 발자국과 겁에 질린 말들에 관해서는, 그건 석질운석과 같은 현상이 분명히 불러일으킬 법한 시골 이야기일 뿐이었다. 터무니없는 소문의 경우에 신중한 사람들이 할 수 있는 일은 아무것도 없었다. 왜냐하면 미신을 믿는 시골 사람들은 아무거나 말하고 믿기 때문이다. 그들 중에 딱 한 명만 1년 반 후에 경찰과 함께 일을 하면서 먼지 두 병을 받아 분석해야 했을 때, 앉은부채의 기이한 색깔이 운석 조각과 심연으로부터 온 돌에 박힌 채로 발견된 연약한 포자가 대학의 분광기에서 보여 준 비정상적인 색띠와 매우 유사하다는 점을 기억해 냈다. 분석한 샘플은 처음엔 똑같이 기이한 띠를 보여 줬지만, 이후에는 그 속성이 사라졌다.

네이엄의 집 주변 나무들이 때 이르게 꽃을 피웠고, 밤에는 바람에 기분 나쁘게 흔들렸다. 네이엄의 열다섯 살짜리 둘째 아들 테데우스는 바람이 없을 때도 흔들렸다고 맹세했다. 하지만 소문조차도 이를 인정하지 않았다. 그러나 분명 불안감이 퍼졌다. 가드너 가족 모두가 숨죽여 듣는 습관이 생겼다. 하지만 자신들이 이름 붙일 수 있는 소리를 들으려는 것은 아니었다. 실제로 의식이 반쯤 사라지는 순간에 무언가를 듣게 되는 듯했다. 불행히도 그런 순간들이 한 주 한 주 지나면서 늘어갔고, 결국에는 "네이엄네 사람들 모두 뭔가 문제가 있어"가 일상적인 대화가 되었다. 바위취가 이르게 나왔을 때 또 다른 이상한 색이었다. 앉은부채의 색하고는 크게 달랐지만 분명히 관련이 있었고, 마찬가지로 그걸 본 사람들이 알고 있는 색깔이 아니었다. 네이엄은 꽃 몇 송이를 아캄에 보내 『가제트』지의 편집자에게 보여 주었다. 하지만 그 저명인은 꽃에 대해 풍자적인 기사를 쓰는 것 외에는 아무 일도 하지 않았다. 기사에서는 시골 사람들의 비밀스러운 두려움이 점잖은 조롱거리가 되었다. 둔감한 도시 사람에게 바위취와 관련해 과대 성장한 커다란 신부나비가 어떻게 행동했는지 얘기한 것은 네이엄의 실수였다.

4월에 시골 사람들에게 일종의 광기가 나타났고, 네이엄의 집을 지나는 길을 사용하지 않아 결국에는 버려진 길로 만들었다. 이유는 식물 때문이었다. 과수원 나무가 전부 이상한 색깔로 꽃을 피웠다. 마당과 근처 목초지의 돌이 많은 토양에 기이한 것들이 자라났고, 오직 식물학자만이 지역에 적절한 식물군과 연결시킬 수 있었다. 녹색 잔디와 잎을 제외하곤 그 어디에서도 정상적인 색을 볼 수가 없었다. 지구에 알려진 색에 속하지 않는 무언가 병들고, 은밀한 원초적 색의 요란하고 다채로운 변조들이 온 사방에 난무했다. 금낭화는 사악한 위협의 대명사가 되었고, 혈근초는 색채의 타락에 점차 대담해졌다. 아미와 가드너 가족들은 대부분의 색들이 으스스하게 익숙하다고 생각하며, 운석의 잘 부서지는 포자를 떠올린다고 확신했다. 네이엄은 4만 제곱미터의 목초지와 위쪽 농지에 쟁기질을 하고 씨를 뿌렸다. 하지만 집 주변의 땅에는 아무 일도 하지 않았다. 아무 소용이 없을 것임을 알았고, 여름철의 기묘한 성장이 토양에서 독을 다 뽑아내기를 바랐다. 그는 이제 거의 그 어떤 일에도 마음의 준비가 되었고, 주변의 무언가가 귀에 들리기를 기다린다는 느낌에 익숙해졌다. 물론 사람들이 자기 집을 피한다는 게 거슬렸다. 하지만 그의 아내가 더 거슬려 했다. 아들들은 매일 학교에 갔기에 조금 나았지만 소문 때문에 겁이 나는 건 피할 수 없었다. 테데우스는 특별히 민감한 아이여서 제일 고통을 받았다.

5월에 곤충들이 나타났고, 네이엄의 집은 윙윙거리고 기어
다니는 소리로 악몽 같았다. 대부분의 곤충들이 모양과 움직
임에 있어 매우 평범하지 않아 보였고, 야간의 행태는 기존
에 알고 있던 것을 모두 부정했다. 가드너 사람들은 밤에 감시
를 했다ー무언가를 위해 무작위로 사방을 쳐다보았지만, 그
게 무엇인지 말할 수 없었다. 바로 그 순간 그들 모두가 나무
에 관해 테데우스가 맞았다고 인정했다. 가드너 부인이 두 번
째로 경험했는데, 창문에서 달빛 하늘 아래 단풍나무의 부풀
어 오른 가지를 보았다. 가지는 분명히 움직였고, 바람은 불지
않았다. 수액 때문이었다. 기이함은 이제 자라나는 모든 것에
파고들었다. 하지만 그다음에 발견한 사람은 네이엄의 가족이
아니었다. 익숙함으로 그들은 둔해졌고, 그들이 보지 못한 것
을 어느 날 밤 지역 전설을 모르는 볼턴 출신의 소심한 목공소
판매원이 지나가다 보았다. 그가 말한 내용은 『가제트』에 짧
게 실렸고, 네이엄을 포함한 농부들도 신문을 통해 그것에 대
해 알게 되었다. 밤은 어두웠고, 마차의 등불은 희미했다. 하지
만 기사를 통해 모두가 네이엄의 집임을 분명히 알았던 계곡
의 농장 주변에는 어둠이 덜했다. 희미하지만 뚜렷한 빛이 모
든 식물, 잔디, 잎, 꽃에 담겨 있는 듯했다. 그러다 한순간 인광
조각 하나가 빠져나와 헛간 주변 마당에서 은밀하게 움직이는
것처럼 보였다.

　잔디는 그때까지 영향을 받지 않은 듯했고, 그래서 소들은
집 주변에서 자유롭게 풀을 뜯었다. 하지만 5월 말이 되자 우

유가 상하기 시작했다. 그래서 네이엄이 소들을 위쪽 땅으로 몰았고, 이후에는 문제가 멈췄다. 이 일이 생기고 얼마 되지 않아 잔디와 나뭇잎이 눈에 띄게 변했다. 녹음이 전부 잿빛으로 변했고, 매우 특이한 성격의 연약함을 보이기 시작했다. 이제는 아미가 그곳을 방문하는 유일한 사람이 되었는데, 그의 방문도 점차 줄어들었다. 학기가 끝나자 가드너 사람들과 바깥세상의 교류가 끊어졌고, 가끔씩 아미가 마을에서 그들의 심부름을 했다. 그들은 신체적으로나 정신적으로 기이하게 나빠졌고, 그래서 가드너 부인의 정신 이상 소식이 은밀히 전해졌을 때 아무도 놀라지 않았다.

그 일은 운석이 떨어진 지 1년이 되던 6월쯤에 일어났고, 그 불쌍한 여인은 자신이 묘사할 수 없는 공기 중의 무언가에 관해 소리 질렀다. 그녀의 광기에는 특정한 명사가 없었고, 그저 동사와 대명사만 있었다. 사물이 움직였고 변했고 퍼덕거렸다. 그리고 완전히 소리가 아닌 자극에 귀가 간질거렸다. 무언가가 사라졌다—그녀에게서 무언가가 빠져나갔다—금지된 무언가가 그녀에게 착 달라붙었다—누군가가 그걸 떼어 내야만 한다—밤에 가만히 있는 것은 아무것도 없었다—벽과 창문이 움직였다. 네이엄은 그녀를 지방 정신 병원에 보내지 않았고, 그녀가 자신과 타인에게 해를 입히지만 않으면 집에서 마음대로 돌아다니도록 했다. 그녀의 표정이 바뀌었을 때도 그는 아무것도 하지 않았다. 하지만 아이들이 점점 그녀를 두려워하기 시작했고, 그녀의 표정을 보고 테데우스가 기절할

뻔하자 그녀를 다락에 가두기로 결심했다. 7월이 되자 그녀는 말을 하지 않으면서 네 발로 기어다녔고, 그달이 끝나기 전에 네이엄은 그녀가 어둠 속에서 약간 빛이 난다는 미친 생각이 들었다. 집 주변의 채소에서 이제 분명히 보이는 것과 마찬가지였다.

　이 일이 있기 얼마 전에 말들이 앞을 다투어 도망갔다. 한밤에 무언가가 그들을 깨웠고, 마구간에서 말들이 울어 대고 발구르는 소리가 끔찍했다. 말들을 진정시킬 방법이 없어 보여, 네이엄이 마구간 문을 열었을 때 모두가 두려움에 찬 숲속의 사슴처럼 뛰쳐나갔다. 일주일이 걸려서야 네 마리를 다 찾을 수 있었고, 발견되었을 때 매우 쓸모없고 다룰 수 없는 듯이 보였다. 말들의 머릿속에서 무언가 문제가 생겼고, 그 때문에 다 죽여야만 했다. 네이엄은 건초를 걷어들이기 위해 아미에게 말을 빌렸지만, 말이 헛간에 다가오지 않으려는 것을 보았다. 말은 피하면서, 뒷걸음질 치고 울어 댔다. 그래서 결국에는 말을 마당으로 몰고 갈 수밖에 없었다. 그리고 편리하게 건초를 나르기 위해 남자들은 본인들이 직접 무거운 마차를 건초 다락 근처로 옮겨야 했다. 이런 일이 생기는 내내 식물은 잿빛으로 변하고 부서졌다. 색깔이 이상했던 꽃들조차도 이제는 잿빛이 되었다. 열매도 잿빛으로 나왔고, 쪼그라들었고 맛이 없었다. 국화와 미역취가 잿빛으로 뒤틀어진 꽃을 피웠고, 앞마당의 장미와 백일초와 접시꽃은 너무도 불경한 모습이라 네이엄의 장남인 제나스가 잘라 버렸다. 이상하게 통통해진 곤충들도 그즈음에 죽었다. 심지어는 벌집을 떠나 숲으로 갔던 벌들마저도 죽었다.

9월이 되자 모든 식물들이 잿빛 가루로 빠르게 부서졌고, 네이엄은 독이 토양에서 빠져나가기 전에 나무가 다 죽을까 봐 걱정했다. 아내는 이제 끔찍한 비명을 지르는 상태였고, 그와 아들들은 지속적으로 신경증적 긴장 상태에 있었다. 그들은 이제 사람들을 피했고, 아이들은 학기가 시작됐지만 등교하지 않았다. 하지만 우물물이 더 이상 좋지 않다는 것을 발견한 사람은 드문 방문객 중 하나인 아미였다. 정확히 악취가 나거나 짭짜름하지도 않지만 사악한 맛이 났다. 그래서 아미는 친구에게 토양이 다시 좋아질 때까지 고지대에 우물을 파서 사용하라고 조언했다. 하지만 네이엄은 이 경고를 무시했다. 왜냐하면 이미 이상하고 불쾌한 것들에 무감각해졌기 때문이었다. 그와 아이들은 계속 썩은 물을 사용하면서, 대충 요리된 빈약한 식사를 늘 그랬던 것처럼 기계적으로 힘없이 마셨다. 그러고는 목적 없이 하루하루 보답 없고 단조로운 잡일들을 해 나갔다. 그들 모두가 단호히 단념한 것처럼 보였다. 마치 반쯤은 다른 세계에서 확실하고 익숙한 운명을 향해 두 줄의 이름 없는 경호대 사이를 걸어가는 듯했다.

테데우스가 9월에 우물을 다녀온 후에 미쳐 버렸다. 양동이를 들고 갔다 빈손으로 돌아오면서, 양손을 흔들며 소리를 질렀다. 그리고 가끔씩 무의미하게 킥킥대고 웃거나 '저 밑에 움직이는 색들'에 대해 속삭이곤 했다. 한 가족 내에서 두 명이나 미쳤다는 건 정말 안 좋은 일이었지만, 네이엄은 거기에 대해 매우 용감했다. 그는 일주일 동안 마음대로 돌아다니도록 아이를 놔두었고, 이후 아이가 넘어져서 다치기 시작하자 아이 어머니 방 건너편에 있는 다락방에 아이를 가두었다. 잠긴 문 뒤에서 두 사람이 서로에게 소리 지르는 모습은 정말 끔찍했고, 특히 그들이 지구상의 언어가 아닌 끔찍한 언어로 말한다고 상상했던 어린 머윈에게 더 그랬다. 머윈도 겁에 질려 헛것을 보기 시작했고, 최고의 놀이 친구인 형이 갇힌 후에는 더욱더 불안해했다.

거의 같은 시기에 가축들이 죽어 나갔다. 가금류가 잿빛으로 변하더니 곧바로 죽었고, 고기는 말랐고 자르면 냄새가 고약했다. 돼지는 비정상적으로 뚱뚱해지다가 곧바로 아무도 설명할 수 없는 역겨운 변화를 겪기 시작했다. 고기는 물론 쓸모가 없어, 네이엄은 어찌할 바를 몰랐다. 지역의 수의사는 그 누구도 그의 집에 가려 하지 않았고, 아캄에서 온 도시의 수의사는 크게 당황했다. 멧돼지는 잿빛으로 변하고 탄력성이 없어졌고, 죽기 전에 눈앞에서 부서졌다. 그리고 눈과 주둥이가 특이하게 변했다. 정말 설명할 수 없는 일이었다. 왜냐하면 멧돼지에게 상한 채소를 먹인 적이 없었기 때문이었다. 그리고 무언가가 소들을 공격했다. 특정 부위나 가끔은 전체가 신기하게 쭈그러들거나 압축되었고, 지독하게 쇠약해지거나 분해됐다. 마지막 단계에서 ─언제나 죽음이 결말이었다─ 돼지에게 일어났던 것처럼 잿빛으로 변하고 부서졌다. 분명 독이 원인은 아니었다. 왜냐하면 모든 일이 문이 닫혀 훼방받지 않은 헛간에서 일어났기 때문이었다. 기어다니는 것들에 물려 바이러스가 전해질 수도 없었다. 지상의 어떤 살아 있는 짐승이 그 단단한 방해물을 뚫고 지나갈 수 있겠는가. 분명 자연 질병이었다. 하지만 어떤 질병이 그런 끔찍한 결과를 일으킬 수 있는지 아무도 알 수 없었다. 추수철이 왔을 때 그곳에 살아남은 동물은 없었다. 가축과 가금류는 죽었고 개들은 도망쳤기 때문이었다. 전부 세 마리인 개는 하룻밤에 다 사라졌고 다시는 소식이 들리지 않았다. 다섯 마리의 고양이는 그전에 떠났지만, 이제는 쥐가 없는 듯 보였기에 그들이 사라진 일은 거의 주목받지 못했다. 더구나 가드너 부인만이 그 우아한 고양이들을 애완동물로 삼았었다.

10월 19일에 네이엄은 아미의 집으로 비틀거리며 들어와 끔찍한 소식을 전했다. 다락방의 불쌍한 테데우스에게 말할 수 없는 방식으로 죽음이 찾아왔다. 네이엄은 농장 뒤의 울타리 친 가족묘에 무덤을 팠고, 거기에 자신이 찾은 것을 묻었다. 외부로부터 온 것은 아무것도 없었다. 왜냐하면 쇠창살을 친 작은 창문과 잠긴 문이 그대로였기 때문이었다. 그건 헛간에서 일어났던 일과 매우 비슷했다. 아미와 그의 아내는 최선을 다해 슬픔에 잠긴 이를 위로하면서도 몸을 떨었다. 가드너 사람들과 그들의 손길이 닿은 것에 엄청난 공포가 들러붙은 듯싶었고, 집 안에 있는 공포는 이름도 없고 이름을 붙일 수도 없는 세계에서 온 숨결 같았다. 아미는 정말 내키지 않았지만, 네이엄을 집까지 바래다주었다. 그리고 서럽게 우는 꼬마 머원을 애써 달랬다. 제나스는 달랠 필요가 없었다. 최근 아이는 허공을 쳐다보다 아버지가 시키는 일 외에는 아무것도 하지 않았다. 이따금 머원의 비명에 다락방으로부터 희미한 반응이 들렸고, 궁금해하는 아미의 표정에 네이엄은 아내가 매우 허약해지고 있다고 말했다. 밤이 오자 아미는 간신히 도망쳤다. 우정에도 불구하고 그는 식물의 희미한 광채가 뿜어 나오고 나무가 바람 없이 흔들리거나 흔들리지 않는 곳에 머무를 수가 없었다. 아미의 상상력이 좀 더 강하지 않았던 것은 행운이었다. 지금 이 정도에도 그의 정신이 아주 조금 흔들렸기 때문이다. 하지만 자기 주변의 전조들을 모두 연결시켜 생각했다면 완전히 미쳐 버렸을 것이 분명했다. 땅거미가 지자 그는 서둘러 집에 돌아왔다. 귓속에는 미친 여자와 신경이 곤두선 아이의 비명이 끔찍하게 울렸다.

사흘 후 이른 아침에 네이엄이 아미의 부엌으로 비틀거리며 들어왔다. 아미가 없는데도 처절한 이야기를 다시 한번 더 듬거리며 말했고, 그동안 피어스 부인은 가슴을 부여잡고 두려움 속에 이야기를 들었다. 이번에는 꼬마 머원이었다. 아이가 사라졌다. 늦은 밤에 등(燈)과 양동이를 들고 나간 후 돌아오지 않았다. 며칠 동안 아이는 정신이 없었고, 자기가 무슨 일을 하는지 거의 알지 못했었다. 모든 일에 비명을 질렀다. 순간 마당에서 찢어지는 비명이 들렸지만 아버지가 문을 열기도 전에 아이는 사라졌다. 아이가 들고 갔던 등의 빛도 없었고, 아이의 흔적도 없었다. 그때는 등과 양동이도 사라졌다고 네이엄은 생각했다. 하지만 아이를 찾아 밤새 숲과 들판을 돌아다닌 후에 새벽녘에 무거운 걸음으로 돌아오면서 우물 주위에서 매우 기이한 것을 발견했다. 부서진 녹슨 철 덩어리가 있었다. 그건 확실히 등이었다. 옆에는 찌그러진 손잡이와 뒤틀린 철 고리가 반쯤 녹아 붙어 양동이 잔해를 보여 주는 듯했다. 그게 전부였다. 네이엄은 더 이상 아무 생각도 못 했고, 피어스 부인은 정신이 멍해졌다. 아미는 집에 돌아와 이야기를 듣고서 아예 추측조차 할 수가 없었다. 머윈이 사라졌고, 지금 가드너 사람들을 모두 피하는 이들에게 얘기해 봐도 소용없었다. 이 모든 일을 비웃는 아캄의 도시 사람들에게 얘기하는 것도 소용없었다. 테드'가 사라졌고 이제 머윈도 사라졌다. 무언가가 서서히 다가오고 있었고, 보여지고 느껴지고 들기를 기다렸다. 네이엄도 곧 사라질 것이다. 그래서 그는 아미에게 아내와 제나스가 자기보다 더 오래 산다면 보살펴 달라고 부탁했다. 하지만 이 모든 것이 일종의 심판임이 분명했다. 지금껏 자신이 아는 한, 주님의 길을 따라 항상 똑바로 걸어왔기 때문에 무슨 이유인지는 상상도 할 수 없었다.

아미는 2주 넘게 네이엄을 전혀 보지 못했다. 그러다 무슨 일이 일어났을까 하는 걱정에 두려움을 무릅쓰고 그의 집을 방문했다. 거대한 굴뚝에서는 아무 연기도 나지 않았고 방문객은 잠시 최악을 우려했다. 농장의 상태는 전체적으로 충격적이었다─잿빛으로 시든 잔디와 나뭇잎이 땅을 덮었고, 오래된 벽과 박공에서 덩굴이 부서진 조각으로 떨어졌다. 거대한 헐벗은 나무가 회색의 11월 하늘을 향해 가지를 뻗쳤고, 아미의 눈에는 가지의 각도의 미세한 변화 때문이라고 느낄 수밖에 없는 계획된 악의가 보였다. 하지만 이 모든 일에도 불구하고 네이엄은 살아 있었다. 그는 힘이 없었고 천장이 낮은 부엌 소파에 누워 있었지만 온전히 의식이 있었고 간단한 심부름을 제나스에게 시킬 수 있었다. 방은 죽은 듯이 차가웠다. 아미가 눈에 띄게 몸을 떨자 집주인은 쉰 소리로 제나스에게 나무를 더 가져오라고 시켰다. 정말로 나무가 많이 필요했다. 왜냐하면 동굴과 같은 벽난로는 불씨조차 없이 텅 비었고, 굴뚝을 타고 내려온 찬 바람이 검댕 연기를 불어 대고 있었기 때문이었다. 곧바로 네이엄은 추가된 나무로 더 편안해졌는지 그에게 물었고, 그제야 아미는 무슨 일이 일어났는지 알 수 있었다. 가장 탄탄한 끈이 마침내 끊어졌고, 불운한 농부의 정신은 더 큰 슬픔을 막는 방어책이었다.

요령 있게 물었지만 아미는 사라진 제나스에 대한 정보를 조금도 얻을 수 없었다. "우물에― 그게 우물에 살아―"가 정신이 혼미한 아버지가 말한 전부였다. 그때 방문객의 머릿속에 미친 아내에 대한 생각이 갑자기 스쳐 갔다. 그래서 그는 질문 방향을 바꾸었다. "내비? 물론, 바로 여기 있지!"가 불쌍한 네이엄의 놀란 듯한 대답이었다. 아미는 곧바로 자신이 살펴봐야 한다는 걸 깨달았다. 악의 없이 중얼대는 사람을 소파에 남겨 둔 채 문 옆에 있는 열쇠를 가지고 삐걱거리는 계단을 올라

다락으로 갔다. 아주 답답하고 역겨운 냄새가 났다. 어느 방향으로도 아무 소리가 들리지 않았다. 보이는 네 개의 문 중에서 하나만 잠겨 있었고, 이 문에 그는 가져온 열쇠고리에 걸려 있는 열쇠들을 맞추어 봤다. 세 번째 열쇠가 맞았고, 조금 머뭇거린 후에 아미는 하얀색의 낮은 문을 확 열었다.

방 안은 무척 어두웠다. 창문이 작은 데다 조잡한 나무살로 반쯤 가려져 있기 때문이었다. 그래서 아미는 넓은 널빤지로 된 바닥 위에서 아무것도 볼 수 없었다. 악취는 참기 힘들었고, 더 들어가기 전에 다른 방으로 들어가 숨 쉴 만한 공기로 폐를 채우고 돌아와야만 했다. 방 안으로 들어간 그는 구석에 무언가 검은 것을 보았고, 그것을 좀 더 확실히 보자마자 비명을 질렀다. 소리 지르면서 그는 잠시 구름이 창문을 가렸다고 생각했다. 그리고 곧바로 그는 악의에 찬 수증기 흐름이 자신을 스쳐 가는 것처럼 느꼈다. 이상한 색들이 눈앞에서 춤을 추었다. 눈앞의 공포로 정신이 멍해지지 않았다면 지리학자의 망치가 부순 운석의 포자와 봄에 피어났던 음울한 식물들을 떠올렸을 것이다. 실제로는 자신이 마주한 그 불경하고 괴물스러운 것만 생각했다. 그것은 너무도 명백히 어린 테데우스와 가축과 이름 없는 운명을 같이 겪었다. 하지만 이 공포의 끔찍한 점은 그것이 계속해서 무너지면서도 천천히 눈에 띄게 움직였다는 것이었다.

아미는 이 장면에 대해 더 이상 자세한 얘기를 하지 않았다. 하지만 구석의 형체는 그의 이야기에서 움직이는 물체로 재등장하지 않는다. 세상에는 언급할 수 없는 것들이 있고, 평범한 인간애로 행한 일이 가끔은 잔인하게 법으로 판단받는다. 나는 다락에 움직이는 것이 남아 있지 않았다는 것을 알았고, 움직일 수 있는 무언가를 남기기 위해서는 책임져야 할 존재를 영원한 고통으로 저주할 정도의 끔찍한 행위가 있어야 한다는 것도 알았다. 무신경한 농부가 아니었다면 기절하거나 미쳐 버렸을 것이다. 하지만 아미는 정신을 잃지 않고 낮은 문을 걸어 나와 그 저주스러운 비밀을 잠가 버렸다. 이제 네이엄을 살펴봐야 했다. 먹이고, 간호하고, 보살핌을 받을 수 있는 곳으로 옮겨야 했다.

어두운 계단을 내려가면서 아미는 아래층에서 쿵 하는 소리를 들었다. 심지어 갑자기 멈춰진 비명일 거라 생각했다. 그러고는 위층의 그 두려운 방에서 자신을 스쳐 지나간 기분 나쁜 수증기를 떠올리며 불안해했다. 그의 비명과 진입으로 어떤 존재가 깨어났던 것일까? 막연한 공포감에 멈춰 선 채 그는 계속해서 아래쪽의 소리를 들었다. 분명히 무거운 것이 끌리는 소리가 났고, 끔찍하게 불결한 방식으로 흡입하는 것처럼 대단히 역겹고 찐득거리는 소리가 났다. 연상하는 능력이 극도로 높아졌기에, 그는 자신도 모르게 위층에서 본 것을 떠올렸다. 세상에나! 그가 실수로 들어온 이곳은 도대체 어떤 기괴한 꿈의 세계인가? 그는 감히 앞뒤로 움직일 수 없었고, 그렇게 꽉 막힌 계단의 어두운 곡선부에서 떨며 서 있었다. 그 장면의 사소한 것들이 전부 그의 머릿속에 낙인처럼 남았다. 소리,

두려운 기대감, 어둠, 좁은 계단 높이—그리고 제발 세상에!
(…) 보이는 목공예 제품들의 희미하지만 분명한 발광. 계단,
벽면, 노출된 윗가지, 들보까지 모두!

그때 밖에 있는 아미의 말 히어로가 흥분해서 갑자기 울어
댔다. 이어서 곧바로 정신없이 도망치는 듯한 발굽 소리가 들
렸다. 얼마 지나지 않아 말과 마차는 소리 없이 사라졌고, 무
엇이 그들을 도망치게 했는지 어두운 계단에서 생각하는 겁
에 질린 남자만을 남겼다. 하지만 그게 전부가 아니었다. 또 다
른 소리가 들렸다. 일종의 액체가 튀는 소리였다 — 물소리였
다—분명 우물이었을 것이다. 그는 히어로를 묶지 않고 우물
옆에 두었고, 분명 마차 바퀴가 두겁대를 건드리며 돌멩이를
떨어뜨렸을 것이다. 여전히 그 진저리 나는 오래된 목공예품
에서 희미한 인광이 났다. 세상에, 얼마나 오래된 집인가! 대
부분은 1670년 이전에 지어졌고, 꺾인지붕도 1730년 이전에
지어진 것이었다.

아래층 바닥을 힘없이 긁어 대는 소리가 이제 확연히 들렸
고, 아미는 어떤 목적에서였는지 다락에서 들고 있던 무거운
막대기를 꽉 쥐었다. 천천히 용기를 내며 계단을 다 내려와서
과감하게 부엌으로 갔다. 하지만 그는 걸음을 마무리하지 못
했다. 그가 찾는 것이 더 이상 그곳에 없었기 때문이었다. 그것
이 그를 만나러 왔다. 그건 어떤 면에서는 여전히 살아 있었다.
그게 기어다녔는지 아니면 무언가 외부의 힘에 끌려다녔는지
아미는 알 수가 없었다. 하지만 죽음이 한참 진행되고 있었다.

이 모든 것은 지난 30분 사이에 일어났었다. 하지만 무너지고, 잿빛으로 변하고 부서지는 일은 이미 상당히 진행되었다. 끔찍하게 부서졌고, 마른 조각들이 떨어져 나가고 있었다. 아미는 그것을 건드릴 수 없었고, 이전에 얼굴이었던 것을 모방하는 그 뒤틀린 무언가를 겁에 질린 채 두려움에 차서 바라보았다. "무슨 일이야, 네이엄— 무슨 일이야?" 그가 속삭였다. 그 쪼개지고 튀어나온 입술은 겨우 마지막 대답을 내놓았다.

"그 무엇도 (…) 그 무엇도 (…) 그 색 (…) 불탄다. (…) 차갑고 축축하고 (…) 하지만 불탄다. (…) 그건 우물에서 살았다. (…) 내가 봤다. (…) 일종의 연기 (…) 정말 지난봄 꽃처럼 (…) 우물은 밤에 빛났다. (…) 테느와 머이와 제나 (…) 모든 게 살아 있고 (…) 모든 것에서 생명을 뽑아낸다. (…) 그 돌에 (…) 그 돌 속에서 온 것이 분명해. (…) 그곳을 전부 부숴뜨렸다. (…) 그게 뭘 원하는 모르 (…) 대학에서 온 그 사람들이 돌에서 파낸 그 동그란 것 (…) 그들이 그걸 부쉈다. (…) 똑같은 색이었다. (…) 정말 똑같이, 꽃과 식물처럼 (…) 더 있는 게 분명하다. (…) 씨앗 (…) 씨앗 (…) 그것들이 자랐다. (…) 이번 주에 처음 봤다. (…) 제나에게 강했던 게 분명해. (…) 그는 다 큰 아이지, 활기차고 (…) 그건 너의 정신을 덮치고 나서 널 지배해 (…) 널 태워 버리지 (…) 우물물에서 (…) 당신이 옳았어. (…) 사악한 물 (…) 제나는 우물에서 돌아오지 못했어. (…) 도망갈 수 없어. (…) 제나가 끌려간 후에 그걸 보고 또 봤다. (…) 나비가 뭐, 아미? (…) 내가 제정신이 아니야.

(…) 먹이를 준 지 얼마나 되었는지 몰라. (…) 우리가 조심하지 않으면 나비를 잡을 거야. (…) 그저 색 (…) 나비의 얼굴이 밤이 되면서 언제부터 그 색을 띠기 시작한다. (…) 그리고 불타고 빨아들이고 (…) 그건 사물이 여기와 같지 않은 곳에서 오고 (…) 교수 한 명이 그렇게 말했지. (…) 그가 옳았어. (…) 조심하게, 아미, 그게 무언가 더 할 거다. (…) 생명을 빨아들이지……."

하지만 그게 다였다. 말했던 것은 완전히 무너졌기에 더 이상 말할 수가 없었다. 아미는 빨간색의 체크무늬 식탁보를 남아 있는 것 위에 덮고 나서 뒷문을 통해 들판으로 나갔다. 그는 고개를 올라 4만 제곱미터 크기의 목초지로 갔고, 북쪽 길과 숲을 통해 집으로 터벅터벅 걸어갔다. 그는 말이 도망쳤던 우물을 지나갈 수 없었다. 창문으로 우물을 봤고, 입구 테두리의 돌이 하나도 사라지지 않은 것을 확인했다. 그렇다면 결국 요동치는 마차는 아무것도 떨어뜨리지 않은 거였다—첨벙거리는 소리는 다른 거였다—무언가가 불쌍한 네이엄을 처리한 후에 우물로 뛰어든 거였다…….

아미가 집에 돌아왔을 때 그의 말과 마차는 먼저 와 있었고, 그래서 그의 아내는 갑작스럽게 걱정을 했다. 아무 설명 없이 아내를 안심시킨 후에 그는 곧장 아캄으로 가서 관계 기관에 가드너 가족이 더 이상 살아 있지 않다고 알렸다. 테데우스의 죽음은 이미 알려져 있었기에, 세세한 설명 없이 그저 네이엄과 내비의 죽음만 알렸다. 그리고 원인은 가축을 죽였던 것과 같은 기이한 병인 것 같다고 말했다. 그는 또한 머윈과 제나스가 사라졌다고 말했다. 경찰서에서 많은 질문이 오갔고, 결국 아미는 세 명의 경찰관을 가드너 농장에 데려갔다. 검시관과 의사와 병든 동물을 치료했던 수의사도 같이 갔다. 그는 정말 가고 싶지 않았다. 오후가 빠르게 다가오기에 그 저주받은 곳에 밤이 오는 것이 두려웠기 때문이었다. 그래도 많은 사람들과 함께 간다는 사실이 큰 위안이 되었다.

여섯 명의 남자가 아미의 마차를 뒤쫓아 농장용 경마차를 몰고 갔고, 4시쯤 독기 가득한 농장에 도착했다. 끔찍한 경험에 익숙한 관료들이었지만 다락과 아래층 바닥에 빨간 체크무늬 식탁보 아래서 찾은 것에 놀라지 않은 사람은 없었다. 잿빛 황량함에 둘러싸인 농장 모습만으로도 끔찍했지만, 이 두 개의 무너져 가는 물체는 선을 넘었다. 그 누구도 그것들을 오랫동안 볼 수 없었고, 심지어 의사도 조사할 게 별로 없다고 했다. 물론 표본을 분석하기 위해 바쁘게 그것들을 채취했다─여기서 먼지가 담긴 두 개의 병이 마침내 도착한 대학 연구실에서의 매우 당혹스러운 일로 이어진다. 분광기 아래서 두 개의 샘플은 알 수 없는 스펙트럼을 발산했고, 이 알 수 없는 띠의 상당수가 이전 해의 기이한 운석에서 나왔던 것들과 정확히 같았다. 이 스펙트럼을 발산하는 속성은 한 달 뒤에 사라졌고, 이후 먼지는 대체로 알칼리성의 인산염과 탄소 덩어리였다.

그 남자들이 그 자리에서 바로 무언가를 할 줄 알았다면 아미는 우물에 대해 얘기하지 않았을 것이다. 해가 지고 있었기

238

에 그는 자리를 뜨고 싶어 했다. 하지만 그 거대한 방아두레박 옆의 돌로 된 우물 난간을 불안하게 쳐다보지 않을 수가 없었다. 그래서 형사가 물어봤을 때 그는 네이엄이 그 아래 무엇이 있을 거라고 두려워했다는 사실을 인정했다―너무 두려운 나머지 머윈이나 제나스를 거기서 찾아볼 생각조차 못 했다는 사실도. 이후에 곧바로 우물을 비우고 조사하는 것 외에는 할 수 있는 일이 없었다. 그래서 아미는 양동이로 썩은 물을 연이어 끌어 올려 바깥의 젖은 땅에 붓는 동안 떨면서 기다려야 했다. 남자들은 액체 냄새에 역겨워했고, 마지막에는 자신들이 퍼낸 악취에 코를 막았다. 그들이 걱정했던 만큼 오래 걸리는 일은 아니었다. 수위가 드물게 낮았기 때문이었다. 그들이 찾은 것에 대해 너무 자세히 얘기할 필요는 없다. 대부분 해골 모양이었지만 머윈과 제나스의 일부가 그곳에 있었다. 그 외 작은 사슴과 큰 개가 거의 같은 상태에 있었고, 좀 더 작은 동물들의 뼈들이 많았다. 바닥의 분비물과 진흙은 알 수 없는 이유로 구멍투성이에 거품이 올라왔고, 다른 사람의 손을 잡고 긴 나무 작대기를 들고 내려간 남자는 바닥의 진흙에 작대기를 아무리 깊이 넣어도 딱딱한 방해물이 닿지 않는다고 확인했다.

이제 땅거미가 졌고, 집 안에서 등불을 가져왔다. 그리고 우물에서 더 이상 아무것도 건질 게 없음을 깨달았을 때, 모두 집 안으로 들어가 낡은 거실에서 상의했다. 그사이 반달의 귀신 같은 빛이 집 밖의 잿빛 폐허를 이따금씩 창백하게 비추었다. 남자들은 솔직히 이 모든 일에 어리둥절했고, 식물의 기이한 상태, 가축과 인간에게 닥친 알 수 없는 질병, 훼손된 우물 안에서 발견된 머윈과 제나스의 설명할 수 없는 죽음을 연결하는 그럴 법한 공통의 요소를 전혀 찾을 수 없었다. 물론 그들도 시골 사람들의 이야기를 들었다. 하지만 자연법칙에 어긋나는 무언가가 발생했다고 믿기 힘들어했다. 운석이 토양에 독을 퍼뜨렸다는 점은 의심할 여지가 없었다. 하지만 그 토양에서 자란 것을 전혀 먹지 않은 사람들과 동물들의 질병은 전혀 다른 문제였다. 우물물 때문이었을까? 가능성이 컸다. 우물물을 분석해 보는 것이 좋을 것이다. 하지만 어떤 특별한 광기가 두 소년으로 하여금 우물로 뛰어들게 했을까? 그들의 행동은 매우 유사했다―그리고 조각들은 두 사람 모두 잿빛으로 부서지는 죽음을 겪었음을 보여 주었다. 왜 모든 것이 그처럼 잿빛으로 부스러졌는가?

우물 주위가 빛나는 것을 처음 본 사람은 마당이 보이는 창문 근처에 앉아 있던 검시관이었다. 깜깜한 밤이 되었고, 혐오스러운 대지가 전부 이따금 비추는 달빛 이상으로 희미하게 빛나는 듯했다. 하지만 이 새로운 빛은 무언가 명확하고 명백한 것이었고, 탐조등의 온화한 빛처럼 검은 구덩이에서 튀어나오는 것처럼 보였다. 그 빛은 바닥에 버린 우물물의 작은 웅덩이에 흐릿하게 반사되었다. 매우 기이한 색이었고 남자들이 모두 창가에 모였을 때 아미가 갑자기 비명을 질렀다. 왜냐하면 이 섬뜩한 독기를 품은 이상한 빛은 그에게 낯선 색이 아니었기 때문이었다. 그는 예전에 그 색을 본 적이 있었고, 그게

240

무슨 의미인지 생각하는 게 두려웠다. 2년 전 여름에 그 운석의 불쾌하고 부서지는 포자 속에서 보았고, 봄에 미쳐 버린 식물에서 보았고, 그날 아침 이름을 붙일 수 없는 일이 생겼던 그 끔찍한 다락방의 창살이 있는 작은 창문을 배경으로 잠시 본 것이라고 생각했다. 그곳에서 아주 잠깐 반짝였고, 찐득거리고 몸서리치는 수증기가 그를 스쳐 지나갔다―그러고는 불쌍한 네이엄은 그 색을 띤 무언가에 의해 끌려갔다. 결국 그는 그렇게 말했다―그게 포자와 식물 같다고. 그다음엔 무언가가 마당으로 도망가서 우물에 풍덩 하고 빠졌다―그리고 이제 그 우물은 똑같이 악마 같은 색의 독기 어린 희미한 빛을 밤하늘에 내뿜고 있었다.

갑자기 창가에 있던 형사 한 명이 짧고 날카롭게 헉 소리를 냈다. 다른 사람들이 그를 봤고, 그러고는 바로 그의 눈을 쫓아 위쪽의 한 지점을 바라보았다. 그 지점에서 그의 눈은 별 뜻 없이 돌아다니다가 갑자기 멈춰 있었다. 말이 필요 없었다. 시골의 소문에서 논란이 되었던 것은 더 이상 논란이 아니었다. 그리고 그 집단의 모든 이가 나중에 속삭이며 동의했기 때문에 그 기이한 날들이 아캄에서 전혀 얘기되지 않는 것이다. 그때는 밤에 바람이 없었다고 전제할 필요가 있다. 얼마 지나지 않아 바람이 불기는 했지만 그 당시에는 전혀 없었다. 잿빛으로 바짝 마른 채 남아 있던 노란장대의 마른 잎새도, 가만히 서 있는 농장용 마차의 지붕에 있는 술 장식도 움직이지 않았다. 그럼에도 신이 사라진 그 긴장된 고요함 속에서 마당의 나무들이 모두 헐벗은 높은 가지를 움직이고 있었다. 섬뜩하게 격정적으로 떨면서, 발작적이고 격한 광기로 달빛 구름을 할퀴어 댔다. 역겨운 대기 속에서 하릴없이 긁어 댔다. 마치 검은 뿌리 아래서 힘겹게 뒤틀거리는 지하의 공포를 담고 있는 무언가 이질적이고 몸이 없는 연결선에 의해 움직이는 것 같았다.

몇 초간 아무도 숨을 쉬지 못했다. 그때 좀 더 검고 두꺼운 구름이 달을 지났고, 손짓하는 가지들의 실루엣도 잠시 동안 희미해졌다. 이 순간 모두가 비명을 질렀다. 두려움에 입을 막았지만 쉰 소리였고, 모두 거의 같은 소리였다. 왜냐하면 공포는 실루엣으로 흐려지지 않았고, 좀 더 깊은 어둠의 공포스러운 순간에 관찰자들은 나무 꼭대기 끝에서 수천 개의 작은 점들이 희미하고 부정한 광채로 꿈틀대는 것을 보았기 때문이었다. 가지 끝마다 세인트 엘모의 불이나 성령 강림절에 사도들의 머리 위로 내려오는 불꽃처럼 달려 있었다. 초자연적인 빛이 모인 기괴한 성운이었다. 시체를 먹고 배가 부른 반딧불이 떼가 저주받은 습지 위에서 끔찍한 사라반드 춤을 추는 것 같았다. 불꽃의 색은 아미가 알아보고 두려워하게 된 그 이름 없는 침입자의 색과 동일했다. 그사이에 우물의 인광 기둥은 점점 더 밝아졌고, 한 군데 모여 있는 사람들의 머릿속에는 의식이 형성할 수 있는 그 어떤 이미지도 훌쩍 뛰어넘는 비정상과 파멸의 의미가 자리 잡았다. 인광은 더 이상 빛을 **내는** 것이 아니라 **쏟아졌다**. 그리고 우물을 떠나면서 그 알 수 없는 색의 형체 없는 흐름은 곧바로 하늘로 흘러가는 듯했다.

수의사는 몸을 떨며 앞문으로 걸어가 문 위에 추가로 빗장을 질렀다. 아미도 마찬가지로 떨었고 목소리를 제대로 낼 수가 없어서, 나무의 커져 가는 빛에 사람들의 주의를 끌고 싶었을 때 애를 써서 손으로 가리켜야만 했다. 말들이 울어 대고 발을 구르는 소리는 무시무시했지만 고택에 있던 사람들 중 그 누구도 세상의 어떤 보상에도 나갈 용기가 없었다. 잠시 후 나무의 빛은 늘어났고, 그동안 나무의 흔들리는 가지들이 점점 수직으로 오르려는 듯이 보였다. 방아두레박의 목재는 이제 빛이 났고, 곧바로 경찰관은 멍한 표정으로 서쪽의 석벽 옆에 있는 나무로 된 헛간과 벌통을 가리켰다. 그것들도 빛이 나기 시작했다. 다만 거기에 묶인 방문객들의 차량은 아직 영향을 받지 않았다. 바로 그때 길에서 맹렬한 소란과 발소리가 들렸다. 아미가 좀 더 잘 보기 위해 등불을 껐을 때 그들은 두려움에 제정신이 아닌 회색 말들이 나무 기둥을 부수고 농장용 경마차를 끌고 달아났음을 깨달았다.

그 충격으로 몇 사람의 말문이 트였고, 당황하는 속삭임이 오갔다. "주변의 살아 있는 모든 것에 퍼지고 있군." 검시관이 투덜거렸다. 아무도 답을 하지 않았지만 우물에 들어갔던 사람이 자신의 긴 작대기가 무언가 알 수 없는 것을 건드린 게 분명하다고 추측했다. "정말 끔찍했어." 그가 덧붙였다. "바닥이 전혀 없었다고. 그저 분비물과 방울, 그리고 그 아래 무언가가 숨어 있다는 느낌만 들었지." 아미의 말이 여전히 집 밖의 길에서 발을 구르며 귀가 먹을 정도로 울었고, 그 소리로 주인이 혼란스러운 생각을 입 밖으로 중얼거리며 내는 미약한 떨리는 소리가 거의 잠겨 버릴 뻔했다. "그 돌에서 온 겁니다. (…) 저 아래서 자랐던 거예요. (…) 살아 있는 건 전부 차지했고요. (…) 몸과 정신 모두를 빼먹은 거죠. (…) 테드하고 머윈, 제나스하고 내비 (…) 네이엄이 마지막이었고 (…) 그 사람들 모두 물을 마셨죠. (…) 그들에게 강해졌죠. (…) 그건 저 너머에서 왔어요, 여기하고는 모든 게 다른 곳에서요. (…) 이제 자기들 집으로 돌아가고 있고요……."

이 시점에서 알 수 없는 색을 한 기둥이 갑자기 더 강하게 타올랐고, 이후에 관찰자들이 서로 다르게 묘사했던 환상적인 형상으로 꼬이기 시작했다. 그리고 불쌍한 히어로로부터 그 어떤 인간도 그때까지 혹은 그 이후로도 말이 내는 걸 들어 본 적이 없는 소리가 들렸다. 천장이 낮은 거실에 있던 사람들은 모두 귀를 막았고, 아미가 공포와 메스꺼움에 창문에서 고개를 돌렸다. 말로는 표현할 수가 없었다―아미가 다시 내다봤을 때 그 불쌍한 짐승은 달빛이 마차의 부서진 끌채 사이를 비추는 땅에 움직임 없이 누워 있었다. 그게 바로 다음 날 묻을 때까지 히어로의 마지막 모습이었다. 하지만 당시엔 애도할 틈이 없었다. 왜냐하면 거의 같은 순간에 형사가 그들이 있는 방 안의 끔찍한 무언가로 조용히 주의를 끌었기 때문이었다. 등불이 없었기에 희미한 인광이 방 전체로 퍼지기 시작했다는 사실이 분명했다. 넓은 판자로 된 바닥과 너덜너덜한 카펫 조각에서 빛이 났고, 작은 패널 창문의 창틀 위에서도 반짝거렸다. 인광은 구석의 노출된 기둥의 위아래를 돌아다녔고, 책장과 벽난로 선반 주위에서 빛을 냈고, 문과 가구를 감염시켰다. 시간이 지날수록 인광은 더 강해졌고 마침내 건강하고 살아 있는 것들은 그 집에서 나가야 한다는 점이 분명해졌다.

아미가 그들에게 뒷문과 들판을 가로질러 4만 제곱미터의 목초지로 가는 길을 알려 주었다. 그들은 꿈을 꾸듯이 터벅터벅 걸었고, 멀리 고지대에 이르기 전까지는 감히 뒤돌아보지 못했다. 길이 있다는 것에 감사해했다. 왜냐하면 앞쪽 길로 우물을 지나갈 수가 없었기 때문이었다. 빛나는 헛간과 광 그리고 악마와 같은 모양을 한 옹이투성이의 빛나는 과일나무들을 지나는 것만 해도 끔찍했다. 그나마 최악으로 비틀어 대는 나뭇가지가 높이 있어서 다행이었다. 그들이 채프먼 브룩 위의 통나무 다리를 건널 때 달은 짙은 검은 구름 속으로 들어갔고, 거기서부터 탁 트인 초원까지 장님처럼 더듬으며 가야 했다.

그들이 계곡과 멀리 그 밑에 있는 가드너의 집을 되돌아보았을 때 무시무시한 광경을 목도했다. 농장 전체가 알 수 없는 끔찍한 색들로 빛나고 있었다. 나무와 건물과 그리고 치명적인 잿빛 조각으로 완전히 변하지 않은 잔디와 수풀까지 모든 것이. 나뭇가지는 전부 하늘을 향해 있었고, 불경한 불빛이 끝에서 날름거렸고, 똑같이 끔찍한 불의 아른거리는 작은 불꽃이 집과 헛간과 광의 마룻대 주위를 기어다녔다. 그건 푸젤리* 그림의 한 장면이었다. 그리고 나머지 모든 것을 그 미쳐 날뛰는 무형의 빛이 지배했다, 우물에서 나온 신비한 독의 이질적이

면서 크기를 알 수 없는 색띠가 지배했다—우주적이고 알 수
없는 색채로 끓어오르면서 더듬고, 핥아 대고, 건드리고, 번득
이고, 힘을 주고, 사악한 거품을 냈다.

　그러고는 급작스럽게 그 끔찍한 것이 마치 로켓이나 운석처
럼 하늘을 향해 수직으로 솟아올랐고, 누가 숨을 멈추거나 소
리를 지르기도 전에 아무런 흔적도 남기지 않고 구름 속의 동
그랗고 신기하게 완벽한 구멍 사이로 사라졌다. 그 광경을 본
사람은 누구도 잊을 수 없었고, 아미는 멍하니 다른 별들 위에
서 데네브가 빛나는 백조자리를 쳐다보았다. 그곳에서 알 수
없는 색은 은하수로 녹아 들어갔다. 하지만 다음 순간 그의 시
선은 계곡에서 탁탁거리는 소리를 듣고 재빨리 지상으로 향했
다. 그 집단의 많은 이들이 맹세하듯 폭발음은 아니었다. 그러
나 결과는 똑같았다. 왜냐하면 그 급작스럽고 변화무쌍한 순
간에 저주받은 운명에 처한 농장에서 비정상적인 불꽃과 물질
이 빛을 내며 분출하는 대격변이 일어났기 때문이었다. 이로
인해 몇 사람은 시야가 흐려졌고, 우리의 우주에서 반드시 없
어져야 할 색깔과 환상적인 조각들이 엄청난 폭우처럼 하늘로
올라갔다. 재빨리 재투입되는 수증기 사이로 그 조각들은 사
라져 버린 거대한 죽음을 뒤쫓았고, 다음 순간 똑같이 사라져
버렸다. 그 뒤편과 아래편에는 남자들이 감히 되돌아갈 수 없
는 어둠만 남았다. 그리고 사방에 바람이 강해졌다. 행성 간 우
주에서 온 검고 얼음장 같은 강풍이 급습하는 것 같았다. 바람
은 비명을 지르며 울부짖고, 우주의 미친 광기로 들판과 뒤틀

린 나무를 때려 댔다. 그러자 몸을 떨던 사람들은 네이엄의 집에 무엇이 남아 있는지 보여 줄 달을 기다려 봤자 소용없을 거라는 사실을 깨달았다.

설명을 시도하기에는 너무도 두려웠기에, 그 일곱 명의 남자는 몸을 떨면서 북쪽 길을 통해 아캄으로 터벅터벅 걸었다. 아미는 다른 사람보다 상태가 더 좋지 않았기에 그들에게 곧장 마을로 가지 말고 자기 집 부엌까지 바래다달라고 간청했다. 그는 큰길에 있는 자기 집까지 어둡고 바람 치는 숲을 혼자 걸어가고 싶지 않았다. 그는 다른 사람들은 겪지 않았던 다른 충격을 받았었고, 이후 수년간 언급조차 할 수 없었던 가시지 않는 공포로 영원히 무너져 버렸기 때문이었다. 그 폭풍 치는 언덕에서 다른 사람들이 멍하니 길을 향해 고개를 돌렸을 때, 아미는 자신의 불운한 친구가 최근까지 살고 있던 황량하고 어두운 계곡을 잠시 되돌아보았었다. 그는 저 멀리 폐허가 된 곳에서 무언가가 힘없이 일어나다 결국은 하늘로 올라간 거대한 형체 없는 공포가 나왔던 곳으로 다시 가라앉는 것을 보았었다. 그건 그저 하나의 색이었다―하지만 지상과 천국의 색은 아니었다. 그리고 아미는 그 색을 알아보았고, 최후로 희미하게 남은 것이 저 아래 우물에 여전히 숨어 있다는 점을 분명히 알았기에 이후로 제정신이 아니었다.

아미는 그 근처엔 절대로 다시 가지 않으려 했다. 그 공포스러운 일이 생긴 지 이제 반세기가 지났지만 그는 거기에 간 적이 없었고, 새 저수지가 그곳을 지워 버릴 때가 오면 무척 기뻐

할 것이다. 나 또한 기쁠 것이다. 왜냐하면 내가 지나친 그 버려진 우물 입구 주위에서 햇빛이 변색되는 것을 좋아하지 않기 때문이다. 나는 물이 항상 매우 깊기를 바란다―하지만 그렇다 하더라도 절대로 마시지는 않을 것이다. 이제 다시 아캄을 방문할 것 같지는 않다. 아미와 함께했던 세 명은 다음 날 낮에 폐허를 보기 위해 돌아갔지만 폐허라고 할 것도 없었다. 그저 굴뚝 벽돌과 지하실 석재, 이곳저곳 돌과 철 부스러기, 사악한 우물의 테두리뿐이었다. 그들이 끌어내 묻은 아미의 죽은: 말과 그들이 바로 아미에게 돌려준 마차를 제외하곤 이전에 살고 있던 모든 것이 사라졌다. 소름 끼치는 2만 제곱미터 크기의 칙칙한 잿빛 사막이 남았고, 그곳에는 이후 아무것도 자라지 않았다. 오늘날까지 숲과 들판 사이에 산성 물질로 녹아 버린 거대한 점처럼 하늘 아래 펼쳐져 있고, 지역의 이야기에도 불구하고 그곳을 감히 보려고 했던 몇몇 사람들은 그곳을 '말라 죽은 관목'이라고 이름 지었다.

시골에 떠도는 이야기들은 기이했다. 만일 도시 남자들과 대학의 화학자들이 사용하지 않는 우물의 물이나 그 어떤 바람도 날리지 않는 잿빛 먼지를 분석할 정도로 관심을 가졌다면 더욱 기이했을지도 모른다. 식물학자도 마찬가지로 그 지점의 경계에서 성장이 멈춘 식물들을 연구했어야만 했다. 마름병이 퍼지고 있다는 지역 사람들의 추측에 실마리를 던져 줬을 수도 있었기 때문이었다―마름병은 조금씩 아마도 한 해에 3센티미터 정도 퍼지고 있었다. 사람들은 봄에 주변 초목의 색이 아주 정상이 아니었다고 말한다. 그리고 야생 동물들이 가벼운 겨울 눈에 기이한 발자국을 남긴다고도 한다. 말라 죽은 관목에는 절대로 다른 곳에서처럼 심하게 눈이 내리지 않는다. 말들은―자동차 시대에 남은 몇 마리는―고요한 계곡에서 겁에 질려 한다. 사냥꾼들은 개들이 잿빛 먼지 얼룩에 너무 가까이 가지 못하게 한다.

사람들은 정신에도 매우 안 좋은 영향을 끼친다고 말한다. 네이엄이 사라진 후 몇 년 동안 여러 사람이 이상해졌고, 그들은 도망칠 힘이 없었다. 그러다 정신력이 강한 사람들이 전부 지역을 떠났고, 외국인들만이 무너지는 오래된 농장 지역에 살려고 했다. 하지만 그들도 머물 수가 없었다. 가끔은 그들의 터무니없이 기이하고 은밀한 마술들이 우리가 알 수 없는 혜안을 그들에게 주었을지 궁금하다. 그들은 그 기괴한 지역에서 밤새 매우 끔찍한 꿈을 꾸었다고 주장한다. 분명히 그 어두운 영토는 모습만으로도 음울한 상상력을 자극하기에 충분하다. 그 깊은 골짜기에서 이상한 느낌을 받지 않는 여행객은 없고, 보이는 만큼이나 신비로움이 정신적으로 느껴지는 빽빽한 숲을 그리면서 예술가들은 몸서리를 친다. 나 자신도 아미가 이야기를 해 주기 전에 혼자 걸으면서 가졌던 감정을 궁금해 한다. 땅거미가 졌을 때 나는 구름이 조금 생기기를 막연히 기대했다. 머리 위 깊은 천공에 대한 기묘한 두려움이 내 영혼을 파고들었기 때문이었다.

내 의견을 묻지 마라. 나도 모른다―그게 전부다. 아미를 제외하고는 물어볼 사람이 없다. 아캄 사람들이 그 기이한 날들에 대해 이야기하지 않으려 하기 때문이다. 그리고 운석과 색깔이 있는 포자를 본 세 명의 교수는 모두 죽었다. 다른 포자들이 있었다―그건 분명하다. 하나는 분명히 배를 채우고 도망쳤을 것이고, 아마도 다른 하나는 너무 늦었을 것이다. 분명한 점은 그것이 아직도 우물 아래 있다는 것이다―나는 독이 스며든 그 입구 위에서 햇빛이 이상하다는 것을 안다. 시골 사람들은 마름병이 매년 3센티미터씩 커진다고 말한다. 그렇다면아마 지금도 일종의 성장이나 영양분이 있을 것이다. 하지만어떤 악마의 새끼들이 거기 있든 간에 무언가에 묶여 있는 것이 분명하다. 그렇지 않다면 빠르게 퍼졌을 것이다. 대기를 할퀴는 나무들의 뿌리에 묶여 있는 것일까? 현재 아캄 이야기 중하나는 밤에 그러지 말아야 함에도 불구하고 빛이 나고 움직이는 두툼한 참나무에 관한 것이다.

그게 무엇인지는 신만이 알 것이다. 물질적 측면에서 나는아미가 묘사했던 것이 가스로 불려야 한다고 생각한다. 하지만 이 가스는 우리 우주의 것이 아닌 법칙을 따랐다. 이건 우리의 천문대 망원경과 사진판에서 빛나는 세계들과 태양들에서나온 것이 아니었다. 우리의 천문학자들이 측정하는 움직임과크기를 가진 하늘에서 불어온 것이 아니었다. 너무도 광대해서 측정할 수 없는 곳에서 온 것이었다. 그건 그저 우주로부터온 하나의 색이었다―우리가 알고 있는 자연 너머의 모양을갖추지 않은 무한의 영역으로부터 온 두려운 전령이었다. 그 존재만으로 우리의 뇌와 감각을 정지시키는 세계에서 왔고, 우리의 광분한 눈앞에 초우주의 검은 심연을 펼쳐 놓았다.

결단코 아미가 의도적으로 내게 거짓말을 했다고 믿지 않는다. 그리고 마을 사람들이 경고했듯이 그의 이야기가 전부 일시적 광기라고 생각하지 않는다. 운석을 타고 무언가 끔찍한 것이 그 언덕과 계곡으로 왔다. 그리고 무언가 끔찍한 것—비록 어떤 규모인지는 모르지만—이 여전히 남아 있다. 물이 흐르는 걸 보면 나는 기쁠 것이다. 그사이에 나는 아미에게 아무 일도 일어나지 않기를 바란다. 그는 그것을 너무 많이 보았고—그리고 그 영향은 매우 사악했다. 그는 왜 아예 떠나지 못했을까? 그가 얼마나 뚜렷하게 네이엄의 마지막 말을 떠올렸는가—"도망갈 수 없어. (…) 널 끌어들이지. (…) 뭔가 오는 걸 알지. 하지만 다 소용없어……." 아미는 정말 좋은 노인이다—저수지 일꾼들이 일을 시작하면 나는 주임 기사에게 그를 자세히 살펴 달라고 꼭 편지를 쓸 것이다. 나는 점점 더 끈질기게 나의 잠을 방해하는 잿빛의 뒤틀리고 부서진 괴물로 그를 생각하고 싶지 않다.

16 **네펜테스** Nepenthes. 그리스 신화에 등장하는, 슬픔을 치유하는 '망각의 약'.

17 **네프렌 카** Nephren Ka. 크툴루 신화에 따르면 고대 이집트 제3 왕조의 마지막 파라오로, 니알라토텝의 숭배자이자 아바타로 알려져 있다.

35 **아티스** Atys/Attis 아티스는 신들의 위대한 어머니 키벨레의 배우자로 프리기아, 소아시아, 로마 제국 등에서 숭배되었다. 자해와 죽음과 재생을 통해 겨울에는 죽고 봄에 되살아나는 식물의 신으로 알려져 있다.

카툴루스 Catullus(B.C. 84?~54?). 고대 로마의 서정시인 중에 사랑과 증오의 표현을 가장 잘한 시인으로 인정받고 있다.

키벨레 Cybele. 신들의 위대한 어머니로 알려진 대지의 신으로 고대 그리스 신화의 레아와 유사하다.

40 **트로아스** Troas. 튀르키예 북단에 위치한 지역으로 트로이와 알렉산드리아 트로아스 등의 고대 그리스 도시가 위치했던 곳이다.

대통령의 급작스러운 사망 미국의 27대 대통령으로 1921년에 취임한 워런 G. 하딩은 임기 중인 1923년에 샌프란시스코에서 심장 마비로 급작스럽게 사망했다.

트리말키오 Trimalchio. 1세기에 페트로니우스가 쓴 풍자 소설 『사티리콘』에서 '트리말키오의 연회'에 등장하는 인물.

43 **필트다운인** Piltdown人. 1912년 영국의 필트다운에서 아마추어 고고학자인 찰스 도슨은 원시 인류의 화석을 발견했다고 보고했다. 그 결과 '도슨이 발견한 최초의 인간'이라는 학명으로 알려졌지만, 1953년에 인간, 오랑우탄, 침팬지의 뼈를 짜맞추어 만든 위조품으로 판명되었다.

44 **[에른스트 테오도어 아마데우스] 호프만** Ernst Theodor Amadeus Hoffmann(1776~1822). 독일 낭만주의 작가이자 작곡가로 주로 판타지와 고딕적인 이야기를 집필하였다.

[조리 카를] 위스망스 Joris Karl Huysmans(1848~1907). 프랑스의 소설가로 데카당스 운동의 일원으로 염세주의적인 작품을 썼다.

50 **앨저넌 [헨리] 블랙우드** Algernon Henry Blackwood(1869~1951). 영국의 방송가이자 저널리스트이며, 귀신 이야기를 주로 쓴 작가로 러브크래프트는 그를 '현대의 대가'라고 칭송했다.

69 **[피에르 르모인] 디베르빌** Pierre Le Moyne d'Iberville(1661~1706). 프랑스 모험가로 루이지애나 식민지를 세운 것으로 알려져 있다.

[르네 로베르 카벨리에 드] 라 살 René Robert Cavelier de de La Salle(1643~1687). 프랑스 모험가로 미시시피강 유역을 프랑스령으로 만들고, 루이지애나(La Louisiane)로 명명했다.

70 **[시드니 허버트] 심** Sidney Herbert Sime(1865~1941). 영국 화가로 환상적이고 풍자적인 그림을 주로 그렸다.

[앤서니] 앙가롤라 Anthony Angarola(1893~1929). 미국 화가로 이민자를 주로 그렸는데 러브크래프트는 그의 그림을 좋아했다.

78 **아서 매컨** Arthur Machen. 웨일스 출신 작가인 아서 르웰린 존스(Arthur Llewellyn Jones, 1863~1947)의 필명으로, 초자연적이고 공

포스러운 이야기를 주로 집필했다.

클라크 애슈턴 스미스 Clark Ashton Smith(1893~1961). 미국 작가로 러브크래프트와 함께 기이한 이야기의 대가로 인정받고 있다.

108 **파우누스** Faunus. 고대 로마 신화의 신으로, 그리스 신화의 판(Pan)과 동일한 숲의 신으로 알려져 있다.

드리아드 Dryad. 그리스 신화에 등장하는, 숲에 사는 정령으로 아름다운 젊은 여인의 모습을 하고 있다.

칼리칸트자로스 Kallikantzaros. 그리스 민담에 등장하는 크리스마스의 말썽쟁이 요정.

111 **R. F. D.** Rural Free Delivery. 지방 무료 우편 배달.

177 **피치** pitch. 석유나 석탄에서 나오는 검고 끈적한 물질.

178 **파란빛이 나는 크나얀~엔카이** 본문에서 소개되는 크나얀, 요스, 엔카이는 모두 러브크래프트가 창작한 가상의 공간으로 크나얀은 미지의 원시 인류가 사는 지하 세계이다. 요스는 파충류 무리가 문명을 이룩한 곳이며 엔카이는 점액질로 이루어진 존재들이 차소구아를 숭배하는 세계다.

180 **도엘** 러브크래프트가 창조한 생물로 다리가 많이 달린 절지동물을 닮은 것으로 묘사된다.

205 **[폴 구스타브] 도레** Paul Gustave Doré(1832~1883). 프랑스의 삽화가이자 판화 제작자.

215 **비트만슈테텐 구조** 철질 운석의 단면을 연마했을 때, 마치 산성 용액에 의해 부식된 것과 같은 격자무늬의 패턴을 지칭한다. 1804년에 오스트리아의 광물학자 비트만슈테텐(Alois von Beck Widmanstätten)이 발견했다.

231 **테드** 테데우스를 일컫는다.

245 **[헨리] 푸젤리** Henry Fuseli(1741~1825). 스웨덴 화가로 초자연적인 주제의 그림을 주로 그렸다.

기이한 세상을 위한 기이한 문학

이동신(서울대학교 영어영문학과 교수)

번역의 어려움

다른 작가들의 경우에도 마찬가지겠지만, 러브크래프트의 작품을 번역하는 일은 특히 어렵게 느껴진다. 어려움은 작품의 안팎에서 나타난다. 우선 외부적으로 러브크래프트의 특별한 독자층이 있다. 최근에 조금씩 관심을 가지는 이가 늘어나고 있지만, 전통적으로 러브크래프트의 독자층은 소위 '마니아'에 가까운 이들이 많다. 이는 러브크래프트가 펄프 잡지의 전성시대인 1920년대 후반부터 1930년대에 주로 활동했다는 점과 관련이 있다. 공상 과학 소설과 환상 소설 그리고 공포 소설 등, 이른바 장르 문학에 속한다고 볼 수 있는 작품들이 이 시기에 잡지를 통해 젊은 독자층을 확보했다. 대중문화 역사가들이 빅 포(Big Four)라고 부르는 네 권의 잡지인 『아르고시』, 『어드벤처』, 『블루북』, 『쇼츠 스토리스』가 19세기 말 혹은

20세기 초에 펄프 잡지의 기반을 다졌다면, 1920~1930년대에 휴고 건스백과 존 W. 캠벨이라는 탁월한 편집자들에 의해 주도된 공상 과학 소설을 주로 다루는 『어메이징 스토리스』와 『어스타운딩 스토리스』가 펄프 잡지의 중흥기를 이끌었다. 또한 이 시기에는 공포나 판타지를 주로 다루는 『위어드 테일스』도 있었고, 러브크래프트의 경력은 바로 이 잡지에서 시작했다고 해도 과언이 아니다.

주로 10대로 구성된 20세기 초반의 펄프 잡지 독자층은 성장하면서 자발적으로 팬클럽과 팬덤을 형성했고, 이를 통해 장르 문학 창작에 좀 더 적극적으로 개입하는 영향력을 키워갔다. 이야기를 혼자서 읽고 즐기는 데 만족하지 않고, 다른 독자들과 교류를 하고 각각의 이야기, 작가, 장르 전반에 관한 토론을 거치면서 창작자들에게 좀 더 수준 높은 작품을 요구하기 시작한 것이다. 그 결과 펄프 잡지는 이른바 황금기를 맞이했고, 아마추어 전문가 수준의 독자층이 등장했다. 아이작 아시모프나 J. R. R. 톨킨이 그런 독자층을 가진 대표적 작가라고 한다면, 러브크래프트도 빼놓을 수 없는 작가라고 할 수 있다. 어쩌면 러브크래프트의 이야기를 넘어서 그의 방대한 '크툴루 신화'를 숙지하고, 그 세계관과 철학에 심취하는 이들이 많다는 점에서 러브크래프트의 독자층을 진정한 '마니아'라고 해야 할 것이다.

여기서 첫 번째 어려움이 생긴다. 러브크래프트의 작품을 전부 번역하는 것이 아니라면 어떤 작품을 선택할지 조심스럽기 때문이다. 번역을 준비하면서 어떤 작품을 필독해야 할지 궁금해서 검색을 해 보거나 주변의 러브크래프트 팬에게 물어봤을 때 목록은 매번 달랐다. 물론 「크툴루의 부름」과 같은 대표적인 작품이 공통으로 들어 있지만 대부분 목록은 서로 차이가 있었다. 문제는 다름이 그저 개인의 취향이나 경험에 기인한 것이라기보다는 러브크래프트 전문가의 입장에서 당연히 그럴 법한 이유로 다르다는 점이다. 서로 다른 목록인데도 모두 정답처럼 느껴진다. 문학 비평가가 나서서 권위 있는 목록을 제시할 법하지만, 이는 러브크래프트의 인기와 중요성을 유지하는 데 가장 중요한 역할을 한 전문 독자층을 무시하는 것과 같다. 장르 문학에 속하는 다른 작가의 경우도 크게 다르지 않겠지만 러브크래프트에 있어서는 특히나 그래서는 안될 것이다. 따라서 러브크래프트의 전문 독자층에 비해 전혀 전문적이지 않은 번역자가 선정한 작품을 모았다는 점에서 이 책을 러브크래프트의 대표작 선집이라고 하기는 힘들다.

그렇다면 이 번역집을 뭐라고 해야 할까? 이게 바로 첫 번째 어려움에서 나오는 질문이다. 질문은 뒤에 답하기로 하고, 두 번째 어려움을 얘기하고자 한다. 또 다른 외부적 요인에서 오는 어려움이지만, 동시에 내부적 어려움이기도 하다. 바로 작가의 문제적 정치 윤리관이다. 대체로 알려져 있다시피 러브크래프트는 우생학 찬성론자이면서 반유대주의자이다. 사실 우생학은 러브크래프트의 생애에 비교적 신생 과학이었고, 그와 같은 작가를 포함한 많은 지식인들이 동조했다. 대표적인

이로 공상 과학 소설의 아버지라 할 수 있는 H. G. 웰스와 저명한 극작가인 조지 버나드 쇼가 있었고, 1901년부터 1909년까지 미국 대통령이었던 시어도어 루스벨트도 우생학을 찬성했다. 더욱이 미국에서는 우생학이 20세기 중반까지 감옥 등에서 범죄자에게 단종 수술을 하는 식으로 시행되었다. 마찬가지로 반유대주의도 오랜 역사와 더불어 20세기 초반에 미국 사회에서 공공연히 자행되었다. 그렇다고 러브크래프트의 정치 윤리를 그저 시대의 산물이라고 대수롭지 않게 넘어갈 수는 없다. 같은 시대에 우생학과 반유대주의를 비판하는 이들도 많았기 때문이다.

잘 알려져 있다시피 러브크래프트가 공유한 정치 윤리관은 제2차 세계 대전 중에 나치의 유대인 학살이 벌어지면서, 즉 철학자 해나 아렌트가 "인류에 대한 범죄"라고 명명한 사건이 일어나면서 20세기에 가장 비난받아야 할 입장이 되었다. 작가의 그런 입장을 인지하면서 그의 작품을 알리는 것이 과연 옳은 일일까? 누군가는 작가의 개인사와 작품의 작품성은 다른 영역이라고 한다. 정치 윤리관이 아니더라도 사적인 문제가 많았던 작가는 부지기수였고, 그런 작가의 작품을 모두 거부한다면 문학이라는 전통은 구멍투성이가 되면서 결국 무너질 것이라고 말하기도 한다. 하지만 작가 차이나 미에빌이 지적하듯이, 러브크래프트의 작품에서 "공포, 경외, 러브크래프트를 위대하게 만드는 것들은 인종을 섞는 것에 관한 그의 편집증적 공포로부터 분리될 수 없다". 실제로 그의 여러 작품에서 혼종에 대한 공포, 특히 이 공포를 유전적 측면에서 다루는 것을 확인할 수 있다. 즉 러브크래프트의 우생학과 반유대주의는 그의 작품과 불가분의 관계에 있는 것이다. 문학 전통에 대한 염려도 만일 이런 작가들의 부재로 전통이 무너진다면, 그렇지 않은 작가들을 발굴해 다시 세우면 될 것이라고 반박할 수 있다.

러브크래프트가 문제적 정치 윤리관을 가졌고, 그런 관점이 알게 모르게 녹아들어 있는 작품을 번역하고 알리는 일이 옳은 일일까? 두 번째 어려움은 바로 이런 질문을 남긴다. 역시 뒤에서 다시 다루기로 하고, 이제 마지막 어려움을 언급하고자 한다. 바로 번역 자체의 어려움이다. 번역하다 보면 다양한 이유로 어려움에 봉착한다. 때로는 작품이 인유(引喩)하는 문화적·역사적 맥락이 너무도 복잡하고 방대하여 단순히 내용만 번역해서는 안 될 때가 있다. 그런 맥락에서 용어가 어떻게 통용되는지 확인하고, 의미만 전달하는 것이 아니라 용어 자체를 적확하게 사용해야 하기에 품이 많이 들 수밖에 없다. 혹은 원문의 문장 구조나 단어가 너무도 복잡하고 어렵게 되어 있어서 충분히 풀어내는 작업이 선행되어야 할 때도 있다. 이때 작가가 그러한 복잡함과 난해함으로 중요한 무언가를 의도했다면 어느 정도 풀어내야 할지 심사숙고해야만 한다. 러브크래프트의 작품은 후자에 가깝다. 하지만 그의 작품을 번역하는 어려움은 한층 더 심각하다.

러브크래프트의 원문을 번역하기 힘든 이유는 우선 복잡하고 난해한 문장을 풀어낸다고 의미가 드러나는 것이 아니기 때문이다. 이는 그의 작품 전반에 흐르고 있는 '크툴루 신화'의 모호함과 관련이 있겠지만, 꼭 신화를 인유하지 않더라도, 그의 문장 상당수가 정확한 의미를 담고 있지 않다. 특히 인물들이 공포스러운 경험을 겪기 시작하면 더 그렇다. 자신들이 경험하는 것이 무엇인지 모르기에, 그만큼 그들의 문장도 의미와 멀어질 수밖에 없기 때문이다. 이처럼 풀어낼 것이 없는 복잡함과 난해함을 밝혀내는 작업은 마치 탈출구가 없는 산을 헤매면서 탈출하려는 인물의 경험과도 같다. 이로부터 더 큰 어려움에 봉착한다. 풀어낼 의미가 없는 문장은 바로 인물의 그런 경험, 즉 분위기를 전하고 있기 때문이다. 복잡함과 난해함은 드러내야 할 무언가를 감추는 것이 아니라 그 자체로 의의가 있다는 뜻이다. 여기서 영어와 우리말의 차이가 걸림돌이 된다. 관계 대명사 등을 통해 길게 문장을 늘릴 수 있는 영어와 달리 우리말은 그렇지 못하다. 긴 호흡으로, 마치 끝나지 않는 숲길을 헤매듯 따라가는 영어 원문에서 느껴지는 분위기를 우리말로 그대로 옮기기가 불가능한 것처럼 보인다.

하지만 번역의 문제는 단지 영어와 우리말의 언어적 차이로 인한 어려움이 아니다. 바로 러브크래프트가 일으키고자 하는 분위기, 즉 애매모호함과 매혹이 얼버무려진 그의 작품 특유의 공포로 인한 어려움이 더해져 있다. 공포스럽다, 매혹적이다, 모호하다, 두렵다 등으로 번역을 하고는 있지만 과연 같은 감정을 말하는 것인지 의문이 든다. 러브크래프트를 흔히 공포 소설 작가로 소개하고 있는데, 그의 작품이 담고 있는 공포가 과연 우리가 공포라는 말로 느끼는 감정과 같은 것일까? 앞서 언급한 우생학과 반유대주의에서 출발해 영어로 표현된 특정한 국가적·문화적·시대적 공포가 21세기 한국의 독자에게 한국어로 전해질 수 있을까? 공포를 시대나 장소를 넘어 보편적 감정이라고 할 수 있을까? 러브크래프트의 작품을 번역하다 보면 이러한 질문들에 부닥친다. 결국 세 번째 어려움이 던지는 질문은 다음과 같다. 번역될 수 없는 분위기를 어떻게 전달할 것인가?

러브크래프트의 작품 세계를 움직이는 힘들

이제 번역의 어려움에서 나온 세 질문을 하나씩 답하며 러브크래프트에 대해 좀 더 얘기해 보자. 이 번역집을 뭐라고 해야 할까? 이 책에 번역된 작품은 「외부자」, 「벽 속의 쥐들」, 「크툴루의 부름」, 「어둠 속에서 속삭이는 자」, 「우주로부터의 색」 등 총 다섯 편이다. 러브크래프트의 수많은 작품에서 고작 다섯 편을 담은 책을 대표작 모음이나 선집이라고 하기엔 민망할 것이다. 대신 각각의 작품을 선택한 이유를 짧게나마 설명한다면 어떤 책을 만들려고 했는지 밝혀지지 않을까 싶다. 우선 「크툴루의 부름」은 피할 수 없는 선택이라고 할 수 있다. 이 작품을 빼놓고 러브크래프트의 작품 세계를 얘기할 수 있을까?

'크툴루 신화'의 시작을 알리면서 그의 우주관의 토대를 마련한 이 이야기는 동시에 그가 추구하는 공포의 특별함을 엿볼 수 있는 곳이다. 바로 초자연적인 것처럼 보이면서도 결코 비과학적이지 않은 기이한 공포이다. 크툴루는 신비롭고 영적인 영향력을 가진 존재이지만, 엄밀하게 말하자면 먼 우주에서 온 외계인이다. 러브크래프트를 공포 소설이나 공상 과학 소설 작가로 국한할 수 없는 이유도 바로 이 때문이다.

「어둠 속에서 속삭이는 자」는 러브크래프트를 어떤 특정 장르로 귀속시킬 수 없다는 사실을 재확인시키는 작품이다. 민속학자이면서 과학적이고 합리적인 시각에서 미신과 신화를 거짓이라 비웃던 화자는 점차 그럴 수 없는 상황에 부닥치게 된다. 하지만 역설적으로 그 같은 상황에 빠지면 빠질수록 그가 경험하는 공포는 과학적이고 합리적인 설명이 점차 가능해진다. 외계 존재가 암시되고, 그들의 과학 기술이 등장하기 때문이다. 「크툴루의 부름」에서와 마찬가지로 러브크래프트는 독자에게 선택을 요구한다. 지구에 사는 인간으로 이곳을 유일한 현실 세계라고 굳게 믿으면서 우주의 다른 세계를 현실의 일부로 받아들이지 않을 것인지, 아니면 전혀 다른 세계와 다른 외계 존재를 수용하여 지구라는 세계에 묶여 있는 세계관을 과감히 버릴 것인지 정해야 하는 것이다. 전자를 택하는 이에게 크툴루는 환상적인 '신화'이고, 후자에게는 신화와 같은 현실이다.

「외부자」의 주인공은 바로 그런 선택을 해야만 하는 인물이기에, 어쩌면 러브크래프트를 읽는 독자 자신이라고 할 수 있다. 평생을 성안에 갇혀 살던 주인공은 이제 전혀 새로운 세상을 마주한다. 너무나 다르면서도 너무나 매혹적인 이 세상에서 그는 항상 외부인이고, 그에게도 이 세상 사람들은 언제나 외부인일 뿐이다. 두 세상은 하나의 우주에 공존하면서도 결코 하나의 세상이 될 수 없는 것이다. 외부인임을 받아들이면서 새로운 세상을 돌아다닐 것인가, 아니면 외부인이기를 거부하고 자신의 세상으로 다시 돌아갈 것인가?「외부자」의 주인공은 자신만의 선택을 하고,「어둠 속에서 속삭이는 자」의 화자도 선택을 한다. 그러나 둘의 선택은 정반대인 것처럼 보인다. 누구의 선택이 옳은 것일까? 러브크래프트의 우주는 이처럼 끝없이 선택이 던져지는 곳이다.

하지만 우리는 얼마나 자유롭게 선택할 수 있을까? 그리고 우리가 어떤 선택을 한다면, 자유 의지나 사회적 혹은 경제적 지위나 지식 등 우리 자신만의 역량이나 혹은 후천적으로 발달한 역량이 얼마나 큰 역할을 하는 것일까? 러브크래프트의 신비로운 우주관에 따르면, 크툴루를 포함한 외계 존재들이 고대부터 잠재적 영향력을 행사하는 세계이다. 그런 세계에서 인간은 얼마나 자유로운 존재일까?「벽 속의 쥐들」은 이런 질문에 대한 그의 답을 엿볼 수 있는 작품이다. 조상의 오명에서 벗어나고자 미국으로 건너와 가문의 성까지 바꾼 집안의 자손인 주인공은 우연한 기회로 조상이 살던 영국의 저택으로 돌아가 살게 된다. 그곳에서 기이한 일을 겪으면서, 결국 그가 여전히 그 가문의 일부이기에 겪는 경험임을 깨닫는다. 하지만 점차 더 깨닫는 사실은 자기 가문이 훨씬 더 오래된 고대의 어떤 종족의 일부라는 점이다. 엄청난 세월이 지났음에도, 그리고 그사이에 문명과 역사와 사회의 변화가 있었음에도 주인공은 여전히 무언가에 붙잡혀 있다. 그것은 바로 고대로부터의 유전이다.

「벽 속의 쥐들」이 우생학, 더 나아가 유전학에 관한 러브크래프트의 생각을 보여 주는 작품이라면 「우주로부터의 색」은 유전에서 다시 우주로 눈을 돌리게 한다. 유전만으로는 선택을 설명할 수 없기 때문이다. 하지만 이번에는 「크툴루의 부름」이나 「어둠 속에서 속삭이는 자」에 등장하는 고대의 외계 존재가 아닌 현재의 무언가로 인한 변화를 얘기한다. 아주 오래전부터 영향을 끼친 존재들은 유전과 구분될 수 없을 정도이다. 하지만 「우주로부터의 색」에 등장하는 이름 모를 외계의 존재는 지금도 그런 변화가 가능하다는 것을 알려 준다. 따라서 러브크래프트의 우주관이 고대의 존재로만 가득 차 있다는 것은 오판이다. 고대의 외계 존재를 다루든 아니면 조상을 다루든 그가 관심 있어 하는 것은 바로 현재이기 때문이다. 어쩌면 조금 지루하게 들릴지 모르겠지만 이 번역집에 맞는 제목은 '러브크래프트의 세계를 움직이는 힘에 관한 다섯 작품' 정도가 어떨까 싶다.

세상에서 문학으로

러브크래프트 본인은 어떤 세상에 살았을까? 그는 1890년
로드아일랜드주의 프로비던스에서 태어났고, 같은 곳에서
1937년에 사망하였다. 물론 중간에 뉴욕에 거주했지만, 말년
에 고향으로 돌아왔고, 결과적으로 삶의 대부분을 뉴잉글랜드
지방에서 보냈다. 따라서 그의 작품이 대체로 같은 지역을 배
경으로 한 점은 당연해 보인다. 하지만 「크툴루의 부름」에서
확인할 수 있듯이 뉴잉글랜드가 배경이라 해서 이야기가 그곳
에서만 이루어지는 것은 아니다. 고대의 외계 존재가 항상 세
계 전체에 영향력을 행사해 왔기에 그럴 수도 있지만, 무엇보
다 러브크래프트가 사는 세상은 이전의 어떤 시대보다 더 긴
밀하게 연결되어 있기 때문이다. 그의 작품은 이러한 변화를
불러온 원인들에 대한 언급으로 가득하다. 신문과 전보와 기
차와 증기선까지 먼 곳의 소식을 금방 접하면서 직접 그곳으
로 이동할 수 있도록 해 주는 과학 기술의 영향으로 당시의 세
계는 하나가 되는 듯했다. 역설적이지만 그렇게 하나가 됨으
로써 세계는 처음으로 세계 대전이라는 경험을 하고 말았다.

하나의 세계가 가시화되는 듯한 시대에 살면서, 상상력을
통해 이를 하나의 우주라는 틀로 확장하는 곳이 바로 러브크
래프트의 작품 세계이다. 따라서 뉴잉글랜드라는 공간은 결
코 협소하지 않다. 그곳의 사람들과 그곳에서 벌어지는 일들
이 전부 우주적인 의미를 띠기 때문이다. 어쩌면 하나의 세계,

지구촌, 세계 경제 등 세계를 하나로 묶어 주는 용어들에 익숙한 21세기 독자들은 러브크래프트 작품의 세계관을 낯설어하지 않을뿐더러 불안해하지 않을 것이다. 하지만 20세기 초에 살던 러브크래프트에게도 그랬을까? 그의 작품에서 전해지는 불안감과 공포는 미지의 두려운 존재들을 상상한 결과가 아니라 눈앞에서 벌어지는 변화에 대한 반응이 아니었을까? 그가 상상한 외계 존재들은 현재의 불안감과 공포에 대해 작가로서 대처한 결과가 아니었을까?

러브크래프트는 정치에도 관심이 많았다. 초반에는 선조들과 마찬가지로 공화당을 지지하는 보수주의자였고, 대공황 이후에는 사회주의를 지지한 것으로 알려져 있다. 시어도어 루스벨트 대통령의 열렬한 지지자였고, 아돌프 히틀러도 잠시 지지했다. 무엇보다도 앞서 언급했듯이 그는 우생학과 반유대주의를 믿었다. 우생학을 믿는다는 것은 특정 과학에 대한 믿음만을 의미하지 않는다. 서구 제국주의의 확장으로 다양한 인종이 섞이고, 그 결과 19세기 말에 순수한 혈통의 소멸로 서구 사회가 쇠락하고 있다는 시각에서 많은 이들이 우생학을 해결책이라 믿었기 때문이다. 그리고 인종적인 편견은 당연히 서구 문명에서 내내 인종적 박해의 대상이었던 유대인에 대한 새로운 혐오로 이어졌다. 유대인을 의심하고 배척하는 움직임은 잘 알려져 있다시피 2차 세계 대전 중 나치의 유대인 학살로 이어지기도 했다. 러브크래프트는 20세기 초반 이러한 정치적 정서에서 보면 예외적이지는 않다.

물론 예외적이지 않다고 해서 그의 정치관과 인종관에 면죄부가 주어지는 것은 아니다. 비판받을 점은 분명 비판받아야 마땅하다. 그렇다면, 앞서 언급했듯이, 러브크래프트의 문제적 정치 윤리관이 알게 모르게 녹아들어 있는 작품을 번역하고 알리는 것이 옳은 일일까? 여기에는 다양하고 때로는 상충하는 답이 있을 터이고, 따라서 개인적인 답을 해 볼 수밖에 없다. 개인적으로, 즉 문학을 연구하는 학자이자 러브크래프트 작품을 번역하는 사람으로서 내리는 답은 '필요하다'이다. 문학 연구자로서는 쉬운 답인 듯하다. 작품을 칭송하기 위해서가 아니라 비평하는 직업이기 때문이다. 미치 프라이어는 러브크래프트의 우생학 문제를 논의하며 "비평가는 비교적 중립적 입장을 견지하면서 작가의 인종주의적 성향을 역사적 기록으로 다루어야 한다"라고 말한다. 사실 비판할 점이 많은 작가의 경우, 그의 작품에서 그런 점을 찾아내어 비평하는 것은 어렵지 않다. 하지만 그렇게 쉽게 마무리해서는 안 된다. 작가의 상상력은 그보다 복잡하고, 작품은 그보다 더 심오할 수 있기 때문이다. 상상력이 특정한 언어와 구조로 작동하는 이유는 무엇인가? 작가는 그 언어와 구조를 얼마나 통제하고 있는가? 작품은 작가가 의도한 대로만 쓰이는가? 의도치 않은 의미가 작품 깊숙이 숨겨져 있지는 않은가? 이 같은 질문을 던지면서 문학 연구자는 작가와 작품을 다른 층위에서 다루게 된다.

이런 점에서 러브크래프트는 흥미로운 작가가 아닐 수 없다. 그의 상상력이 작동하는 언어와 구조만 봐도 그렇다. 시대적 불안감과 공포로 촉발되고, 개인적 편견이 담아낸 것이라고 단정하기에는 그의 언어와 구조가 너무도 복잡하다. 어째서 크툴루 신화라는 우주적인 틀을 만들고, 제대로 묘사할 수 없는 존재를 상상하여 언어가 제 역할을 못 하도록 했을까? 좀 더 현실적인 방식으로 정치적 견해를 명료하게 표현하기를 거부하고 이를 크툴루 신화로 겹겹이 에워싼 것일까? 현실 너머의 무언가를 표현하려는 의도가 있지 않았을까? 이 과정에서 그의 편견은 더 강화되었을까, 아니면 변형되었을까? 변형되었다면 과연 그가 의도하고 계획했던 그대로일까? 현실과 상상력이 만나 문학이 탄생하는 과정의 복잡함과 우연함을 여실히 보여 주는 러브크래프트의 작품이 문학 연구자와 신중한 독자에게 중요한 이유는 이처럼 자명하다. 편견은 개인의 것이지만 작품은 모두가 공유하는 것이고, 그 편견으로 인해 작품은 꾸준하게 우리의 비평을 더 간절히 요구한다.

기이한 이야기

지금 러브크래프트의 작품은 우리에게 어떤 비평을 요구하고 있을까? 한편으로 그의 정치 윤리적 문제를 지적하면서 작품에 숨겨진 편견의 흔적을 드러내라고 할 것 같다. 하지만 다른 한편으로 지금, 즉 21세기에 맞게 작품을 읽어 달라고 요구하고 있기도 하다. 바로 이 때문에 러브크래프트에 대한 관심이 새롭게 늘어나고 있다. 우선 문학 내에서 그러하다. 이른바 '위어드 픽션(기이한 소설)'이라는 장르가 주목받으면서, 러브크래프트는 이 장르의 선구자로 인정받는다. 러브크래프트 본인도 "진정으로 기이한 이야기는 (…) 알 수 없는 영역과 힘의 접촉에 관한, 두려움에 관한 심오한 감정을 독자에게 불러일으켜야" 한다고 말했다. 기이함에 관한 책을 펴낸 철학자이자 문화 비평가인 마크 피셔는 러브크래프트의 기이함은 "놀라움이 섞인 매혹"이라는 특징을 가진다고 말한다. 그러면서 기이함이란 것 자체가 "우리의 주의를 밀어내면서도 반드시 끌어당겨야 한다"라고 단정한다.

위어드 픽션은 말 그대로 기이한 내용을 담고 있는 소설을 일컫는다. 하지만 낯설고 비현실적인 인물과 내용을 다룬 기존의 판타지 문학, 공포 소설, 공상 과학 소설 그리고 범죄 소설 등의 장르와는 차이가 있다. 물론 위어드 픽션이 이런 전통적 장르에 뿌리를 둔 것은 맞다. 또 아직도 러브크래프트를 공포 소설 작가로 분류하는 일이 빈번한데, 정확히 말하자면 틀린 것도 아니다. 문제는 그런 분류에 따라 작품을 읽었을 때 기대와 다른 것들을 발견한다는 점이다. 앞서 언급했듯이, 러브크래프트의 작품에는 외계 존재와 과학 기술에 관한 내용이 들어가면서 공상 과학 소설적인 면도 있다. 크툴루 신화는 그자체로 판타지 소설에 등장하는 신화처럼 읽힌다. 이처럼 혼종적인 특징을 갖춘 그의 작품을 기존의 한 장르로 국한하기는 힘들다. 위어드 픽션은 이런 한계를 직시하고, 혼종성 자체를 장르의 특징으로 하기에 러브크래프트 작품에 딱 들어맞는다.

물론 장르의 혼합만이 위어드 픽션의 특징은 아니다. 오히려 장르의 혼합은 위어드 픽션이 추구하는 내용과 주제를 쓰면서 생긴 필연적 결과라고 할 수 있다. 여기서 말하는 내용과 주제는 기이함으로 정리할 수 있다. 무언가 이상하면서 기괴한 일들이 일어나고, 그 결과 현실과 환상의 경계가 흐려진다. 그렇다고 완전히 기이한 일들과 인물들만 있는 것은 아니다. 그럴 경우 환상 문학에 가깝기 때문이다. 기이하면서도 여전히 현실성이 유지되기에, 오히려 더 기이한 느낌을 준다. 기이함을 이해하고 설명하기 위해 합리적인 설명과 과학적인 분석이 따르기도 한다. 그래서 공상 과학 소설처럼 되기도 하지만, 여전히 기이함은 풀리지 않기에 합리적 혹은 과학적 세계관이 완전히 지배하지 못한다. 이처럼 기이함은 장르의 혼합을 자연스럽게 유도하고, 위어드 픽션은 흐려진 현실과 환상의 경계를 통해 이전과 다른 방식으로 세계를 보게 만든다.

위어드 픽션이 하나의 독립적인 장르로 논의된 것은 비교적 최근의 일이다. 하지만 이전의 여러 작가들, 특히 19세기와 20세기 작가들 중에 딱히 하나의 전통적 장르로 묶기 힘들던 작가들이 이제 위어드 픽션 아래로 모이고 있다. 대표적으로 고딕 문학 작가라고 하던 E. T. A. 호프만, 공포 소설과 공상 과학 소설을 쓴 에드거 앨런 포 등이 위어드 픽션의 선구자로 알려져 있다. 특히 위어드 픽션을 본격적으로 연구한 S. T. 조시는 기존의 고딕 전통에 심리적 깊이와 암시적 언어를 가미한 이야기를 썼던 포를 이 장르의 "진정한 창시자"라고 말한다. 하지만 이 두 사람만큼이나 위어드 픽션의 선구자라고 할 수 있는 작가는 프란츠 카프카일 것이다. 대표적으로 그의 중편소설 「변신」에서 하루아침에 벌레가 된 주인공 그레고르 잠자는 이처럼 기이한 일을 겪으면서도 합리적으로 상황을 파악하려고 한다. 그런 그의 시도로 이야기는 더 기이해질 뿐이다. 20세기 중반 이후에는 J. G. 발라드와 차이나 미에빌 등을 위어드 픽션의 대표 작가라고 할 수 있다. 그리고 물론 이 신생 장르를 확립한 작가로 인정받는 이가 바로 러브크래프트이다.

여기서 세 번째 질문을 떠올린다. 번역될 수 없는 분위기를 어떻게 전달할 것인가? 이 번역 불가능한 분위기가 바로 기이함이다. 러브크래프트의 작품에서 기이한 일이 벌어지고, 인물들은 나름 이를 분석하고 이해하기 위해 말하고 글을 쓴다. 하지만 그들이 그럴수록 기이함은 수그러들지 않고 더 강해진다. 결국 기이함은 언어의 실패로 이어진다. 언어의 실패를 언어로 전달할 수 있을까? 한 언어의 실패를 다른 언어로 전하는 일이 성공할 수 있을까? 언어의 실패를 전하는 데 성공한다는 말은 언어가 성공한다는 뜻이므로 자기모순에 빠질 수밖에 없다. 러브크래프트를 번역하는 일은 이처럼 모순에 빠지는 일인 듯싶다. 즉 답이 없는 일이다. 다만 모순에서 빠져나오려고 끝없이 허우적댈 뿐이다. 크툴루를 만나 바다에서 허우적대며 겨우 도망친 듯하던 선원이 결국 어디를 가든 그리고 무슨 일을 하든 빠져나올 수 없었던 것처럼.

기인한 실재를 위한 기이한 문학

철학자로서는 드물게 러브크래프트에 관한 책을 쓴 그레이엄 하먼은 두 종류의 철학자가 있다고 말한다. 한 부류는 세상에서 이해되거나 설명되지 않는 듯 보이는 것을, 하먼의 말로는 '우주의 틈'이라는 것을 없애기 위해 체계와 원칙을 만드는 이들이다. 하먼은 이들을 '환원주의자'라고 칭한다. 반면 어떤 철학자는 오히려 '우주의 틈'을 찾아 나선다. 그러면서 우리가 익숙해하는 세상을 덜 익숙하게 만들고, 더 경이롭게 보여 주고자 한다. 하먼은 이런 철학자를 '생산주의자'라고 부른다. 그러면서 그는 러브크래프트를 다음과 같이 평가한다.

만일 이 구분을 창의적인 작가들에게 적용한다면 H. P. 러브크래프트는 분명 생산주의자적인 작가이다. 객체와 그것을 묘사하는 언어의 힘 사이의 틈으로 인해, 혹은 객체와 그것이 가지는 특성들 사이의 틈으로 인해 그처럼 당혹스러워했던 작가는 없다. 겉으로 보기에는 철학에 관한 관심이 많지 않은 듯해도 러브크래프트는 이상주의에 (…) 맹렬히 반대하는 암묵적 철학자이다.

'우주의 틈'을 계속해서 생산하는 작가인 러브크래프트를 '암묵적 철학자'라고 단언하면서, 하먼은 러브크래프트 작품의 철학적 의미를 고찰한다. 그 결과로 나온 책이 바로 『기이

한 실재론: 러브크래프트와 철학』이다.

최근 러브크래프트가 다시 주목받고 있는 이유는 무엇보다도 하먼이 언급하듯 그의 작품이 갖는 철학적 함의 때문이다. 사실 영문학자인 나 자신도 문학보다는 철학적 측면에서 그의 작품에 관심을 가지게 되었다. 여기서 말하는 철학은 사변적 실재론이라는 비교적 새로운 철학 사조이다. 아주 간단히 말하자면 보이는 현상 너머의 실재는 너무도 복잡하고 우연적이어서 과학적 탐색이나 철학적 원칙으로 파악하거나 이해할 수 없다는 것이다. 여기서 실재는 무언가 현실과는 분리된, 철학적으로 말하자면 형이상학적인 세계가 아니라 바로 현실 내에 존재한다. 그럼에도 그처럼 놀랍도록 이해 불가능한 것이다. 따라서 이 실재는 사변의 대상인 것이다. 마치 상상하듯 접근해야 하지만, 동시에 허구가 아님을 인정해야 하는 것이 바로 실재다.

얼핏 들으면 사변적 실재론은 마치 공상 과학 소설에 나올 법한 얘기 같다. 하지만 사변적 실재론이 21세기에 관심을 받는 이유 중 하나는, 아마도 러브크래프트의 작품이 인기를 얻고 있는 이유는, 우리의 현실이 그런 실재처럼 보이기 때문이다. 예를 들어 기후 위기라는 현실은 분명 존재하지만, 과학적으로 정확히 파악하기도 힘들고, 체계적으로 이해하기도 힘들다. 그래서 분명 존재하지만, 여전히 논쟁의 대상이 되기도 한다. 즉 기후 위기는 기존의 과학적 혹은 철학적 체계로는 설명될 수 없는 존재이다. 하먼과 같은 철학적 입장을 가진 티머시

모턴은 기후 위기를 이해하거나 통제할 수 있는 사물이 아니기에 '거대 사물'이라고 명명하기도 한다. 하먼식으로 말하자면 기후 위기라는 객체와 그것을 설명하려는 말 사이에 '틈'이 있는 것이다. 사변은 이 틈을 인정하고, 따라서 기존의 방식으로는 기후 위기라는 객체를 얘기할 수 없음을 인정하는 데서 시작한다. 기이한 것이기에 새로운 접근법이 필요한 것이다.

기이함의 작가인 러브크래프트의 작품은 기이한 대상을 어떻게 사변해야 할지 고민하게 한다. 작품 속 인물도 그렇고, 작품 밖 독자도 마찬가지로 그런 고민을 해야 한다. 어쩌면 안팎의 구분이 불분명한 것이 그의 작품의 특징이라고 해야 할지 모르겠다. 아주 터무니없는 공상처럼 보이는 작품 속 세계, 그렇기에 독자의 현실과는 동떨어진 세계라는 생각이 들지만 좀 더 꼼꼼히 읽어 보고, 좀 더 의미를 곱씹어 보고, 좀 더 사변적으로 접근한다면 그렇지 않음을 깨닫는 것이다. 진짜 크툴루가 있을 수 없다고 해도, 정말로 끔찍한 조상이 있지 않다고 해도 이 점은 마찬가지다. 그런 것들이 있든 없든 러브크래프트의 작품 속 세상은 보이는 것보다 훨씬 더 기이한 곳이고, 마찬가지로 우리가 사는 현실도 기이한 실재로 가득한 곳이기 때문이다.

판본 소개

이 책의 이야기들은 모두 1984년 S. T. 조시(Joshi)가 편집하고, 아캄 하우스 퍼블리셔에서 출간한 『던위치 공포와 다른 이야기들(*The Dunwich Horror and Others*)』에 실린 것이다. 1999년에 조시는 펭귄 출판사를 위해 다른 이야기들을 더해서 편집한 『크툴루의 부름과 다른 기이한 이야기들(*The Call of Cthulhu and Other Weird Stories*)』을 출간했고, 번역문은 이 선집에 실린 원문에 기반하였다. 개별 이야기의 경우에 「벽 속의 쥐들」은 1924년판 『위어드 테일스』 3권 3호에 처음 발표되었다. 「외부자」는 1926년판 『위어드 테일스』 7호 4권, 「우주로부터의 색」은 1927년판 『어메이징 스토리스』 2호 6권, 「크툴루의 부름」은 1928년판 『위어드 테일스』 11호 2권, 「어둠 속에서 속삭이는 자」는 1931년 『위어드 테일스』 18호 1권에 각각 처음 발표되었다.

H. P. 러브크래프트 연보

1890 8월 20일에 로드 아일랜드주 프로비던스에서 외판원인 윈필드 스콧 러브크래프트(1853~1898)와 세라 수전 필립스 러브크래프트(1857~1921) 사이에서 태어남.

1898 신경 쇠약증으로 병원에 5년간 입원해 있던 아버지가 전신 불완전 마비로 사망. 이후 어머니, 두 명의 숙모, 성공한 사업가인 외조부 휘플 밴 뷰런 필립스에 의해 양육됨.

1896 외조부의 영향으로 기이한 이야기에 관심을 가지게 됨. 유실된 자신의 첫 단편소설인 「고귀한 도청자」를 쓴 것으로 추정됨. 여동생 기젤라 태어남.

1899~1907 『과학 가제트』와 『로드아일랜드 첨성술 저널』을 젤라틴판으로 출간하여 친구들에게 배부함.

1904 외조부 사망. 이후 경제적 어려움을 겪음.

1906~1915 『프로비던스 선데이 저널』에 기록된 첫 출판물인 첨성술에 관한 편지를 기고. 이후 지역 신문인 『포투셋 밸리 글리너』, 『프로비던스 트리뷴』, 『프로비던스 이브닝 뉴스』, 『더 애슈빌』, 『가제트 뉴스』 등에 기고.

1908 신경 쇠약증으로 고등학교 졸업장을 받지 못해 브라운 대학 입학이 취소됨.

1913	프레드 잭슨의 재미없는 사랑 이야기를 비판하는 편지를 『아르고시』에 기고. 이후 여러 잡지를 통해 잭슨의 작품성에 관한 논쟁을 이어 감.
1914	잭슨 작품에 관한 논쟁에 주목한 유나이티드 아마추어 프레스 연합 (UAPA) 회장인 에드워드 F. 다스의 초청으로 UAPA 가입. 이후 『더 콘서버티브』(1915~1923)를 포함한 여러 저널에 시와 에세이 등을 기고. UAPA의 회장 및 공식 편집자 역임.
1917	「동굴 속의 맹수」(1905)와 「연금술사」(1908) 집필 이후에 중단했던 소설 쓰기를 재개하여 『묘지』와 『다곤』을 출간.
1921	1919년부터 신경 쇠약증으로 입원 중이던 어머니 사망. 『외부자』 출간.
1923	『벽 속의 쥐들』 출간.
1924	러시아 출신 유대인이자 7년 연상인 소니아 하프트 그린(1883 ~1972)과 결혼. 그린의 건강 문제와 모자 상점 파산 및 러브크래프트 본인의 경제적 문제로 1925년에 별거. 1929년에 이혼.
1926	프로비던스로 귀향한 후 집필에 집중. 『크툴루의 부름』(1926), 『광기의 산에서』(1931), 『시간 밖의 그림자』(1934~1935) 등을 출간.
1927	『문학의 초자연적 공포』 출간.
1930	『어둠 속에서 속삭이는 자』 출간.
1932	숙모 클라크 부인 사망. 이후 1933년에 또 다른 숙모 갬웰 부인과 동거.
1933	『기이한 소설 쓰기에 관한 노트』 출간.
1937	제인 브라운 메모리얼 병원에서 암으로 3월 10일에 사망. 18일에 스완 포인트 묘지에 매장.

새롭게 을유세계문학전집을 펴내며

을유문화사는 이미 지난 1959년부터 국내 최초로 세계문학전집을 출간한 바 있습니다. 이번에 을유세계문학전집을 완전히 새롭게 마련하게 된 것은 우리가 직면한 문화적 상황에 적극적으로 대응하기 위해서입니다. 새로운 을유세계문학전집은 세계문학의 역할이 그 어느 때보다 중요해졌다는 인식에서 출발했습니다. 오늘날 세계에서 타자에 대한 이해는 우리의 안전과 행복에 직결되고 있습니다. 세계문학은 지구상의 다양한 문화들이 평등하게 소통하고, 이질적인 구성원들이 평화롭게 공존할 수 있는 문화적인 힘을 길러 줍니다.

을유세계문학전집은 세계문학을 통해 우리가 이런 힘을 길러 나가야 한다는 믿음으로 만들어졌습니다. 지난 5년간 이를 준비하기 위해 많은 노력을 기울였습니다. 세계 각국의 다양한 삶의 방식과 문화적 성취가 살아 있는 작품들, 새로운 번역이 필요한 고전들과 새롭게 소개해야 할 우리 시대의 작품들을 선정했습니다. 우리나라 최고의 역자들이 이들 작품 속 한 문장 한 문장의 숨결을 생생히 전하기 위해 심혈을 기울였습니다. 또한 역자들은 단순히 번역만 한 것이 아니라 다른 작품의 번역을 꼼꼼히 검토해 주었습니다. 을유세계문학전집은 번역된 작품 하나하나가 정본(定本)으로 인정받고 대우받을 수 있도록 최선을 다했습니다. 세계문학이 여러 경계를 넘어 우리 사회 안에서 주어진 소임을 하게 되기를 바라며 을유세계문학전집을 내놓습니다.

을유세계문학전집 편집위원단(가나다 순)
김월회(서울대 중문과 교수)
김헌(서울대 인문학연구원 교수)
박종소(서울대 노문과 교수)
손영주(서울대 영문과 교수)
신정환(한국외대 스페인어통번역학과 교수)
정지용(성균관대 프랑스어문학과 교수)
최윤영(서울대 독문과 교수)

을유세계문학전집

을유세계문학전집은 계속 출간됩니다.

을유세계문학전집 연표